|主编·汪剑钊|

金色俄罗斯
Золотая Россия

第五个漫游者
——卡维林中短篇小说选

Пятый странник
— Избранные повести и рассказы Каврина

[苏]卡维林 / 著
杨玉波 / 译

四川人民出版社

图书在版编目（CIP）数据

第五个漫游者：卡维林中短篇小说选/（苏）卡维林著；杨玉波译．—成都：四川人民出版社，2022.2
（金色俄罗斯/汪剑钊主编）
ISBN 978-7-220-12550-8

Ⅰ.①第… Ⅱ.①卡… ②杨… Ⅲ.①中篇小说-小说集-苏联②短篇小说-小说集-苏联 Ⅳ.①I512.45

中国版本图书馆CIP数据核字（2021）第264347号

《第五个漫游者》版权声明
THE FIFTH WANDERER
By Veniamin Kaverin
Copyright © Veniamin Kaverin estate.
Published by arrangement with Publishing house "Literary"
Simplified Chinese translation copyright © 2022 by Sichuan People's Publishing House
ALL RIGHTS RESERVED
四川省版权局著作权合同登记号：图［进］字21-2022-51

DIWUGE MANYOUZHE

第五个漫游者

卡维林中短篇小说选

［苏］卡维林 著 杨玉波 译

出 版 人	黄立新
策划组稿	黄立新 张春晓
责任编辑	王其进
责任校对	郭明武
装帧设计	张迪茗
责任印制	祝 健
出版发行	四川人民出版社（成都市槐树街2号）
网 址	http://www.scpph.com
E-mail	scrmcbs@sina.com
新浪微博	@四川人民出版社
微信公众号	四川人民出版社
发行部业务电话	（028）86259624 86259453
防盗版举报电话	（028）86259624
照 排	四川胜翔数码印务设计有限公司
印 刷	成都东江印务有限公司
成品尺寸	140mm×203mm
印 张	10.5
字 数	225千
版 次	2022年2月第1版
印 次	2022年2月第1次印刷
书 号	ISBN 978-7-220-12550-8
定 价	70.00元

■版权所有·侵权必究

本书若出现印装质量问题，请与我社发行部联系调换
电话：（028）86259453

致敬"金色俄罗斯丛书"译介团队,感谢所有参与者为传播俄罗斯文学、增进中俄两国人民文化交流而做的努力!

汪剑钊　丛书主编、译者,北京外国语大学外国文学研究所教授,博士生导师。

张建华　丛书顾问、译者,北京外国语大学教授。

刘文飞　丛书顾问,中国俄罗斯文学研究会会长。

张　冰　北京师范大学俄语系教授,博士生导师。

赵晓彬　哈尔滨师范大学斯拉夫语学院副院长,博士生导师。

杨玉波　哈尔滨师范大学斯拉夫语学院副教授,文学博士。

郑艳红　中国社会科学院文学博士,绥化学院外国语系教师。

张　猛　北京外国语大学外国文学研究所博士。

李　莉　北京师范大学文学博士,杭州师范大学教授。

顾宏哲　辽宁大学俄语系副教授,硕士生导师。

赵艳秋　复旦大学俄语系副主任,文学博士。

侯炜红　中国社会科学院外国文学研究所俄罗斯文学研究室主任,文学博士。

池济敏　四川大学外国语学院副院长,副教授,文学博士。

飞　白	云南大学外语系教授，浙江省比较文学与外国文学学会名誉会长。
黄　玫	北京外国语大学俄语学院教授，博士生导师。
杨晓笛	北京外国语大学博士，太原理工大学教师。
李玉萍	洛阳理工学院副教授，文学博士。
王立业	北京外国语大学俄语学院教授，博士生导师。
邱　鑫	黑龙江大学俄语学院文学博士。
郭靖媛	北京大学比较文学专业博士在读。
薛冉冉	浙江大学外语学院副教授，博士。
温玉霞	西安外国语大学俄语学院教授，博士生导师。
潘月琴	北京外国语大学俄语学院副教授，博士。
余　翔	北京科技大学外国语学院师资博士后，文学博士。
李春雨	厦门大学外文学院助理教授，博士。
董树丛	北京外国语大学外国文学研究所硕士。
冯昭玙	浙江大学外文系教授。
杜　健	北京师范大学俄语语言文学专业博士。
韩宇琪	北京师范大学俄语语言文学专业博士。
苏　玲	《外国文学动态研究》主编，博士。
颜　宽	国立莫斯科大学语言文学系博士。
马卫红	浙江外国语学院教授，文学博士。
王丽欣	哈尔滨师范大学斯拉夫语学院副教授，文学博士。
于婷婷	西安外国语大学俄语语言文学博士在读。

王时玉　华东师范大学俄语语言文学博士在读。

穆　馨　哈尔滨师范大学斯拉夫语学院副教授，翻译硕士导师。

徐　琪　厦门大学外文学院教授，文学博士。

徐曼琳　四川外国语大学俄语系教授，文学博士。

欢迎更多的译者加入"金色俄罗斯丛书"……

（按译作出版时间排序）

四川人民出版社　文学出版中心

目 录
Contents

金色的"林中空地"(总序) /001

"谢拉皮翁兄弟"中译本总序 /007

译序 /017

18××年莱比锡城纪事 /001

第五个漫游者 /035

紫红色的隐迹纸本 /088

酒桶 /104

大游戏 /136

钦差大臣 /194

蓝色的太阳 /247

素描画像 /256

金色的"林中空地"（总序）

汪剑钊

2014年2月23日，第二十二届冬奥会在俄罗斯的索契落下帷幕，但其中一些场景却不断在我的脑海回旋。我不是一个体育迷，也无意对其中的各项赛事评头论足。不过，这次冬奥会的开幕式与闭幕式上出色的文艺表演给我留下了深刻的印象，迄今仍然为之感叹不已。它们印证了一个民族对自身文化由衷的热爱和自觉的传承。前后两场典仪上所蕴含的丰厚的人文精髓是不能不让所有观者为之瞩目的。它们再次证明，俄罗斯人之所以能在世界上赢得足够的尊重，并不是凭借自己的快马与军刀，也不是凭借强大的海军或空军，更不是凭借所谓的先进核武器和航母，而是凭借他们在文化和科技上的卓越贡献。正是这些劳动成果擦亮了世界人民的眼睛，引燃了人们眸子里的惊奇。我们知道，武力带给人们的只有恐惧，而文化却值得给予永远的珍爱与敬重。

众所周知，《战争与和平》是俄罗斯文学的巨擘托尔斯泰所著的一部史诗性小说。小说的开篇便是沙皇的宫廷女官安娜·帕夫洛夫娜家的舞会,这是介绍叙事艺术时经常被提到的一个经典性例子。借助这段描写,托尔斯泰以他的天才之笔将小说中的重要人物一一拈出,为以后的宏大叙事嵌入了一根强劲的楔子。2014年2月7日晚,该届冬奥会开幕式的表演以芭蕾舞的形式再现了这一场景,令我们重温了"战争"前夜的"和平"魅力(我觉得,就一定程度上说,体育竞技堪称一种和平方式的模拟性战争)。有意思的是,在各国健儿经过十数天的激烈争夺以后,2月23日,闭幕式让体育与文化有了再一次的亲密拥抱。总导演康斯坦丁·恩斯特希望"挑选一些对于世界有影响力的俄罗斯文化,那也是世界文化遗产的一部分"。于是,他请出了在俄罗斯文学史上引以为傲的一部分重量级人物:伴随拉赫玛尼诺夫第二钢琴协奏曲的演奏,普希金、果戈理、屠格涅夫、托尔斯泰、陀思妥耶夫斯基、契诃夫、马雅可夫斯基、阿赫玛托娃、茨维塔耶娃、布尔加科夫、索尔仁尼琴、布罗茨基等经典作家和诗人在冰层上一一复活,与现代人进行了一场超越时空的精神对话。他们留下的文化遗产像雪片似的飘入了每个人的内心,滋润着后来者的灵魂。

美裔英国诗人T. S. 艾略特在《诗的作用和批评的作用》一文中说:"一个不再关心其文学传承的民族就会变得野蛮;一个民族如果停止了生产文学,它的思想和感受力就会止步不前。一个民族的诗歌代表了它的意识的最高点,代表了它最强大的力量,也代表了它最为纤细敏锐的感受力。"在世界各民族中,俄罗斯堪称最为关心自己"文学传承"的一个民族,而它辽阔的地理特征则为自己的文学生态提供了一大片培植经典的金色的"林中空地"。迄今,在这片土地上生根发芽并长成参天大树的作家与作品已不计其数。除上述提及的文学巨匠以外，19世纪的茹科夫斯基、巴拉廷斯基、莱蒙托夫、丘特切夫、别林斯基、赫尔岑、费特等，20世纪的高尔基、勃洛克、安德列耶夫、什克洛夫斯基、普宁、索洛古勃、吉皮乌斯、苔菲、阿尔志跋绥夫、列米佐夫、什梅廖夫、波普拉夫斯基、哈尔姆斯等，均以自己的创造性劳动进入了经典的行列，向世界展示了俄罗斯奇异的美与力量。

中国与俄罗斯是两个巨人式的邻国，相似的文化传统、相似的历史沿革、相似的地理特征、相似的社会结构和民族特性，为它们的交往搭建了一个开阔的平台。早在1932年，鲁迅先生就为这种友谊写下一篇"贺词"——《祝中俄文字之交》，指出中国新文学所受的"启发"，将其看作自己的"导师"和"朋友"。20世纪50年代，由于意识形态的接近，中国与苏联在文化交流上曾出现过一个"蜜月期"，在那个特定的时代，俄罗斯文学几乎就是外国文学的一个代名词。俄罗斯文学史上的一些名著，如《叶甫盖尼·奥涅金》《死魂灵》《贵族之家》《猎人笔记》《战争与和平》《复活》《罪与罚》《第六病室》《丽人吟》《日瓦戈医生》《安魂曲》《没有主人公的叙事诗》《静静的顿河》《带星星的火车票》《林中水滴》《金蔷薇》和《钢铁是怎样炼成的》等，都曾经是坊间耳熟能详的书名，有不少读者甚至能大段大段背诵其中精彩的章节。在一定程度上，我们可以说，翻译成中文的俄罗斯文学作品已构成了中国新文学的一个重要组成部分，成为现代汉语中的经典文本，就像已广为流传的歌曲《莫斯科郊外的晚上》《三套车》《喀秋莎》《山楂树》等一样，后者似乎已理所当然地成为中国的民歌。迄今，它们仍在闪烁金子般的光芒。

不过，作为一座富矿，俄罗斯文学在中文中所显露的仅是冰山一角，大量的宝藏仍在我们有限的视域之外。其中，赫尔岑的人性，丘特切夫的智慧，费特的唯美，洛赫维茨卡娅的激情，索洛古勃与阿尔志跋绥夫在绝望中的希望，苔菲与阿维尔琴科的幽默，什克洛夫斯基的精致，波普拉夫斯基的超现实，哈尔姆斯的怪诞，等等，大多还停留在文学史上的地图式导游。为此，作为某种传承，也是出自传播和介绍的责任，我们编选和翻译了这套"金色俄罗斯丛书"，其目的是进一步挖掘那些依然静卧在俄罗斯文化沃土中的金锭。可以说，被选入本丛书的均是经过了淘洗和淬炼的经典文本，它们都配得上"金色"的荣誉。

行文至此，我们有必要就"经典"的概念略做一点说明。在汉语中，"经典"一词最早出现于《汉书·孙宝传》："周公上圣，召公大贤。尚犹有不相说，著于经典，两不相损。"汉朝是华夏民族展示凝聚力的重要朝代，当时的统治者不仅实现了政治上的统一，而且也希望在文化上设立标杆与范型，亟盼对前代思想交流上的混乱与文化积累上的泥沙俱下状态进行一番清理与厘定。客观地说，它取得了一定的成效，虽说也因此带来了"罢黜百家"的重大弊端。就文学而言，此前通称的"诗三百"也恰恰在那时完成了经典化的过程，被确定为后世一直崇奉的《诗经》。关于"经典"的含义，唐代的刘知幾在《史通·叙事》中有过一个初步的解释："自圣贤述作，是曰经典。"这里，他将圣人与前贤的文字著述纳入经典的范畴，实际是一种互证的做法。因为，历史上那些圣人贤达恰恰是因为他们杰出的言说才获得自己的荣名的。

那么，从现代的角度来看，什么是经典呢？商务印书馆出版的《现代汉语词典》给出了这样的释义：1. 指传统的具有权威性的著作：博览经典。2. 泛指各宗教宣扬教义的根本性著作。不同于词典的抽象与枯涩，意大利著名作家卡尔维诺归纳出了十四条非常感性的定义，其中最为人称道的是其中两条：其一，一部经典作品是一本每次重读都像初读那样带来发现的书；一部经典作品是一本即使我们初读也好像是在重温的书。其二，经典作品是一些产生某种特殊影响的书，它们要么自己以遗忘的方式给我们的想象力打下印记，要么乔装成个人或集体的无意识隐藏在深层记忆中。参照上述定义，我们觉得，经典就是经受住了历史与时间的考验而得以流传的文化结晶，表现为文字或其他传媒方式，在某个领域或范围具有一定的权威性和典范性，可以成为某个民族甚或整个人类的精神生产的象征与标识。换一个说法，每一部经典都是对时间之流逝的一次成功阻击。经典的诞生与存在可以让时间静止下来，打开又一扇大门，带你进入崭新的世界，为虚幻的人生提供另一种真实。

或许，我们所面临的时代确实如卡尔维诺所说："读经典作品似乎与我们的生活步调不一致，我们的生活步调无法忍受把大段大段的时间或空间让给人本主义者的悠闲；也与我们文化中的精英主义不一致，这种精英主义永远也制定不出一份经典作品的目录来配合我们的时代。"那么，正如沙漠对水的渴望一样，在漠视经典的时代，我们还是要高举经典的大纛，并且以卡尔维诺的另一段话镌刻其上："现在可以做的，就是让我们每个人都发明我们理想的经典藏书室；而我想说，其中一半应该包括我们读过并对我们有所裨益的书，另一些应该是我们打算读并假设对我们有所裨益的书。我们还应该把一部分空间让给意外之书和偶然发现之书。"

愿"金色俄罗斯"能走进你的藏书室，走进你的精神生活，走进你的内心！

"谢拉皮翁兄弟"中译本总序

中国读者对于"谢拉皮翁兄弟"这一文学团体并非一无所知。个别作家的某些作品已有过中文译本（如费定的《城与年》、伊万诺夫的《铁甲列车》等）。其中，康斯坦丁·费定、伏谢·伊万诺夫、尼古拉·吉洪诺夫、米哈伊尔·斯洛尼姆斯基被认为是苏联经典文学作家，社会主义现实主义的最佳代表，同时他们也是苏联作家联盟委员会的成员。而维尼阿明·卡维林、米哈伊尔·左琴科等则继承了俄罗斯经典文学传统。同时，他们的创作命运与20年代文学语境紧密相连。当时，他们视自己为一个整体，为"兄弟"，为"谢拉皮翁"。就这一关系，我们可以回顾一下该团体毋庸置疑的领袖及其代表列夫·隆茨在自己宣言式的文章《为什么我们是谢拉皮翁兄弟》中的观点："我们不是一个学派，不是一种潮流，也不是霍夫曼的训练班。我们不是某个俱乐部的票友，不是同事，不是同志，而是兄弟！"米哈伊尔·斯洛尼姆斯基也在自己的回忆录中这样描述道："我们自愿聚集在一起，没有规章和制度，我们只通过直觉来挑选新的成员。"

文学团体"谢拉皮翁兄弟"的历史可以追溯到1919年的夏天。当时《世界文学》出版社开设了一个工作室，目的是培养有才华的年轻人成为翻译人员。该工作室位于彼得格勒艺术之家（简称 ДИСК），在马克西姆·高尔基的领导下,这些年轻人在艺术上产生了自己的见解。但他们很快发现,自己渴望掌握的语言艺术与文学技巧不仅仅局限于翻译领域,还逐渐转向了文学领域。该工作室是为那些由著名的作家、诗人、语文学家领导的一系列关于体裁的研讨会而成立。例如,由尼古拉·古米廖夫主持的研讨会。正是在古米廖夫的课堂上出现了未来的团体成员,波兹涅尔和叶莉扎韦达·波隆斯卡娅。

叶甫盖尼·扎米亚京在"谢拉皮翁兄弟"的文学道路上起到了无可置疑的关键作用。1919 年至 1921 年间,扎米亚京开始为年轻作家们讲授艺术小说技法课程,他在课堂上表达了自己对于综合理论、创造心理学、情节与故事之间关系的理解,在语言技法方面对作家们提出了这样的要求:"你们说的话越少,这些话所表达的内容就越多,作用就越大,艺术效果也就越强烈。"米哈伊尔·左琴科、尼古拉·尼基京、列夫·隆茨、伊利亚·格鲁兹杰夫均出席了扎米亚京关于"谢拉皮翁兄弟"小说未来创作研讨会,他们都来跟老师学习文学的简洁艺术。

维克多·什克洛夫斯基一段时间曾主持过研讨会。尼古拉·楚科夫斯基在回忆其中一次会议时说,会上有关文学事宜他只字未提,取而代之的是,他转述了一段第一次世界大战结束后,什克洛夫斯基本人在土耳其和波斯发生的非常有趣的冒险经历(后来成为他的小说《感伤的旅行》中情节的一部分)。

1920 年,米哈伊尔·斯洛尼姆斯基搬进了艺术之家。正是在那个时候,研讨会的参与者被划分为两个文学团体:一个是"诗人行会",另一个就是"谢拉皮翁兄弟"。前者认为文学创作必须要依靠古米廖夫的审美标准,并拒绝撰写现代生活;而后者则恰恰相反,他们认为书写现代生活才是十分必要的。理念不同导致的结果是:社会上出现了两类和睦相处的伙伴,他们各自过着独立的生活。

1921年，大家一同在艺术之家庆祝了新年。这也成为该文学团体形成的前兆。第二个文学团体的代表们——未来的"谢拉皮翁兄弟"们聚集在那里，其中包括阿隆季娜、加茨凯维奇、萨佐诺娃、哈里通和卡普兰，他们成为后来的"谢拉皮翁姐妹"。就这样，未来文学团体的成员之间开始建立起友好的联系。

并非所有的"谢拉皮翁兄弟"都是在艺术之家开启自己的创作之路。正如斯洛尼姆斯基所言，费定是在1920年首次访问高尔基之后才来到艺术之家的。什克洛夫斯基带来了卡维林，在介绍他的时候并没有介绍他的名字，而是介绍了他参加比赛的小说名字——《第十一条定律》。比赛是于1920年冬季在艺术之家举行的。正如楚科夫斯基在自己的回忆录中所写的那样，得益于这事件，费定和卡维林才走进了"谢拉皮翁兄弟"的文学圈（卡维林这个姓氏是作家济利别尔从1922年开始使用的笔名，这件事从9月24日他写给高尔基的信中可以得到证实）。获得小说竞赛一等奖的作品是费定的《果园》，获得二等奖的作品是尼基京的《地下室》，获得三等奖的作品是卡维林的《第十一条定律》。此外，被提名的作品还有隆茨的《天堂之门》和吉洪诺夫的《力量》。比赛结果于1921年5月，也就是在文学团体成立之后才公布。

"谢拉皮翁兄弟"文学团体的第一次会议是在艺术之家斯洛尼姆斯基的房间里举行的。这件事在楚科夫斯基的回忆录中得到了记载。此次会议正式宣布了"兄弟"团体成员的名单：格鲁兹杰夫、左琴科、隆茨、尼基京、费定、卡维林、斯洛尼姆斯基、波隆斯卡娅、什克洛夫斯基和波兹涅尔。斯洛尼姆斯基在自己的回忆录中也提到了关于团体成立时的情景。他写道：1921年2月1日，一群年轻的作家在高尔基的带领下，在他的房间里相互朗读着自己的小说。从那时起，他们每周都聚会一次。费定在《高尔基在我们中间》一书中也提到了这件事："每个星期六，我们所有人都会在斯洛尼姆斯基的房间里一直坐到深夜，我们相互阅读某篇新的小说或者诗歌，然后开始讨论它们的优点或缺点。我们风格迥异，我们的作品在友好的氛围中不断得到改进。"

在所有的公开演讲中，最值得一提的是在艺术之家举行的两场广为人知的文学晚会。第一场在 1921 年 10 月 19 日，普希金"贵族学校"周年纪念日举行。在晚会上，费定、斯洛尼姆斯基、伊万诺夫和卡维林分别朗读了自己的作品。第二场在 1921 年 10 月 26 日举行，波隆斯卡娅、楚科夫斯基、左琴科、尼基京和隆茨朗读了自己的作品。这两场晚会开幕式的致辞人均为什克洛夫斯基。

什克洛夫斯基、楚科夫斯基和斯洛尼姆斯基均提供过一些关于该文学团体名字由来的信息。什克洛夫斯基写道："谢拉皮翁兄弟"这个名字很可能是卡维林所取。楚科夫斯基回忆道：在 1921 年 2 月 1 日，该团体的第一次会议上，当时德国浪漫主义者霍夫曼的推崇者卡维林提出了"谢拉皮翁兄弟"这个名字。隆茨和格鲁兹杰夫对此想法表示赞同，但是其他人却反应冷淡。这是由于包括楚科夫斯基本人在内的许多人都不熟悉霍夫曼的那本同名小说。后来隆茨在解释的时候还提到了僧侣会议——在这样的聚会上，每个人都要讲一个有趣的故事。而该文学团体的成员们同样是聚集在一起，然后相互阅读自己的作品。因为这种相似性的存在，所以这个名字是十分恰当的。

但波隆斯卡娅却坚持认为隆茨是团体名称的发起者："当列夫·隆茨建议称我们的团体为'谢拉皮翁兄弟'时，我们所有人都被'兄弟'一词吸引了，甚至都没有想到隐士谢拉皮翁。"波隆斯卡娅很可能是根据隆茨那篇著名的关于"谢拉皮翁兄弟"的文章而做此判断。斯洛尼姆斯基的版本则略有不同：这个名字是在一次会议上被选出来的，然而理由却是有其偶然性。据斯洛尼姆斯基回忆说："在我的桌子上，放着一本不知道谁带来的书，破烂的亮绿色封皮上写着：霍夫曼的《谢拉皮翁兄弟》，革命前由《外国文学学报》出版。"不知是谁（完全没人记得）拿着书高喊道："就是这个！'谢拉皮翁兄弟'！他们也聚集在一起互相阅读自己的作品！"因此，彼得格勒的"谢拉皮翁兄弟"与霍夫曼笔下主人公们的相似性也是该团体名字由来的原因之一。

尽管后来这个名字一直保留了下来，但是在当时大家都认为这个名字只是临时的选择。还有一个尚未解决的问题就是，为什么在小组成员会议期间，这本书会出现在桌子上，这件事又与什么有关呢？要回答这个问题，就必须要回顾一下，在20世纪20年代的苏维埃，俄罗斯霍夫曼的作品都经历了哪些事件。

1920年11月，也就是该团体第一次会议前几个月，在莫斯科著名的塔伊罗夫剧院，举行了根据霍夫曼同名小说改编的剧本《布拉姆比尔拉公主》的首映式。此次演出给公众留下了深刻的印象，也受到了知识界的热烈讨论；第二个同样重要的事情是：至1921年《谢拉皮翁兄弟》最后一卷已经出版一百年了。我们相信，这也是该书在团体会议期间出现在会议室的原因之一；最后一点，1922年是霍夫曼逝世一百周年。越接近那一天，大家对这位德国作家的作品就越感兴趣。1922年由著名的艺术评论家布拉乌多创作的献给霍夫曼的一篇特写在苏联出版。由此可见，"偶然"出现在桌子上的书正是当时国内文化生活中各个事件的结果。

回到彼得格勒"谢拉皮翁兄弟"话题。该团体成员的构成是一个很有趣的问题。它在1921年发生变化。在1921年4月中旬，波兹涅尔移民。虽然是他父母的决定，但是由于年龄的原因，他也一同离开了自己的祖国。楚科夫斯基在回忆录中记述了他们和隆茨在华沙站为他送行的场景。

伏谢·伊万诺夫是在团体形成之后才加入"谢拉皮翁兄弟"的。据楚科夫斯基回忆，在"谢拉皮翁兄弟"们与高尔基的第一次联合会面期间，在高尔基的介绍下，他们认识了伏谢·伊万诺夫及其作品。随后伏谢·伊万诺夫就加入了兄弟团。这件事也在伏谢·伊万诺夫本人的回忆录中得到了证实。他写道，高尔基介绍他与年轻的"谢拉皮翁兄弟"们认识。随后伏谢·伊万诺夫也成为"谢拉皮翁兄弟"的一员。据楚科夫斯基回忆，吉洪诺夫加入团体是在1921年11月之后。

经过多番考量，最后我们确定了该文学团体成员的名单：伏谢·伊万诺夫、斯洛尼姆斯基、左琴科、卡维林、尼基京、费定、隆茨、吉洪诺夫、波隆斯卡娅、格鲁兹杰夫。该名单在《简明文学百科全书》、第三版《大苏联百科全书》和斯洛尼姆斯基的回忆录中均有体现。

兄弟团中的每个人都有一个滑稽的绰号。这些绰号可能与霍夫曼小说中的讲述者有关。正是在这些绰号中产生了最原始的游戏元素。作家阿列克谢·列米佐夫也参与其中，为兄弟团成员提供了一些私人绰号。弗列津斯基对彼得格勒"谢拉皮翁兄弟"的创作颇有研究，他认为这些绰号并非随机选择，它们是有据可依的，是符合作家们的行事风格的。

  伊利亚·格鲁兹杰夫——大司祭

  列夫·隆茨——百戏艺人

  维尼阿明·卡维林——炼金术士

  米哈伊尔·斯洛尼姆斯基——司酒官

  尼古拉·尼基京——演说家/编年史专家

  康斯坦丁·费定——看门人/掌匙者（据列米佐夫所说）

  伏谢沃洛德·伊万诺夫——阿留申

  米哈伊尔·左琴科——没有绰号/持剑武士（据列米佐夫所说）

尼古拉·吉洪诺夫——波洛伏茨人（只有列米佐夫这么说）

弗拉基米尔·波兹涅尔——爱吵架的人（列米佐夫也提出过绰号装甲兵，并解释说意味着"勇往直前"）

"谢拉皮翁兄弟"中唯一的"谢拉皮翁姐妹"是叶莉扎韦达·波隆斯卡娅。

兄弟团队拥有自己选举成员的方式，该方式显然是出自霍夫曼的《谢拉皮翁兄弟》一书。兄弟团队的会议和纪念日都是对外公开的，客人们可以随时来参加。客人中不乏兄弟们的导师们：高尔基、扎米亚京、楚科夫斯基。还有一些是著名的作家和诗人：霍达谢维奇、福尔什、沙吉尼扬施瓦茨、特尼扬诺夫、列米佐夫、阿赫玛托娃、曼德尔施塔姆、克柳耶夫。画家有霍达谢维奇和安年科夫。文学家有埃亨巴乌姆和维戈茨基。经常来参加会议的女客人们有阿隆基娜、加茨凯维奇、萨佐诺娃、哈里通和加普兰，她们成为后来的"谢拉皮翁姐妹"。斯洛尼姆斯基在回忆"谢拉皮翁兄弟"们在会议上讨论的场景时这样说道："兄弟们毫不留情地相互责骂着，这种相互谴责不但没有伤害兄弟间的友情，相反，还促进了兄弟们的成长。"

伏谢·伊万诺夫在自己的回忆录中详细地描绘了该团体在进行文学批评时的场景："霍夫曼笔下有些'谢拉皮翁兄弟'对同伴的作品是十分宽容的，但我们不同，我们是无情的……（进行文学批评时）在作者的脸上看不到恐惧，在其他'谢拉皮翁兄弟'的脸上也看不到同情。身为首要发言人，'演说家'尼基京非常尽责，他详尽地分析、称赞或者批评作家所朗读的作品。在现场可以听到费定的男中音，列夫·隆茨不太稳定的男高音和什克洛夫斯基恳求般的呼吸声。尽管什克洛夫斯基并没有加入'谢拉皮翁兄弟'，但却是兄弟们最亲密的监护人和保卫者……我们会残酷地指出彼此的缺点,也会为彼此的成就而热血沸腾。"

什克洛夫斯基在团体中扮演的角色需要我们更加仔细地研究。什克洛夫斯基本人曾提到,他可能会成为"谢拉皮翁兄弟",但却永远都不会成为小说家。尽管如此,隆茨在其1922年的文章《关于意识形态与政论体裁》中指出,什克洛夫斯基确为"谢拉皮翁兄弟"的一员。楚科夫斯基也证明他确实加入了该文学团体。卡维林则认为,什克洛夫斯基是一位受人尊敬的客人,但同时他也指出,有一段时间,"谢拉皮翁兄弟"们都将他视为团体成员之一。

显然,什克洛夫斯基在该文学团体成立过程中起到的作用远不止于此。他在1921年的文章《谢拉皮翁兄弟》中首次以书面形式提到"谢拉皮翁们",用波隆斯卡娅的话讲,这也就成为他们的"诞生证明"。什克洛夫斯基在文章中描述了这些青年文学家的真实状况:"尽管他们具有写作的技能,但却没有出版的能力。"

也正是在这篇文章中,什克洛夫斯基提到了某些文学流派的起源,以及它们对"谢拉皮翁兄弟"创作产生的影响:一方面是"从列斯科夫到列米佐夫,从安德烈·别雷到叶甫盖尼·扎米亚京的文学路线;另一方面则是西方冒险小说。"

什克洛夫斯基指出,团体内部分化出东方派和西方派。后来,在同时期的一封私人信件中,什克洛夫斯基还更加确切地表明:该文学团体的成员划分为"日常派"和"情节派"。得益于什克洛夫斯基的积极干预,《谢拉皮翁兄弟(第一本文集)》于1922年出版。这也是"谢拉皮翁兄弟"唯一一本文集。随后于1922年在柏林问世的《谢拉皮翁兄弟(海外版文集)》只是俄文版的扩展本。该文集使世人开始关注作者的风格特点,以及他们在作品形式方面所付诸的努力。在这种情况下,值得一提的是已成为传统的"谢拉皮翁式"的问候:"你好,兄弟!写作十分艰难。"这句话出自费定与高尔基的通信。当时,费定提到了文学创作的复杂性:"每个人都曾接触过某种未经规范的学科,这门学科就是:写作十分艰难。"高尔基曾就该问题欣然回应道:"写作十分艰难——这正是一个极好的口号。"后来,卡维林还以此为书名撰写了一本回忆录。

"写作十分艰难"这句话成为"谢拉皮翁兄弟"的共同口号,它反映出该团体从文学学徒到逐渐形成个人风格及职业化的转变。扎米亚京在1922年曾这样评价自己的学生:"他们每个人都有自己的特色和风格,这都是从培训班中学习到的……对文学作品中冗余成分的摒弃,也许要比写作更加困难。"

马克西姆·高尔基支持"谢拉皮翁兄弟"的文学实验并对此给予很高的评价。这一点从高尔基与费定的通信,以及费定的《高尔基在我们中间》一书中都可以得到证明。得益于高尔基的努力,该文学团体不但正式成立,而且实实在在地生存下来。在高尔基的申请下,"谢拉皮翁兄弟"还获得了衣食供给和经济援助。最重要的是,高尔基还在国外大力宣传"谢拉皮翁兄弟"的创作,商定外文译本的修订并监督维护作家权益。除此之外,高尔基在苏联也极力保护"谢拉皮翁兄弟",使其免受批评责难。

斯洛尼姆斯基在1922年8月给高尔基的信中这样写道:"于我而言,在当代俄罗斯,该文学团体的存在是最有意义的,也是最令人愉快的事情。在我看来,不夸张地讲,您开启了俄罗斯文学发展的某个新阶段。"

文学团体"谢拉皮翁兄弟"存在的时间并不长。1924年5月9日,23岁的作家列夫·隆茨英年早逝,该文学团体的辉煌时期也随之终结。对于隆茨的离世,费定在给高尔基的信中这样写道:"当然,我们每个人都遭受了不同的损失。但现在将我们联系在一起的,是从前的亲密友谊，而不再是为了某种能够支撑团体创作的保障。我们并没有解散，因为'谢拉皮翁'超出了我们自身之外而存在。这个名字拥有自己的生命，它使我们不由自主地，对于一些人来说，甚至是强制性地团结在一起……团体内部逐渐分化，兄弟们开始成长，他们收获了一些技能，个性也日益变得突出。我们常常聚在一起，我们也喜欢聚在一起。我们的聚会是以习惯、友情及必要性为前提，而非强制性的要求。团体的工作和生活需求随着挨饿的彼得堡浪漫主义者一同消失了。但团体并没有正式解散，直到1929年'谢拉皮翁兄弟'还在照常庆祝他们的周年纪念日。"团体这个概念本身已经成为过去式，文学团体的生存状况并没有随着时间而得到改善。随着统一作家联盟的出现，它们被迫彻底退出了历史的舞台。

（本文作者为俄罗斯阿穆尔国立师范大学语文系教授、俄语语文学博士加丽娜·罗曼诺夫娜·罗曼诺娃。赵晓彬译）

译 序

温尼阿明·亚历山德罗维奇·卡维林(1902—1989),本姓西尔伯,20世纪苏联著名作家、批评家,也是苏联文学史上一个别具天赋而又信念坚定的作家。1902年卡维林出生于普斯科夫的一个艺术之家,自幼与苏联知名作家、批评家尤里·特尼亚诺夫相识,并在他的引导下走上了文学创作之路。中学毕业后,卡维林先是在莫斯科大学的历史语言系学习,1920年在特尼亚诺夫的建议下转至彼得格勒大学哲学系继续学业,同时在东方语言研究所学习阿拉伯语。卡维林的兴趣最初集中在写诗上,但导师什克洛夫斯基等人对此并不看好,于是在众人的引导下卡维林转向了小说创作,并在1920年以处女作《第十一公理》在彼得格勒的写作竞赛中取得名次,引起了高尔基的关注,从此高尔基成了他写作道路上的引导者。

1921年卡维林参加了苏联时期著名的文学团体"谢拉皮翁兄弟",他的绰号为"炼金术士兄弟",也成为了俄国形式主义代表什克洛夫斯基的门徒,受到了来自高尔基与"兄弟们"的关注与影响。"谢拉皮翁兄弟"时常在彼得格勒的艺术之家举行文学晚会,朗读自己的作品并相互评述。这段经历对卡维林的整个创作生涯有着重要意义,在此期间他与列夫·隆茨结下深厚的友谊,两人成为团体中西方派的代表,都十分崇拜霍夫曼等西方作家。可以说,隆茨与什克洛夫斯基等人的许多创作理念对卡维林产生了重要影响。

20世纪二三十年代的苏联文坛百花齐放,众多文学流派此消彼长,卡维林则博采众长,从各个流派汲取自己所需的理念与技巧,开始创作生涯,发表了一系列极具西方特色的作品。在这一阶段卡维林致力于中短篇小说的创作,1923年出版了第一部小说集《工长与学徒》,其中收录了六部短篇小说,这些作品的故事背景大多发生在异国他乡,魔法与炼金术是故事中的主要元素,小说中充满了怪诞的情节,呈现出极强的浪漫主义与形式主义倾向,并因此招致一些批评。到了20世纪20年代中后期,卡维林听从高尔基等人的建议转向现实主义写作,并把目光转向俄罗斯本土。1928年卡维林的第一部长篇小说《爱吵闹的人,或瓦西里耶夫斯基岛上的夜晚》问世,这部作品描写了20世纪20年代的文学氛围,并以什克洛夫斯基等人为小说的原型,一时在苏联文坛引起轰动。随后,卡维林陆续创作了《人的草稿》与《不知名艺术家》等中长篇小说。

1939年卡维林的成名作《船长与大尉》第一卷横空出世,这部分为上下两卷长篇小说自1936年开始撰写至1944年完稿,可谓工程浩大。在此期间,第二次世界大战爆发,卡维林在北方战线担任战地通讯员,这段经历也为《船长与大尉》的创作提供了素材。这是一部冒险小说,其中不仅有惊险刺激的情节,还充盈着坚强、奋斗的探险家精神。小说一经问世,便迅速在海内外掀起热潮,并获得了斯大林奖金,奠定卡维林在苏联文学史上的重要地位。

在20世纪40年代至60年代间,卡维林创作了许多长篇小说,诸如《一本被打开的书》三卷本以及《双重肖像》等。在这一时期的作品中,出现了许多与科学相关的题材。值得一提的是,卡维林在1954年第二届苏联作家大会上呼吁要公正地看待特尼亚诺夫与布尔加科夫等人的作品,他一直坚持为受到不平等待遇的作家辩护,致力于恢复他们的名誉。到了 70 年代,文化史成为卡维林创作的主旋律,他这一时期的作品,例如《在镜子前面》与回忆录《灯火通明的窗户》等,都与之相关。80 年代,卡维林创作了一些儿童文学作品,如《守夜人或十九世纪在尼姆西城的七个引人入胜的故事》与《韦里奥卡》等,同时作家还创作了部分与军事及现代青年相关的作品。除了小说创作以外,卡维林还涉足戏剧创作和文学批评领域,如 1933 年的剧本《驯服鲁滨孙先生》、1965 年由卡维林编撰的批评文集《你好,兄弟写作真是太难了……》以及次年的《尤里·特尼亚诺夫:作家与学者》。

卡维林可谓是苏联文学史上的常青树,直到 1989 年逝世以前,他都在奋笔耕耘,创作时间长达六十年之久,可以说,文学创作贯穿了他的一生。他写过激昂人心的历险小说,也写过温暖备至的儿童文学作品,其中故事的发生背景从异域风情到俄罗斯大地,从魔幻世界到苏联社会,内容丰富,包罗万象,是色彩斑斓的万花筒,因而广受世界各地读者喜爱。卡维林 20 世纪 20 年代跻身文坛之后,从俄罗斯到欧洲各国遍布对他的赞誉,尤其是长篇小说《船长与大尉》备受关注,这部小说早在 1959 年就被译介到了我国。

在卡维林的作品中,早期创作的中短篇小说极为丰富,其中的故事充满了趣味性,颇具特色。本书收入的就是卡维林这一时期的短篇小说,其中包括七部作家初涉文坛的探索之作与一部晚期作品。《18××莱比锡城纪事》《第五个漫游者》《紫红色的隐迹纸本》《蓝色的太阳》《大游戏》《酒桶》《钦差大臣》这七部小说为卡维林自 1922 年首次发表作品以来至 1927 年间的创作,几乎每年均收录一部。《素描画像》是作家 1980 年的作品,但这部小说的写作风格却罕见地与他早期的作品十分相似，颇有不忘初心的意味，故而本书将其收录。从这些作品中，可以一窥卡维林奋笔耕耘的身影，也可以走近作家构建的独属他自己的文学王国。

应该说，1922年问世的《18××年莱比锡城纪事》是卡维林正式发表的第一部作品，此时作家不过20岁，正是年少英才，在作品中尽其所能将所学技巧与自己的奇思妙想完美融合。《18××年莱比锡城纪事》的整个故事以自称为小说作者的"我"为视觉出发点，读者可以跟随着这个不知疲倦的"我"，一同窥探着小说主人公的生活。在这个魔幻的世界里，有被变成雕像的大学生、知道自己是虚拟人物的雕塑家、被迫失语的老教授、充满谜团的神秘客、斥责作者的老板娘，作者"我"又居高临下地操纵着他们的言行与命运。小说中的芸芸众生清醒而残酷地了解自己不过是作者"我"笔下的造物，他们同作者"我"也开始了一场由跟踪、欺骗、盗窃构成的较量……在这部小说中，卡维林独树一帜地探讨了关于写作程式的问题，将写作这件事本身放在小说内容的明面上向读者展示。

同年发表的《紫红色的隐迹纸本》中的故事也是如此扑朔迷离又浪漫动人。在小说的开端，两驾相向而行的马车发生了意外，因此两个上错了马车的人在深夜里原路返回了出发地，在魔法的作用下，他们离奇地交换了身份，这个玄妙的故事也围绕着一卷紫红色的隐迹纸本徐徐推进……在这个故事中出现了魔法与科学、预言与古卷，年轻的作家也借着这个故事向崇拜的德国作家霍夫曼表达了敬意并在此讨论了关于职业的话题。

1923年发表的《第五个漫游者》则是卡维林献给"谢拉皮翁兄弟"的赞礼。在这部小说中，卡维林的写作技巧更精进了一步。小说名叫《第五个漫游者》，却毫不提及关于他的故事，而是反其道而行之，讲述了其他四个漫游者的故事，而他只是不断地在另外四个漫游者的故事中重复关上盒子的动作。这四个漫游者各具特点并令人称奇，他们分别是破了色戒的江湖医生、怀揣瓶中小人的经院哲学家、没有身躯的玻璃人以及寻找贤者之石的浮士德。他们于德国的符腾堡相遇，在全城的见证下立誓，各自踏上旅途找寻自己追逐的秘宝，一年后回到这里，率先成功者可以得到其他人的圣迹剧。在他们的旅途中充满了魔法、炼金术、神话的影子，这成就了一场寻宝的盛宴。第五个漫游者在序中首先声明自己是泥人的身份，而小说的副标题是木偶戏，令人惊异的是其他四个漫游者不过是他手中的提线木偶，可见这个故事之荒诞奇诡，甚至夹杂着些许黑色幽默……在小说中能透视到英国作家斯特恩、德国作家霍夫曼与歌德的身影，卡维林对这些作家的借鉴与学习可见一斑。

卡维林自诩1924年的《酒桶》是他的得意之作，并将这部作品献给了自己的挚友特尼亚诺夫，大有以作品支持对方的学说理论之意，同时他也向高尔基写信坦言，即便这会为他带来责难，他也坚持在小说中悄悄地实践新式文学与陌生化，并对此乐在其中。《酒桶》的故事自马修爵士的儿子雷吉纳德去世展开，雷吉纳德留下了一份遗嘱，声称自己埋下了价值45万英镑的宝石待人去挖掘，第二天这份天价藏宝图就被盗走了……马修爵士、小偷、赌棍、流浪乐师与只有一半络腮胡的神秘男人不约而同地加入这场寻宝的狂欢中，然而寻宝一事并不简单，最终的宝藏也绝非仅是金银珠宝，在这背后隐藏着更骇人听闻的秘密……在这惊悚刺激的寻宝之旅中，不仅涵盖了历险以及政治斗争的内容，也揭露了人性之复杂。当然，小说最终的结局也令人咋舌。在这部作品中，没有出现卡维林一贯偏爱的魔法，而是涌现了许多科学元素，表现出作家天马行空的想象力与别具一格的创作天赋，也彰显了卡维林的写作水平明显有所提升。

1925年，23岁的作家再次向挚友特尼亚诺夫献上幻想小说《大游戏》，题名的典故源于英国作家吉卜林《基姆》中的英俄中亚争霸战，无数的密探在战争中行动，牵一发而动全身，一封密信就会引发动乱与战争，而卡维林的《大游戏》也同样围绕着一封皇帝让位诏书展开。埃塞俄比亚皇帝将让位诏书交托给俄罗斯的教授保管，而英国政府为了从中谋利，派遣密探伍德到俄罗斯的彼得格勒，去夺取这封能够左右埃塞俄比亚命运的诏书，这个自命不凡又热衷赌博的密探便进行了一系列令人匪夷所思的行动……自此，可以看到作家在渐渐地将写作故事的背景转移至俄罗斯的大地上，并把故事内容与现实世界相连接，不再一味追求幻想与虚构。

如此说来，1926年发表的《钦差大臣》可以看作是卡维林正式走向书写本土的转折之一。故事的发生地在俄国，在小说中出现了俄国临时政府总理克伦斯基与拉普首脑阿韦尔巴赫的名字，小说的原名"Ревизор"本意应指稽查员一职，以前也有"钦差大臣"之意。整个故事的灵感显然是来源于果戈理的戏剧《钦差大臣》，为了符合卡维林刻意的一语双关，故而将小说题名译为《钦差大臣》。在这个故事里，主人公丘丘金在澡堂中昏迷后被套上了稽查员的衣服，在见识到这层身份为他带来的种种好处后，他也情不自禁地斗胆冒认了身份，并履行稽查员的职责。在小说中，可以注意到，尽管主人公极尽卑琐懦弱，却也偶有勇气辱骂呵斥他的委员与神职人员，同时，故事中存在着许多含糊不清之处，暗示丘丘金藏着一个天大的秘密，读者唯有专注地读下去，静观作家娓娓道来才能得知真相。在这部作品中卡维林探讨了痛苦的真实与幸福的虚假究竟何为正确的哲学问题，同时我们也难免看到此时作家"淘气"的一面，他故意将生活中讨厌的人设计成可笑的角色，令人不禁会心一笑。

1927年，年轻的卡维林向现实主义写作又迈进了一步，《蓝色的太阳》是作家这一阶段罕见地具有东方氛围的作品。故事发生在樊城，主人公是U上校，这是一个没有准确姓名却拥有仁义之心与忠诚之心的军人，这让他在病入膏肓时十分惦念逝去挚友的独子权志。挚友是个壮烈牺牲的革命家，而他的儿子权志却是个瘾君子，为了检验权志是否能够成为一个合格的军人，一场关于忠诚的测试开始了……在这个故事里出现了我们耳熟能详的昆仑山、白蛇与扁担以及外国人眼中的中式街道。这则故事虽然篇幅短小，但内容饱满充实。在这之后，卡维林越发丰产，他不仅创作了大量的中短篇小说，同时也开始进行长篇小说的写作，到了30年代与40年代间，《船长与大尉》的问世为他加冕，令他成为苏联最有分量的作家之一。

本书选取的最后一部作品是1980年发表的《素描画像》，这是一个典型荟萃了真善美的童话故事。此时的作家已经是耄耋之年，著作等身，在他的创作中，儿童文学也已经占据着一席之地，此时他不仅历尽千帆，早已闻名海内外，且写作风格稳定平实，在他的童话故事中弥漫着淡淡的温情与慈爱。《素描肖像》的开端十分奇异，突然某一天，一个平凡之家的宁静突然被打破了，在他们阁楼里藏着一个能与植物沟通的相貌奇特的少年尤拉，他有着催人泪下的身世与动人心弦的爱情，而这个天生的艺术家也将带领着城里的人们开展了一场爱丽丝梦游仙境般的奇幻之旅，他们远征历险，讨伐尤拉邪恶的后妈与将他放逐的魔术师……在这个童话里我们能看到善良、诚实、爱情、勇气、友谊、仁爱与坚强等美好的品质与情感，而这一切也是取得胜利的关键，这也正是作家想要传达的信息。

不言而喻，卡维林20年代的这些作品需要非常耐心地阅读，才能体会其中的非凡意趣与作家的巧妙构思，往往读一遍可能是不够的，因为这是一个非凡的天才作家的作品，而他有意地想同读者进行一场智力游戏。这些作品可谓包罗万象，有不知所云的俚语与黑话、德语对白与犹太典故、炼金术与神秘的魔法、浮士德与霍夫曼的影子，而故事的发生地也从德国的莱比锡到非洲的埃塞俄比亚，从英国的伦敦到俄罗斯的彼得格勒，甚至还有中国的樊城，主人公的身份更是复杂多样，有作家、木偶、泥人、学者、精灵、炼金术士与军人，小说的情节也奇诡莫测，环环相扣。20年代的卡维林在不断地汲取写作技巧，意图创作出有别于他人的作品，彰显自己的写作个性。这些非凡的作品，当然也为卡维林赢来了喝彩，同时，他的叛逆也在所难免地招致了些许批评的声音，但幸好有他的"兄弟们"与高尔基的鼓励，这令他能够坚持自己的创作方式，在时局艰难的情况下也决不妥协，甚至还要为受到打压的作家们发声。他的勇敢、坚强与善良是他这一生写作的根基与养分，令他笔下的故事不显苍白，而是内容丰沛十足，情节有趣且发人深思，值得细细品味。

2020 年 4 月

18××年莱比锡城纪事

第一章
大学生博恩果利姆变成雕像

一个人声音洪亮地喊着：

"雕塑家先生，雕塑家先生。"他边喊边捶打着房门。

没有人回应。

他又使劲敲了几下，绝望地喊了一声：

"雕塑家！！！"

门内传来沉重的脚步声，门链哗啦啦地响了几声，一个睡意蒙眬的声音问道：

"谁啊？"

"请您开门，看在上帝的分上请您开门吧，雕塑家先生！"

"是您吗，亨利希？"有人问道。

"是的，是的，是我，我是亨利希。请您开门吧……"

"好的，好的，"雕塑家一边开门一边埋怨道，"您不妨换个时间过来闲聊，何必三更半夜叫我起来，吵得整条街都不得安宁。"

的确，附近的几栋房子里点起了灯，一些人影在通亮的窗户上晃动起来。

他们走进屋内，门在他们身后随之关上了，这扇门很厚，是用橡木做的，包着铜皮，上面有雕刻家这一行当使用的工具图案，还有门闩和门链。这样的门钻进去很难，不过我爬上了屋顶，然后顺着宽阔的烟囱爬下来，落到一个砖砌的不大的凹槽里，这里正是壁炉烟囱的底座。我把双脚抵在砖砌的台阶上，就坐在炉箅旁边，开始认真倾听。

"亲爱的雕塑家，"亨利希声音颤抖着说道，"就算您不这么做，我也一样要去寻找其他的最终解决办法，来帮我一次了结我所有的不幸。"

"等等，"雕塑家不慌不忙、若有所思地说道，"我实在无法理解，您为什么需要这么做。要把我的艺术用到您身上，对我来说不算什么，但是我担心，您为此要付出的代价太高了。您的决定是经过深思熟虑的吗，亲爱的亨利希？"

但是亨利希已经哭了起来，那样子活像个孩子。

"您害不害臊，"雕塑家又大声说道，他的声音非常清楚，"您哭什么？您要知道，只要我们作者糊里糊涂想不起来让雕像复活，那么您让我做的，会让您永远失去走动和说话的能力。"

"不管发生什么，"亨利希咳嗽着，声音嘶哑地回答道，"我都无所谓，我也不想知道这个后果。我只是在想，就算是变成青铜像永远沉默，也好过继续忍受这些难堪的折磨。"

我甚至听到他牙齿打战，咬得咯咯直响。

我坐在壁炉里，心想，他们的谈话在我看来有些过于伤感。但是，已经来不及纠正他们的错误，因为雕塑家把壁炉的火生了起来。

刺鼻的浓烟熏得我睁不开眼睛，我勉强忍住才没喊出声来。我顺着下来时的路线沿着砖砌的台阶向上跑的时候，又听到大学生嘶哑的声音在壁炉的烟囱里响亮地回荡。我爬出了烟囱，夜晚的空气使我的头脑清醒过来，我从房顶爬下来走到大街上，边走边试着整理飞散的思绪，然而却是徒劳。

第二章
蓝色信封未按目的地送达

老教授 N 走在莱比锡城里，他拄着拐杖，高高扬起满是皱纹的脸庞。教授是非常有学问的人：他一生都在研究康德哲学，他甚至在幼年时就只受到过德国智慧的滋养。厨娘给他灌输十七世纪末德国哲学家们的丰富思想，而受过教育的保姆经常给他唱的不是摇篮曲，而是《纯粹理性批判》①中节奏最为舒缓的片段。

很多人认为，他就是康德本人，但是老教授在哲学年报发表了一系列文章，批驳了这一错误观点。总之，他博学多才，智慧超群。

教授走得很慢，时而扶一扶滑下来的眼镜，有人向他深深鞠躬致敬时，他回应得既礼貌，又充分体现出其特有的威严。

---

① 《纯粹理性批判》被公认为是德国哲学家康德流传最为广泛、最具影响力的著作，同时也是整个西方哲学史上一部最重要、影响最深远的著作。

他脑海中浮现出一些深刻的思想，他在仔细思考新论据来证明一位德国哲学家的观点是正确的，他打算今天在涉及这一问题的详细讨论中进行陈词。

不过，他的一系列推理竟然被一件奇怪的事情意外打断了。

从他身边跑过去一个大学生。这原本也没什么，不过是教授的注意力从深刻的思考中显然被转移了而已。但是这个大学生不顾严寒，没戴帽子，大衣也是敞着的。他的行为显然有失体统。他一边跑一边推搡着路人，完全不顾他周围出现的混乱，可是他没跑几步就突然停下了，双手开始在地上摸索起来。

他的神色十分慌张而又困惑。我立刻察觉到了这一切，马上认定这些行为都是我所知道的某件意外事故造成的。

他跑到教授身边停了下来，双眼失神地看了看教授。

"对不起，您……您有没有看到……"他快速说道，"您有没有看到一个东西，就是一个长方形的东西？"

教授没有说话。我心里想："教授现在沉默是不是为时过早？"

"您看到了吗，这是非常重要的东西，"大学生烦躁不安地说，"再说了，这是任何东西都无法取代的。"

教授礼貌地问道："您说的是什么东西？"

"仁慈的先生，仁慈的先生，"大学生继续说，他一把抓住教授的衣扣，显然，他打定主意要倾诉自己的不幸，"您要是知道，您要是知道……"

两个市民停了片刻，彼此对看了一眼，继续向前走去，不时轻轻地挥动几下手杖，尽量避开人行道的左侧。

教授这会儿也顾不上康德了。

"我认为,"他转身面向大学生说道,"在我看来,对您而言,不容置疑的是,最好让自己心情平静下来,然后告诉我您到底在找什么。"

"是是是,"大学生急忙说道,"我在找一个小信封。我问您,您有没有在哪里见过一个小信封?这么说吧,我无意中弄丢了这个信封,现在怎么也找不到,也没办法使用。"

还没等教授回答,他就转过身继续往前跑。

教授站了一会儿,目送着跑开的人离去,他摇了摇头,然后毫不迟疑地朝着自己的目的地走去。但是糟糕的运气竟然第二次打破了他的平静,而后来还有第三次。

就在像神一样的看门人打开他面前神圣的大学校门的那个时刻,恰恰就在教授的右脚已经跨过门槛,而左脚微微抬起鞋后跟正想跟上右脚的步伐的那个时刻,就在长得像朱庇特一样的看门人张开周围长满胡须的嘴巴正要向教授问早安,而教授一只手轻轻扶着大门,保持着其特有的庄重想要走进神圣的学校大楼,就在这个时刻(而不是别的什么时刻),就在这个瞬间,当如此之多的动作已经确定无疑要发生的时刻,教授回头看了一眼。

需要说明的是,他的目光不是平视,而是向下俯视,向 40 度角的地方看去。教授起初是不由自主地望向那个地方,可是后来他又非常认真地看了看,就看到在那个地方放着一个不太大的长方形蓝色信封。

这就是为什么教授的左脚不仅仍然在原来的位置上,而且随着右脚的转动,虽然极不情愿,还是用脚后跟着地转了过来。教授俯身捡起信封,然后把信封放进衣服侧兜里,而接下来的一切就都按部就班了。

朱庇特终于向教授问了早安,而教授则把帽子和手杖交由他保管。教授本人便沿着楼梯往上走去,他含糊不清地哼着歌儿,心满意足地想,他很快就会阐述具有说服力的新论据来论证伟大的德国哲学家的观点是正确的。

第三章
论证作者心情愉快

如果从以上两个小章节得出一些结论,未免太过仓促。当然,可以假设,信封里有这个粗心大意的大学生破产的双亲的最后一笔财产。或者假设,一个陌生而行为无疑十分愚蠢的年轻人,夜间闯入受人敬重的雕塑家的住处,其造访的最终目的是抢劫上文提到的住处。

但是这些猜测一点儿都不值得在意。

就我而言,我无论如何也不会让自己逼迫教授在楼梯倒数第二个台阶上把腿摔坏。我不会妨碍他沿着楼梯上楼,因为我清楚地意识到,有时候这是必定会发生的,无论如何都是合乎情理的现象。

恰恰相反:一切进展顺利。教授上到了三楼,然后他左转,沿着长长的走廊朝教室走去。

第四章

蓝色信封的意外事件以及作者在短篇小说《18××年莱比锡城纪事》中的恶意行为

一个小教室里几乎坐满了人。唉，现在不是我们悲伤的时候，而是要用这一个半小时在学校里找到那个大学生，他孤僻，眼神凶狠，满脸胡须，胆小又古怪。

教室里几乎坐满了人，我再次重申这一点，而教授郑重地鞠了一躬，然后走到讲台前，扶了扶眼镜，缓慢而坚定有力地说道：

"上次我们分析了形而上学的一个观点，该观点试图通过阐释先验逻辑[1]来确立批判哲学……"

模范生们拿出铅笔，打开皮面的笔记本，开始记笔记。记完以后，他们把铅笔放到唇齿边，像听到指令一样齐刷刷瞪大眼睛看向教授。只有一个头发蓬乱、胡子拉碴的人，坐在右侧的一个长凳上，不满地扭来扭去，还俯身对一个同学说："他又开始胡扯了。"他不是伊曼努尔·康德的崇拜者。

"我们看到，"教授继续说，"这一尝试在认识论上不可避免地得出与发生学前提相关的所有结论，大大拓展了信仰和概率的范围。

---

[1] 德国古典哲学家康德在《纯粹理性批判》一书中提出的一种逻辑学说。康德认为，先验逻辑是研究认识的起源、范围和客观意义的科学。在这个意义上，它相当于一般所谓的研究认识的科学——认识论。在先验逻辑中，知识是通过作为概念的联系的判断来体现的。康德的先验逻辑就是研究先天综合判断的。他认为只有这类判断形式才能达到普遍的、绝对的、必然的真理。先验逻辑分为先验分析论和先验辩证论，前者研究知性认识形式，后者研究理性认识形式。

但是……逻辑思维将信仰领域与科学领域区分开来,认为它们之间在内在认识上存在明确的界限。"

教授说这句话的时候清了清嗓子,他坚持这样做已经很多年了。老教授正是用这句话无数次驳倒了一批又一批的形而上学者。

但是这一次,有种莫名其妙的东西显然在妨碍他说话。他清了清嗓子,把手抬起来放到额头上,试着回想起一些事情或者理解心里难以言说的感觉。他终于想起来了,于是他一边流畅地讲述着不容置辩的理论令听众昏昏欲睡,一边小心翼翼地把手伸进大衣的侧兜里。

当他摸到刚才捡到的东西时,手往上拉了拉,一个长方形小信封闪烁着一抹幽光,掉到了讲台旁边的地上。

就在教授以其前所未有的敏捷一只手捡起信封的时候,那个头发蓬乱的大学生立刻跳起来跑到讲台前。

大学生的额头一下子撞到了教授的额头上,磕出一个大包,双方互相道歉以后,课堂教学继续进行。

"假设,"教授接着说道,大学生们一如既往地瞪大眼睛抓起铅笔,"我们假设,认识论的提出必须运用发生学前提。这种无机结合产生的后果……"

"我们去酒馆吧,"头发蓬乱的大学生对一个同学说道,"反正他也不会讲什么有用的东西。"

"……会在现代哲学史中占有一席之地的众多理论中表现出来,既可以表现在历史观点上,也可以表现在尽可能理解其实质的尝试上。这些理论坚持认为世界观具有先天一致性,并成为这种世界观的体现……"

门"啪"的一声打开了。之前教授遇到的那个大学生跌跌撞撞地跑了进来,在光洁的镶木地板上留下一道道雪痕。突然,他停了下来,一动不动地站在距离教授的讲台大约五步远的地方。

"是亨利希,"头发蓬乱的大学生悄悄地说。这个大学生转过身来,非常惊讶地看了一眼,然后突然集中精神开始观察地板。

"必须,"我心想,"必须让教授在亨利希还没出教室的时候打开信封。如果亨利希看不到信封打开,他就没有足够的理由变成雕像。"

于是,我从后面的长凳上站起来,走到教授跟前说道:

"教授,能不能麻烦您把您侧兜里的东西拿出来?"

教授的手顺从地放下去停了片刻,接着拇指和食指夹着那个指定的东西抬了起来,继续随着他缓慢的说话节奏左右摇晃。

"这种外部产生的必然性,"教授接着说,他一点儿也不关心我提起的事情,大概对我的出现也没有产生怀疑,"将从根本上破坏任何一个哲学体系的建构。"

"教授,"我继续看似漠不关心地说道,"敬请打开信封,您就是帮了我一个大忙。"

就在此时,教授当着吃惊的大学生们的面,双手似乎完全机械地把信封拿到自己的眼镜跟前,与此同时,眼镜马上确定出最适合撕开信封的地方,而这个地方正是一个小洞,这显然是粘信封时不小心弄出来的。

随后教授的一只手轻轻动了一下,于是安静的教室里清晰地听到刺啦一声,接着就是撕纸的簌簌声。

一切都安静下来。

我本来是要离开的,但是半路又折了回来,走到教授身边问道:"您不舒服吗?格海姆拉特先生。"

他好像在仔细倾听,一只手扶着桌子站在那里,微微屈膝,一句话也不说。

他沉默不语。

大学生们放下手中的铅笔,啪的一声合上笔记本,一起摇着头表示遗憾。

"喂,白痴,"亨利希突然狂怒地大喊起来,"喂,浑蛋,谁让你打开信封了?!"

"亨利希,"头发蓬乱的大学生对他说道,"你喝醉了,你大概是喝坏了自己的……"

我打断他的话:

"您没看到吗,比尔先生?需要把教授送回家。"

比尔突然看到我,惊慌失措地回答说,他没发现教授病得这么重。

但是我用几句话就说服了他,然后我们搀起教授,带着他往楼下走去。

教授沉默不语,嘴巴艰难地微微张开,漠然地往前走着。脸色却比平常苍白得多。

"嗯,"我心下不无戏谑地想,"这会让他发生点什么事儿才好呢?"而头发蓬乱的大学生什么都没说,只是愤怒地啐了一口唾沫。

第五章

简述出售大学生博恩果利姆之事

大学生罗伯特·比尔一边想,一边喃喃自语:

"您觉不觉得奇怪,"他礼貌地鞠了一躬,然后问道,"您觉不觉得奇怪,罗伯特先生?您那个不务正业的学生已经第三天没有回来过夜了。"

他沉默了一会儿,然后吐了一口烟,紧皱着眉头又说道:

"要是他住在哪个姑娘那里或者去找柏林大街上的美人儿,那么他为什么不告诉我,不告诉自己最好的朋友?"

他把双腿跷到桌子上,把椅子朝向地面放低。

"奇怪的是,亨利希不见的时候,恰恰是老教授停下来不讲康德的时候。"

桌子此刻必定成了这位被抛弃的朋友的谈伴,它善于交际而又热情好客。但是对它过于随便的态度让它感到备受侮辱,它使出浑身力气打了个趔趄,嘎吱吱地说了些莫名其妙的话,然后缓慢而又确定无疑地倒了下去。

这也是为什么大学生的双腿跷起来过,后来又放回到地板上的原因。

于是罗伯特·比尔责备地看了看桌子,把它恢复了原来的姿势。

"我到狄更斯坦那儿去找找他,"他说,"如果他也不在那儿,那么……"此时他说了几句话,由于我天生比较谨慎,这些话我决定就不广而告之了。

第六章
本章实际上应该在第五章的位置

时光一如既往地流逝:每天 24 个小时,每小时 60 分钟,每分钟 60 秒。未来变成现在,而现在准时地成为过去。

然而遗憾的是,为了我的小说更加丰富和清晰,我不得不暂时改变这些习以为常的状态,把过去变为现在,甚至随后将之变成未来。但是,为了这个轻率的行为导致的不良后果和过错不仅仅归咎于我一个人,我悄悄地把手表往回拨了三天。

我十分阴险地让手表参与了我的恶意行为,但是现在后悔为时已晚。手表还在走着,它十分奇怪地在我侧面的衣兜里嘀嘀嗒嗒地响着。

手表还在走着,我再次重申,无论多么胆大放肆的手都阻挡不住时间的脚步。

"教授,"我一只手搀着他说(我们乘坐的是马车,颠簸得厉害),"最好说一下您的住址。"

我非常熟悉这个地址,这么问只是想检验一下,我发明的信封好不好以及它对教授先生产生了什么样的影响。

但是教授一句话也没说。

然而比尔回答了，他就坐在同一辆马车的右边，他说出了地址，但是他把街道名、门牌号和房间号都弄错了。

"老人家怎么了，"他心里想，"亨利希这个疯子跑哪儿去了？为什么他的行为举止那么奇怪？这关长方形信封什么事儿？"

最后一些话他竟然大声说了出来，非同寻常的事件让他感到惶恐不安。

教授依然沉默不语。

"然而这是令人不愉快的事情，"我在坑洼上颠簸的时候心里想，对自己有些不满，"要知道如果他不说，那么德国哲学家的对手在认识论分歧的问题上就会占上风。"

但是此时马车来到了教授家。

罗伯特·比尔跳下马车，想要跑去把这个非同寻常的意外事件告诉教授的家人。

他敲了敲门，心里想："教授是有个女儿的。"就在这个时候，教授的女儿、蓝眼睛的格列特罕打开了门。

"格海姆拉特先生感觉有些不太舒服，亲爱的小姐，"他小心翼翼地伸出一只手说道，"您别担心，可以说，这就是缄默症发作了。"

蓝眼睛的女儿奔到教授跟前。

在搀扶教授去门口的时候，我拿出手表，想看看从我调完到现在过了多长时间。但是手表从我手里掉到地上摔坏了。

现在变成了现在，过去成了过去，大学生罗伯特·比尔正在寻找自己失踪的朋友。

第七章

罗伯特·比尔是如何找到自己朋友的

雪是松软的,颜色是白的,与雪应有的样子无异。尽管所有的人都知道,雪只能是白色的,不会是其他颜色,也只能是松软的,不会像石头一样坚硬。即便如此,我认为,很多受人尊敬的作家每年都会在自己勤勉的成果里面奇怪地坚持提到这一点。所以我也要提一下(应该以老一辈人为榜样):雪是松软的,颜色是白的。现在,我至少已经明白,当一个受人尊敬的作家是怎么回事儿了。

大学生比尔有些部位是松软的。对,他是松软的,他的头发是松软的,鼻子很大,尽管所有这些跟他的性格一点儿关系都没有。

瞧瞧,我的认识已经有所进展:第一,雪是松软的;第二,大学生是松软的。

闲暇无事的大脑由此可以得出一些十分重要的结论。但是我没得出任何结论,我只是远远地尾随着他,裹紧自己的斗篷抵御冬日的严寒。

大学生懒洋洋地迈着步子,左右摇晃着说:

"他不在狄更斯坦那儿,不在格拉乌宾什托克那儿,也不在迈尔和昆茨那儿。他也不在莱比锡的哪一个酒馆里,他失踪了。如果他失踪了,那我也就完了。因为我无法承受失去最好的朋友。"

淡蓝色的雪花旋转着慢腾腾地飘落下来。行人如织的街道此时已经在大学生的身后。他走进了一条弯曲肮脏的小巷。

我从小巷靠边的房子角落走到他身边说:

"在这儿,在右边,在帽子店后面,有一个做生意的老太太叫巴赫。老太太是做古董生意的。她有很多新奇的玩意儿,去拜访老太太巴赫,在那儿消磨时光,您不会觉得时间浪费了。"

大学生没有发现我的存在,但是他转过身子,站了一会儿,仔细地听着。

然后他平静地朝着我说的那家小铺慢慢走过去。

"下午好,巴赫夫人。"他一边往小铺里面走一边说。

"您好。"坐在柜台后的老太太含混不清地说,她扬起鹰钩鼻,把手上织的东西放到一边。

"听说,"大学生继续说道,"您有很多新奇的古董。"

老太太从椅子上跳下来,一颠一颠地朝他走来。

她走到他跟前,目不转睛地看着他,仔细打量着他,像是在比较着什么,她那张衰老的脸抽搐了一下,变得更加难看。

大学生哆嗦了一下,也不知道为什么突然说道:

"您有没有见过亨利希·博恩果利姆,他是莱比锡大学的学生,亨利希·博恩果利姆?"

老太太重新坐回到椅子上回答说:

"没有,我没见过大学生博恩果利姆,如果您想在我的店里买些东西的话,您看一看商品吧。"

她一只手指了指货架,打开橱窗。

大学生用一只手捋了一下头发,就像要赶走莫名其妙的事情似的,然后开始仔细观看起来。

他仔细观看了一些古老的小茶碗，茶碗上饰有字母组合图案和发绿的题词。他用一只手轻轻摸了摸烟盒，烟盒上画着迷人的、镶满珍珠的美女肖像。他细心地打量一些金吊坠儿和带有耶稣与圣徒画像的手表。然后他抬起头问道：

"尊敬的巴赫夫人，我想买一件结婚礼物。您这儿有没有什么……"

"您看看架子上。"老太太含混不清说道。于是大学生好像做梦似的走到了架子前。

他从一套镀金器具旁边走过，这套器具完全不符合他的要求，然后他用一只手挪开许多装照片的小相框，也不知道这些相框是怎么到了古董店的，接着他的眼睛在下层的架子上扫过，突然他漫不经心的目光注意到了小小的青铜雕像，这个雕像栖身在角落里，被一堆无用的杂货半遮半掩着。

他把雕像拿到手里，退后一步大喊道：

"亨利希！！"

因为他认出这个雕像就是他失踪的朋友。

老太太悄悄地笑了。

"我找到你了，亲爱的朋友，"大学生也笑了起来，他说，"现在你没那么容易离开我们的房间了。"

他微微颤抖着转向老太太说：

"我想在您这儿买的就是这个东西，巴赫夫人。"

第八章

作者与生俱来的虚伪

我不得不承认,这一章完全不知因何插进了我们的故事。

此时此刻,故事已经离题太远,必然需要继续讲下去,至于我,当然,在经过一番长时间的深思熟虑之后,我决定把玩一下我们这甘醇的……我想说:我决定把甘醇的莱比锡啤酒搅起泡沫。

咚咚……咚咚……

咚咚……

咚咚……

这是锤子敲门的声音。我变成亨利希·博恩果利姆的样子,把锤子拿到左手上:咚咚,咚咚……

一个男人低沉的声音问道:"什么事?"但是这个人还没等到回答,就打开了门。

"是你,"他后退一步说道,显然他十分吃惊,"你终于回来了?"

"对不起,"亨利希一副困惑的表情冷冷地回答,"您把我当成别人了。"

"你怎么了,亨利希,"比尔大声喊道,"你大概这几天喝酒喝失忆了吧。"

"但是我真的不认识您。"亨利希像先前一样冷漠而又彬彬有礼地继续说道,"我特别惊讶,您竟然知道我的名字。如果您是来自耶拿的大学生罗伯特·比尔,那么我有十分重要的事找你。但是我十分确定，至今为止，我从来没见过您。"

"别再开玩笑了，亨利希，"比尔喊道，"到我那儿去吧，我们谈谈。我要亲自和你谈谈。"

"您让我很吃惊，"亨利希说，"我完全不明白，是什么会让您开这样不符合身份的玩笑。"

一阵沉默。

"好吧，尽管你不是你，"比尔摇着脑袋说，"尽管你不是你，可是实在太像了。"

"请您进来吧，"他过了片刻说道，"看来，只是各种情况的意外巧合让我产生了错觉。再加上最近几天发生的事情让我晕头转向。"

他们走进房间，比尔又仔细打量一下自己的客人。亨利希没有再表现出任何的惊讶，而是直接步入正题。

"如果我没记错的话，"他开始说道，"上次 N 教授课堂上发生的那件不幸而又十分奇怪的事情，您是目击者。"

"是的，"比尔说，"我的确去听那堂课了，非常清楚你说的那件事。"

"教授说不出话的时候，或者说，他讲课被意外打断的时候，大学生博恩果利姆就站在离教授不远的地方。"

比尔瞪大眼睛，惊慌失措地坐到椅子上。

"博恩果利姆这个大学生，"亨利希继续说，"他的行为举止极其失礼，或者至少可以说，他非常奇怪。当教授因为突如其来的病痛而无法讲课的时候，他竟然大骂教授，这些骂人话我无法再说一遍，我觉得这些话说起来有失我的人格。"

"我以人格担保,"比尔说话声音不大,但是却十分坚定,"我以人格担保,你就是大学生亨利希·博恩果利姆,不知道为什么你想要戏弄我。"

"如果您愿意听我说,"亨利希回答道,"那么劳驾您别说一些不恰当的话打断我。我确实是亨利希·博恩果利姆,但是我不认识您,也从来没见过您。"

他沉默了一会儿,然后接着说道:

"我有非常重要的事情找这个大学生。我认为,对于他目前在哪里的问题,您能做出说明。"

"好吧,如果您说的是真话,您不是您要找的那个人,也不是我三天来一直在找的那个人,那么请让我给您看样东西吧,从某些方面来说,它最像博恩果利姆。"

比尔说着,从桌子上拿起一个雕像,把它递给了客人。他做这些事的时候,脸色极其阴沉而又严肃,我忍不住哈哈大笑起来,不小心把雕像碰落到了地上,我惊恐地想,看来我设下的骗局现在就要揭开了。

第九章
粗心大意的可怕后果

一把宽大的皮圈椅放在窗户之间,紧挨着书桌,皮椅上放着一件灰褐色的长袍,上面绣着一些天蓝色小花,那是格列特罕小姐的巧手绣上去的。

在长袍前面的小桌子上，放着一杯咖啡，小桌上铺着雪白的桌布，在放着长袍的圈椅子后面，站着蓝眼睛的格列特罕，她呜呜咽咽地哭泣着。冬日明媚的阳光照进窗子，大概影响到了灰褐色的长袍，因为它不安地动了动，然后开始抬起袖子。

"形而上学者们获得了胜利，"我心里想，不无好奇地看向瘦削的长袍，把书柜的小门打开一道缝儿，"看来，老人已经沉默很长时间了……"

但是此时德国哲学家从壁柜那儿责备地看了看我，我非常窘迫地马上又躲回到自己的藏身之处。

长袍抬起袖子，轻轻地把铅笔放到瘦削的一只手里。但是，阳光大概非常影响它工作，因为这只手勾画了一些莫名其妙的轮廓，然后非常无力地放了下去。

"怎么办呢，格海姆拉特先生？"

我坐在书柜里难过地自怨自艾，责怪自己让老人这么伤心。

"但是，"我心里想，"一部分过错要归咎于疯子亨利希，是他把信封弄丢了，所以才造成这些意想不到的悲伤的后果。"

"瞧瞧，"我接着想，"这就是年轻人行为轻率、思虑不周的后果。这也是一个人不切实际的幻想以及与此相关的疯狂行为导致的后果，不在神圣的科学殿堂里从事高尚的工作，却在奇异事件方面从事着徒劳无益的活动。"

我马上激动起来，差点在从书柜里跳出去。但是传来一阵急遽的响动，书柜门打开了。我终于看到了灰褐色的长袍，并打了个招呼：

"您好，格海姆拉特先生！"

第十章

本章最好放在第一章

我悲伤地受命必须重新开始写一章，这次写的是早就逝去的一段时光。万事开头总比结束困难，更何况，如果不结束已经开了头的事情，那结果就是永远不会结束，但是如果不开头，那就永远都不会有结果。

我更倾向于前者，因为我已经开始写了。

一个大学生坐在书桌旁沉思着。他在想什么——不为人所知，但是极有可能是在想教授的女儿、有着一头金发的格列特罕。值得关注的还有另外一种推测，那就是他根本没有在思考，而是像往常一样因为心不在焉忘了脱掉外衣躺到床上，现在则是把苍白的脸靠在圈椅背上，坐在桌子后面睡着了。

就这样过了一夜，黎明让他变得精力充沛。他俯身在桌前，一只手在纸上快速地写了一行又一行：他在写信。

莱比锡市柏林大街 11 号

格列塔·N 小姐：

昨天，尊贵的小姐，昨天晚上我对您说，如果您不赞同我的一些建议，我发誓我会保持沉默。

唉，格列塔小姐，您知道，您应该知道，我最好永远保持沉默！！

　　唉，格列塔小姐，既然我现在不能跟您说，因为您和钢琴大师佐年别尔格订婚了，那就最好对所有人都保持沉默，永远沉默，与人隔绝。不过，我一直是个沉默寡言的人，尊贵的小姐，在上述状态下我将实施的某些计划不会让我过于伤心。

　　从今以后孤独就是我的朋友。再见，再见了，格列塔小姐。我会证明我对格海姆拉特先生应有的尊重。

　　　　　　　　　　我的签名：亨利希·博恩果利姆

　　　　　　　　　　18××年1月8日

　　每逢星期天，柏林大街上都熙熙攘攘，洋溢着欢乐的气氛。气派的马车在路上飞驰，仪态庄重的夫人们在游逛，国花把街道装点得格外漂亮。

　　这一天是星期天，柏林大街上有一个脸色苍白的年轻人在闲逛，他一句话也不说，似乎在专注地想着事情。

　　他沿着街道慢悠悠地走着，走到街道尽头的街角，他从容地转过身，脚步轻快地往回走。

　　如果他偶尔在一栋灰色的大房子附近逗留，颤抖着抬起双眼看向半掩的窗户，那么这很容易被认为是他不够专注，他往常也总是这样漫不经心。

　　许多男孩子拿着苏打水高声大喊，还有一些戴着头巾的老太太站在房门口聊着一些家务事。

　　一个脸色苍白的年轻人一身大学生打扮，每个星期天都按时在这条街道上散步两个小时，逗留两个小时以后就离开。但是这一次，在这有着特殊意义的一天，在发生许多意外之事的这一天，他提前回了家。

他上到二楼，拿着钥匙弄得哗啦啦地响了一阵儿，然后走进昏暗的房间。他躺到沙发上，腿跷在椅背上，开始沉思默想起来。

他心里很悲伤，但是一会儿就睡着了。他深夜醒了过来，看到一个陌生人坐在他的圈椅上正低头看书。

"对不起，"这个人突然转过身，立刻跳到离桌子相当远的地方，"我十分抱歉，大学生先生，未经您允许就进入您家里。"

他沉默了一会儿，像是在等待回答，然后继续说道：

"我听说了一些关于您的特别有趣的事情，所以我才敢未经您特别邀请就来拜访您。不过，我几乎可以肯定，您一点儿都不反对我来您这令人神往而又朴素的住处。"

亨利希抬起头，走到这个人跟前，仔细而又平静地打量着这个陌生人。

那个人在原地旋转起来，像陀螺似的，突然他停下来，跳到了圈椅背上，用一只手猛地抓住下巴，用支起来的胳膊肘抵住膝盖。

"现在我们喝一杯吧，"他大声说道，从燕尾服的口袋里拿出一瓶酒，"喝一杯吧，亲爱的同学。"

杯子与杯子相碰，发出清脆的叮当声，陌生人喝了两杯。接着他笑了起来，声音刺耳而又嘶哑。他尖形的胡须穿过空气向上扬起，双膝哆嗦了一下，稍微向上抬起，而黑色燕尾服下瘦削的肩胛骨深陷下去并且开始抖动起来，就像他忍不住在大笑一样。

亨利希站在那里，紧紧地闭着嘴巴，努力不打破沉默。

"您的沉默，"陌生人大声说，"好极了。我应该承认，您为此费了很大力气，大学生先生。不过，早就听闻莱比锡的大学生都信守承诺。"

这个莱比锡的大学生坐回到自己的圈椅上，却没有让他的谈伴坐下，他从圈椅子上欠了欠身，又差点儿摔倒。陌生人的整副样子、瘦削的身体和面孔以及特别笨拙的动作，好像深深刺痛了他。

"您都快成机器了，亲爱的博恩果利姆，"陌生人说着，又扶着大学生坐到圈椅上，在他上方晃动着礼帽，亨利希因此涨红了脸。

但是陌生人走开几步以后又站住了，他晃动着双手说道："您对我的友好态度（我是否能够相信，这就是友好的态度）让我坚信，您不会拒绝接受我的提议，它关系到您特殊的财富的重要价值和极大优势。"

此时他十分敏捷地坐到桌子边上。

"关键在于，现在有一个非常适合的方法，可以让您摆脱目前陷人的艰难处境，这多亏您本人（我一直抱有这种希望而深感安慰，不仅是您，还有莱比锡的其他大学生也都具有这种性格）坚忍不拔的性格和无与伦比的忍耐力。"

亨利希用舌尖儿刺伤了沉默，于是沉默像小蛇似的蜷缩成一团，被尖利的牙齿咬住了。

"这个方法，"陌生人又开始说，"就是我们两个之间签订买卖协议，为的是把您的优质商品卖给我。"

"您的沉默，"他用一只手阻止想要站起来的亨利希，继续说道，

"品质优异，工艺精良。我会为了它立即给出您应得的价格，这也是它赖以产生的高尚的原因应得的价格。这个价格，"他稍做歇息，但是同时也没忘记小心翼翼地离开圈椅，马上接着说道，"让我心存希望，大学生先生，对于我的一系列……对于我的这个建议，希望您这方面能给出令人满意的答复。"

迫不及待的神情在亨利希的脸上倏忽而过，但是马上就消失不见了。

"对于学识渊博的 N 教授的女儿，"陌生人接着说道，"您有什么看法，她名叫……"

陌生人放低声音，像是对自己的提问感到害羞似的。然后，他小心翼翼而又相当镇静地碰一碰大学生的肩膀，悄悄地说：

"名叫格列特罕?"他像以前一样，像个陀螺似的转了起来，向上扬起尖尖的胡须。一些想法旋风般萦绕在亨利希的脑海中。

"我想说，"陌生人继续对亨利希说道，"如果您不再沉默，您就会得到……"

沉默就哽在大学生的喉头，他不得不用左手使劲儿抵住下颌。

"得到最最迷人的格列特罕，这是您做出勇敢决定的唯一原因。"

"您看到了吗，"陌生人走近亨利希，朝他俯下身，又开始说道，"我提出的条件，对我们两个人都有好处。我买到的东西，我会以非常有趣的方式使用。您一点儿损失都不会有，您卖给我东西，得到的是哲学教授、伊曼努尔·康德的忠诚继承者的女儿、一头金发的格列特罕的爱情。不是这样吗?"

亨利希的双唇张开，可是伴随着牙齿的咔嚓声又闭上了。他抬起头,又仔细打量一番这个不同寻常的访客、这个为特殊财富开出特殊价格的人。

"我不催促您马上回答,亲爱的朋友,"陌生人温柔地说道,他弯着腰,似乎在忍受着剧烈的疼痛,"两三天的时间对我们的交易来说还是可以接受的。只是请允许我提醒您,用这些钳子和这小瓶胶水(此时他从燕尾服后面的口袋里掏出这些东西),您就可以取出您的沉默,将它封进任何一个中等大小的信封里,或者最好封进长方形信封里,嗯,哪怕就是我现在看到的您桌子上的任何一个信封都行。"

他一只手指着亨利希书桌上端端正正地放着的一包蓝色信封。

"怎么样?"

亨利希慢慢地点了点头表示同意。

"谢谢您,"陌生人十分高兴,但依旧十分礼貌地大声说道,"谢谢您,亲爱的大学生。最后,请让我给您写下我的地址,到时候您把信封拿到这个地方。"

他从亨利希的笔记本上撕下一页纸,写上地址,然后转过身去就不见了。

第十一章

为至今仍困惑不解的人所写的一章

着手写这一章的时候,我感到胸中发闷、心口疼痛。

第十一章遭遇了许多难以预料的不幸,最初我忘了如期将它写完，延期写完以后，又不小心把它弄丢了。

事情是这样的：在就要写完我这部情节简单的小说的第十章时，我觉得自己十分不道德。之所以这样，大概主要是因为有一种特别不好的预感，它强烈地折磨着我的同情心。不过，也不排除另外一个原因，这个原因倾向于物质方面，主要是针对我虚弱的身体处于病态而言的。

我觉得自己很不道德以后，就躺到沙发上睡着了。

我马上梦见第十一章变成乌鸦的喙在啄我的右眼，总之它的行为非常下流无耻。毫无疑问，这是受第十章的影响，但是这一点并不重要。

深夜醒来，我好像突然灵感爆发，写完最后一章结束了我讲述的故事，我高声欢呼颂扬我的天才，因此吵醒了我的两个兄弟和年老的叔叔，叔叔伸出一根瘦削的手指吓唬我说，他一直相信，我这个骗子绝对不会有什么出息，在他看来，我只能在穷人过夜的小客栈里或者绞刑架上结束我的一生。

很多年过去了，我已经有了丰富的生活阅历，经历了人生的各种艰辛，再次着手创作自己年少时的作品。我看到它没有写完，就插入了被遗忘的第十一章。

我清楚地记得，这一章讲的是大学生比尔和博恩果利姆从前的友谊，讲了博恩果利姆住在比尔的房间里，还讲了博恩果利姆怎样意外消失，等等、等等。

这一章还有一些感人的部分，充分证明作者心肠软、富有同情心，其中讲到亨利希·博恩果利姆丢了信封之后十分绝望，于是决定变成雕像。总而言之，第十一章是写得非常认真、非常好的一章。

这一章也正是在那天深夜消失不见的。

我知道，我知道，人们定会指责我头脑简单，或者说我没有足够的勇气，不敢老老实实承认我没有写完这一章。

但是它消失不见了，我跟您说，它原来所在之处，真的干干净净，完全是一张未写过字的白纸。

我没有任何过错，所有这一切我都怀疑大学生比尔。是他，就是他偷走了这一章，他用卑鄙的手段让我没有机会证明这部短篇小说含糊不清不是我的过错。

第十二章
作者摆布短篇小说《18××年莱比锡城纪事》中的人物

月光怯生生地透过半开半掩的百叶窗，形成一条暗淡的光带落到地板上，照到一根根缝衣针上闪耀着点点细碎的光芒，也照亮了一个老太太苍老的脸庞和骨节粗大的双手。啊，这个老太太是古董店的巴赫夫人！有多少次，当繁忙的一天过去感觉疲累的时候，或者深受预感困扰的时候，我闭上眼睛——浮现在我眼前的就是这个鹰钩鼻，这对没有睫毛的凸起的黄色眼皮，这张脸颊松弛、上唇微微翘起的凶恶面孔。

所有这些都异常清晰地浮现在我的眼前：苍老的嘴唇微微颤动，想方设法对我说着挖苦的话语，而我哆嗦着心想："再过一会儿，我就会写完您的事儿,亲爱的巴赫夫人,您迷人的脸庞最终完全不会再打扰我了。"

老太太喜欢坐在自己古董店的长凳上直至深夜。她既不是在等顾客,也不是在等卖家,可是依然坐在柜台旁边,不时地轻轻咬一咬苍白的嘴唇,快速地摆动着织针。

不过,有些时候,尽管时间已经很晚了,还是会有一些老朋友来找她,做一些见不得人的勾当和怪异之事。

今天晚上她没有等任何人。

一盏小灯散发出黄色的灯光,照亮了周围,可是遇到月光时就黯然失色,隐藏到阴影里面去了。

一些铜人在巨大的铜版画上古怪而又忧郁地望着下方,而在地上,在银色的光带旁边,双手、织针和织物参差错落的影子在快速地颤动。

有人在敲门。

"开门,巴赫奶奶,我需要见一见您。"

老太太站起身,把织物放到一边,拉开沉重的门闩。

"对不起,奶奶,"进来的人柔声说道,"对不起,这么晚还来找您。"

巴赫太太没有说话,她坐到柜台里面,继续织东西。

"应该有一个大学生给您拿来过一封信,"陌生人继续极为亲切地说道,"一个长方形的蓝色信封,里面装的是我买的东西。"

"知道,我知道你们的交易,"老太太埋怨道,"我全都知道,不用跟我说了。"

"她什么都不知道,"我心里想,"如果我没告诉她信封丢了,还有她昨天卖给大学生罗伯特·比尔的是谁,她绝对什么都不会知道。"

"没有人给我拿来过什么信封,"她抬起凶狠的眼睛看着陌生人,又把织物放到一边继续说道,"而那个应该拿来信封的人,那个人昨天被我……"

"什么,"陌生人高声说道,"没有人给过您信封?"

"我跟您说,那个应该拿来信封的人,那个人昨天被我……"

敲门声打断了她的话。

陌生人殷勤地拉开门闩,然后就躲到墙和门之间的角落里。

一阵风吹过,微弱的灯光随着晃动起来,那些铜人极为厌恶地皱起眉头,巴赫太太站起身来,朝着新来的访客走过去。

"看在上帝的分上请您原谅我,尊敬的巴赫夫人,"这个拜访者快速说道,"但是我有件特别重要的事情,所以这么晚了还来找您。"

"雕塑家先生,"尊敬的巴赫夫人庄重地说道,"雕塑家先生,我在听您说呢。"

"三天前我给您拿来过一个大学生的青铜像来卖……"

雕塑家跺了跺脚,迫不及待地跑到柜台前。

"是的,拿来过。"

"那么,您能把我的作品还给我吧?亲爱的夫人,亲爱的夫人,"他接着说道,同时一把抓住她的衣扣,看起来,他拿定主意要向她倾诉自己的痛苦,"您要是知道,要是……"

"嘘,"我低声说,"我似乎已经开始旧调重弹了。"

"请您把它还给我，为了拿回它，我可以给您我的全部作品。"

"这个雕像我昨天卖掉了。"巴赫夫人说，她的脸扭曲得特别厉害，甚至都可以在她的下嘴唇上跳小步舞。

"卖出去了！"雕塑家大声喊了起来，两手紧紧地抓住胡子，当然，是抓住他自己的胡子，"您知道您卖掉的是什么吗？！"

"知道，"老太太说，"我知道。我卖的是大学生亨利希·博恩果利姆，而且卖了个好价钱。"

"卖的是大学生博恩果利姆？"陌生人从藏身之处走出来说道，这话不知是对雕塑家还是对老太太说的，但是语气十分愤怒，"您一定是疯了，奶奶，还有阁下您，大概也是糊涂了。"

小灯歪到了一旁，于是一些长长的影子伸出巨大的触角，彼此交织重叠，左右摇晃起来，

"该死的老太婆！"雕塑家大喊，他在铺子里跑来跑去，紧紧地揪着自己的胡子，当然，揪的还是他自己的胡子。"卖给谁了，您把它卖给谁了？"

"闭嘴，"陌生人说道，"好像有人敲门。"

有人轻轻地敲门。

"事情就要结束了。"我心里想，而老太太却恶狠狠地啐了一口吐沫，过去给新来的访客开门。

"夫人，"进来的人快速说道，完全没有注意到在场的人姿势都十分奇怪：这个人是大学生罗伯特·比尔，他手里拿着一个非常用心包装起来的东西。

"亲爱的夫人，前两天我在您这里买了一个东西，就是我手上的

这个……您能告诉我做这个雕像的雕塑家的名字吗?"

他迅速打开纸袋,于是一个青铜雕像在月光下反射出暗淡的光芒,在地上的光带里投下一个纤细的影子。

"亨利希,"雕塑家大喊起来,他奔到雕塑跟前,用双手一把抓住它,"这是他,这是亨利希·博恩……"

青铜像仍然一动不动,沉默不言。

"……果利姆,"比尔把雕塑家没说的话说完,"这个雕像是您做的吗?"

雕塑家激动地急忙用碎纸片把铜像包起来。

"那么请您告诉我,"比尔坚持问道,他一定要弄清楚这件古怪的事情,"这件事怎么解释?"

"请原谅,"陌生人忍不住插入他们的谈话,"请原谅,大学生先生,请允许我向您打听打听,您知道有关亨利希·博恩果利姆的确切消息吗?事情是这样的,这张脸……"

"闭嘴,"比尔大喊起来,他担心这次什么都查不清楚,"亨利希·博恩果利姆,或者准确地说,那个冒充亨利希·博恩果利姆的骗子此时就在我的住处,至于真正的亨利希·博恩果利姆,我想问问雕塑家先生。"

"够了,"我终于走进铺子里说道,"你们在这里胡说些什么,我一点儿都弄不明白。况且,值得因为这种小事儿着急吗?"

陌生人再一次隐到黑暗之中。他十分精明,立刻就觉察到了我的意图。

我拿来一盏带蓝色灯罩的大灯,点燃明亮的灯火,想要在离开之前再仔细打量打量在场的诸位。

"行啦，行啦，大作家，"巴赫夫人唠叨着，"你怎么好像在自己家里一样？"

"别说话，巴赫夫人，"我十分平静地说道，"在与你们告别之前，我有两句话要告诉你们大家。"

我站到椅子上，挥挥双手说道："注意！"所有在场的人都马上转过来脸看着我。

"注意！这是最后一章，我亲爱的人们，我们很快就要告别了。我衷心地热爱你们每一个人，与你们分别会让我非常难过。但是时间飞逝，剧情已经结束，最为无聊的就是要复活雕像，把它重新变回博恩果利姆，然后让他娶品德高尚的格列特罕。说实话，我并不觉得这个姑娘有多少优点，或许我也无意让她做我学生的妻子。同样，我也完全没有打算恢复极其可敬的格海姆拉特的言语能力。否则他又会向学生的脑子里灌输德国哲学家的思想，而我，与罗伯特·比尔一样，不是伊曼努尔·康德的崇拜者。"

"你非常了解伊曼努尔·康德。"比尔小声地说。

"至于您，亲爱的陌生人，要知道我们是老朋友了，我也衷心地希望能够经常见到您，尽情享受您的服务。"

"我祝愿罗伯特·比尔，"我停了一会儿，接着说道，"在科学上取得巨大成就——只是让他少去拜访格拉乌宾什托克、迈尔和昆茨。拜托巴赫太太，在风敲打窗棂、我孤单一人的深夜，不要来找我。"

"我冒昧说一句，"陌生人打断我的话，"亲爱的作家，我们还是希望能听到您的一些解释。"

"什么?"我惊讶地挑了挑眉,问道,"你有什么不明白的?"

"我斗胆问一下,"陌生人仍然有礼貌地问,但是他笑得十分狡猾,"关于冒充者,他……"

"嘘,"我谨慎地低声打断他的话,"关于冒充者没什么可说的。我要是您的话,亲爱的朋友,"我看着陌生人继续说,"我倒是想问问,为什么教授一直不说话。"

"您在信封上撒了毒药。"比尔说。

"胡说,"我回应他说,"你可真是个笨小子,罗伯特·比尔。教授没有开口说话,是因为……"

但是这个时候巴赫夫人熄了灯。我在黑暗中小心翼翼地从桌子上爬下来,轻轻地握了握在场诸位的手,然后走了出去。

第五个漫游者
木偶戏
献给谢拉皮翁兄弟

序言

我所言并无怪罪和谴责之意：我是一个泥人。更确切地说，我想用泥土造人。

1921年12月4日，我发现了一件非同寻常之事，它无疑将对我的整个余生产生巨大影响。我深信这件奇异之事完全不容置疑，于是尝试探究此事的起因，并得出以下结论：

我出生时并不是泥人，只是不久前，想必是去年十月，或者将近那个时候，才变成这个样子的。在这件事上，倒是适合让人想起一个古老的犹太传说，有关怎样把用泥土造的人变成活人，它能给我们提供几个相当合理的建议。我也知道，许多拉比①因为需要忠

---

① 拉比是犹太人中的一个特别阶层，意为"老师"，主要是有学问的学者，既是老师，也是智者的象征。

于职守的教堂仆人，就给自己造一个泥人，并采用上面提及的建议让它变成活人。

除此以外，我还可以说的是，在俄罗斯共和国①一座最美丽的城市里住着十个人，他们经常会面，甚至毫不怀疑自己是用最好的泥土造出来的。但是我不会讲述此事，因为我天生谦虚而又不善言谈。在我出生以前，已经过去了许多个世纪，而在我死以后，还将有许多个世纪。

如果其他四个漫游者会说同样的话，那么第五个漫游者就不会写这个奇怪的序言了。

黄昏来临，木偶为演出做好了准备，所有人都已各就其位。

注意！

幕布徐徐拉开。

第一章

一

"亲爱的同胞们！我是棕红色的。你们不应该怀疑我是棕红色的。"

---

① 1918年年中，俄国资产阶级成立了全俄临时政府，这是社会革命党人（立宪会议代表）在捷克军团暴动后，于西伯利亚和乌拉尔地区建立的以继承二月革命成果的俄罗斯临时政府。1918年高尔察克海军上将政变后自任全俄最高执政，1920年他被捕并被契卡秘密处决。二月革命后成立的临时政府实际上是共和政体，高尔察克本人也是共和主义者，而非右翼君主主义者。本文中的俄罗斯共和国（Российское государство）指的就是1918—1920年的俄国临时政府。

果然，一撮棕红色的头发从尖顶帽下面支棱出来。

"此外，我聪明绝顶，能言善辩，会走钢丝。我有一个木偶丑角叫皮克利盖林格，亲爱的同胞们，这个皮克利盖林格精通经院哲学，是你们见过的最好的木偶。"

皮克利盖林格从印花布做的幕布下面探出身子，眨了眨小铃铛般的眼睛，郑重其事地鞠了一躬。

"总之，我是南北半球上最有名的，至于我的两个脑半球，它们也是我身上最出色的。"

两个脑半球本来要从拉开的幕布下面走出来，但是在大庭广众面前它们似乎感到害羞，于是又躲进了亲切的幕布后面。

"但是我会简短截说。我不想让你们在我身上浪费太多的宝贵时间。天色已晚，我不能在长篇大论中充分施展我天生的才能。亲爱的同胞们！我是个江湖医生！"

就在此时，一撮棕红色的头发在小酒馆潮湿的空气中顽固地支棱起来。

各种手艺人，有铁匠、屋顶工、玻璃工、成衣裁剪工和给旧衣服打补丁的裁缝，还有商人、水手以及穿着淡蓝色和深蓝色衣服、头发上戴着表明职业的黄丝带的快活的姑娘们，混杂在狭小的桌子之间寻欢作乐，一片乌烟瘴气。在柜台后面，老板娘坐在一个大酒桶上，她与自己坐具的区别，仅仅是面部的肤色不同而已。她坐的酒桶是砖红色的。

一个穿博士长袍的人远离大家，独自坐在角落里。

"高尚的皮克利盖林格公爵为自己心爱的公爵夫人而伤感。"江湖医生大声说道。

皮克利盖林格坐下来,开始唉声叹气,夹杂着嘎吱吱的声音。

"请大家不要担心,"江湖医生继续说,"他的发条有点不好使了。但是,根据著名的、卓越的占星家兰格什内杰里乌斯绘制的占星图来看,他注定会有长久而幸福的一生。他身强体壮,生命力顽强,因为他是什未林①的大师朗格多克制作的,而大师朗格多克的木偶注定会永生不死。但是此时此刻,担忧上面提及的公爵夫人让他流下了非常悲伤的泪水。"

的的确确,高尚的公爵掉起眼泪来,但是不知为什么,泪水不是按照常规从眼睛里流出来的。

"奥斯瓦尔德·什未林多赫,你这个经院哲学家,你是活着,还是已经死了,"穿博士长袍的人痛苦地自言自语,"如果你死了,那就请你去墓地,如果你还活着,那么你在这个肮脏的小酒馆里干什么?"

"我喝醉了,"他郑重其事地回答了自己的问题,"我喝醉了,啤酒杯在我的手里,而烧瓶在我的口袋里。"

在江湖医生熟练的双手中,公爵夫人心甘情愿地背叛了高尚的丈夫,她也像丈夫一样,得了发条不好使的病,她请来一位令人敬重的医生,医生身材矮小,然而手里却拿着一个巨大的瓶子。

于是,皮克利盖林格从徒劳无益的幻想中醒悟过来,在技艺高超的指挥者一直监护之下,一副威严的样子走近犯了过错的妻子。

---

① 什未林,德国城市。

犯了过错的妻子跪下来,低下头,温顺地等待对自己命运的判决。江湖医生判决了她的命运,他擦去额头的汗水喊道……

"亲爱的同胞们,表演结束。"

然后他退到旁边,开始伸手拉绳子,印花布做的幕布便把威严的皮克利盖林格和不幸的妻子以后的奇遇隐藏起来。

"霍蒙库鲁斯①,"经院哲学家拍打着自己的口袋说,"你听我说,霍蒙库鲁斯。啊哈,你没听我说话,浑蛋,你没听我说话,我发明了你,可是你却死了!"

江湖医生收起自己的木偶,走到柜台前。

"老板娘,"他说,"今天是我最后一天表演。已经深夜了,我累了,你应该请我喝啤酒。"

身材如同酒桶一般的老板娘友善地点了点头,而江湖医生麻利地从一个酒桶中给自己倒满一杯啤酒。

穿博士长袍的人不再去看他一直伤心地注视着的霍蒙库鲁斯,而是摇摇晃晃地走到江湖医生跟前。

"亲爱的朋友,"他低声说道,"一切都是短暂的,一切都会过去,世界上没有什么是永恒的。"

"我不敢反驳您,"江湖医生说,"不过我也没有机会检验您的洞见。"

穿长袍的人在他对面坐下来,他们喝了一会儿酒,谁都没吭声。

---

① 霍蒙库鲁斯为 Homunculus 的音译,在拉丁语中是"小矮人、侏儒"的意思,指炼金术师通过一些实验在烧瓶里创造出的烧瓶小人、人造人。在歌德的《浮士德》中,浮士德的助手瓦格纳所造的小人即以 Homunculus 为名。

"亲爱的江湖医生，"穿长袍的人又说起话来，"我毫不怀疑，您知道我的名字和我的头衔，因为我是奥斯瓦尔德·什未林多赫，有学问的经院哲学家，我发明了霍蒙库鲁斯。"

"我的祖父是制镜工匠维尔涅堡，"江湖医生回答道，"他教给我很多戏法，如果您需要……"

"不需要，"经院哲学家说道，"不需要。霍蒙库鲁斯在烧瓶里，烧瓶在我的口袋里，然而我却是个不幸的人，因为他如同死人一般，就像木头一样。"

"如果您需要，"江湖医生继续说，"我能用柳叶刀给您做解剖，切除您心中折磨着您的不幸，一点儿都不会疼。"

"你要明白，"经院哲学家说，"你要明白，他不会活过来的。我制造了他，我发明了他，我在他身上花费了我的整个一生，现在他想辜负我寄托在他身上的期望。"

小酒馆变得空空荡荡。工匠们三五成群地离开这里，接二连三地走了。侍者们熄灭蜡烛，老板娘一个接一个地打着哈欠，喉咙里发出呼哧呼哧的声音和轻微的哮鸣音。

"霍蒙库鲁斯，"江湖医生若有所思地再次说道，"先生，我能否请您让我看看您的霍蒙库鲁斯？"

"这就是他。"经院哲学家说完，从长袍后面的口袋里拿出了烧瓶。

的的确确，在薄薄的玻璃里面，在一种透明的液体当中，漂浮着一个裸体的小人儿，他紧闭双眼，身体的所有器官都处于完全安静的状态。江湖医生把他拿到手里，仔细看了看，小心翼翼地放在桌子上。

"什未林多赫先生,"他用有些激动的声调说道,"您在寻找复活您的霍蒙库鲁斯的方法吗?"

"的确如此,"经院哲学家答道,"我是在寻找方法。你这话说得对。"

"我是在寻找另外一种东西,一种非同寻常而又十分高尚的东西。"

穿博士长袍的人脸朝向那一撮棕红色的头发,认真倾听起来。

"您一定会懂我的,"江湖医生高声说,"我身上有很多优点,所以我请您认真听我说完。"

经院哲学家聚精会神地听着。

"夜晚就要到了,烛火逐渐熄灭,大家已经各自散去,所以我会简短截说。我的爷爷是制镜工匠、风水大师和观亡师亨里希·维尔涅堡,他在神秘失踪之前,把我叫到他身边,宣称我为他的唯一继任者和继承人。根据这个遗嘱,在我手上集中了黑色、黄色、白色、蓝色、红色和绿色魔法的全部力量。"

他掏出一个巨大的烟斗,在里面装满烟丝,点上抽起来继续说道:

"我拥有这种力量是有一个条件的:我终生不能碰触任何一个女人。就这样,我亲爱的学者,现在我已经满18岁了。"

在说这些话的时候,他的脸扭曲得变了形,就好像吞下了什么非常苦涩的东西似的,而那撮棕红色的头发在空气中顽固地支棱着。

"一切都是短暂的，"经院哲学家说，"一切都会过去，没有什么是注定不朽的。"

"我不敢反驳您，"江湖医生毫不遮掩地说道，"然而也正是在那个时候，发生了一件悲惨的事情，这件事永远或者说几乎永远摧毁了亨里希·维尔涅堡赠予我的所有力量。

"不久之后的一个深夜，我祖父的影子出现在我的面前，它答应把失去的力量还给我，但是我要遵守新的条件。在新的条件下，亲爱的经院哲学家，也正是这个条件迫使我带着木偶，穿着小丑的衣服，从一个城镇漫游到另一个城镇。我必须要找到驴粪。"

"找到驴粪？"

醉意瞬间从经院哲学家的脑袋里跳了出来，一瘸一拐地朝门口跑去。到了那里，它一时间瑟缩成一团，好像不想走到寒冷的空气中似的，然而最终还是钻过门缝消失了。

经院哲学家吃惊地再次问道：

"找到驴粪？"

"是的，先生，但这不是普通的驴粪，不是我们每天都能看到的那种驴粪，而是用金子做的驴粪，上面镶满了宝石。我买了一头毛驴，一头神奇的毛驴，我每天都仔细观察它排泄的一些粪便，却什么都没有看到。什么都没有，先生，我什么都没有看到。"

灯已经熄了，深夜驱散了所有的客人。就连坐在柜台后面的老板娘，也离开坐了很久的座位，朝门口走去。

"该走了，"江湖医生站起身来说，"明天早上我还要继续赶路。"

"是去找驴粪？"

"是的,"江湖医生声音有些忧郁地答道,"是的,去找驴粪。"

"一切都是短暂的,"经院哲学家再次说道,他边往外走边沉思着,"一切都会过去,一切都会过去,没有什么是注定不朽的。"

二

"老妖婆!你这个啤酒桶,或者最好叫你没装啤酒的大圆桶,装满泔水的大圆桶,大空桶,你到底睡没睡醒啊?"

"我还没睡醒,"老板娘说,"我还没睡醒,棕红色的木偶,过一会儿我就会睡醒的。"

"我的毛驴在院子里等着我呢,毛驴已经备好,我的木偶也都装好了。你就和我直说吧,你睡醒了还是没有?或者说白了,你给我钱还是不给?要是给钱,我就等一会儿。要是不给钱,我就用膝盖踢你。你选择吧,老妖婆,你选吧。"

"一个小时以后你再回来要钱吧,"老板娘回答说,"不要叫醒我,也不要打扰我休息。我虚弱的身体需要安静一会儿。"

"让每一分钟都成为你脚后跟里的刺。"江湖医生回答说。

他又站了一会儿,可是后来迅速跑下台阶,因为他看到几个孩子拿着长树枝悄悄走到他的毛驴跟前。

他抓住一个小孩儿,揪住这个孩子的头发。小孩儿不住地尖叫,江湖医生破口大骂,毛驴则抬起头,公然蔑视地时不时瞅一眼惩罚的场面。最后,江湖医生点上烟斗抽起来,坐在台阶旁边陷入了沉思。

"我身体消瘦,"他在心里默默地对自己说,"今天晚上女仆路易莎对我说,我的两条腿细得就像织针,肚子冰凉冰凉的。这可真是没法儿解释。大腿太细,还可以用体格消瘦而个子又太高来解释,但是肚子冰凉是为什么呢。然而,换个角度来看,路易莎是不是搞错了,是不是把我和别人弄混了?"

他用一只手摸了摸肚子,接着在心里默默地对自己说:

"我想,如果事情真是这样,那么沙尔拉赫别尔格尔①应该对我有用。今天晚上一定要喝点儿沙尔拉赫别尔格尔。然而,也许这一切的原因,都是因为路易莎的肚子太热了?"

他还没来得及解决这个极其重要的问题,穿博士长袍的人就穿过大门走到台阶前,在他面前停了下来。

"您已经把您的毛驴备好了吗,亲爱的江湖医生?"经院哲学家问。

"是的,"江湖医生站起来回答说,"我的毛驴和我本人都已经准备好上路了。"

"太好了,"学者说,"我跟你们一起走。"

江湖医生摆出一副极为郑重的样子,对经院哲学家的关心表达了谢意。经院哲学家把自己紧紧裹在长袍里,也感谢江湖医生愿意与之同行。他们就这样互相鞠躬致谢,直到老板娘出来到台阶上看看发生了什么事。江湖医生向她要钱,他拿到钱,就骑上了毛驴。他朝着大门走去,学者走在他身边,陪着他同行。但是当他从大门

---

① 沙尔拉赫别尔格尔,葡萄酒的名称,是一种非常好的莱茵白葡萄酒。

下面经过的时候,看到一个年轻姑娘正在往笼子里赶母鸡。

"姑娘,"他喊道,"除了母鸡,你想不想再捉住一只公鸡?我有一只公鸡,这样的公鸡,你在别人那儿是看不到的。"

毛驴也突然时断时续地叫了起来。

三

他们一起走了很多天。江湖医生表演戏法,学者则给他上拉丁语课。每天晚上什未林多赫都拿出烧瓶,深深地叹息着,仔细观察自己的霍蒙库鲁斯。霍蒙库鲁斯仍然一动不动,他身上的所有器官都表明他完全无动于衷。

江湖医生常常从毛驴身上下来,抬起它的尾巴,满怀期待和希望地观看。

经过长途跋涉,他们又饿又累地来到了符腾堡市。

四

"符腾堡的市民们,"江湖医生喊道,"请你们欢迎江湖医生甘斯武尔斯特、他的毛驴和他的侍从。他是科隆到柯尼斯堡[①]一带,包括此地的莱茵河地区最机智风趣的小丑。他的毛驴叫哲学家昆茨,他的侍从是用麻絮制作的。"

他们穿过城门,腰间拴着许多大钥匙的守卫马上跑到广场上,

---

① 科隆,德国城市。柯尼斯堡,俄罗斯城市,加里宁格勒的旧称。

通知市民们来了一个新的小丑,他骑着驴,带着用麻絮制作的侍从。

在符腾堡狭窄的街道两侧,人们从窗户里探出头来,一会儿是叼着烟斗、留着大胡子、神色愉快的男人,一会儿是有着大酒桶底般圆脸的符腾堡女人,一会儿是戴着镶天蓝丝带的白色包发帽的迷人的姑娘。

在广场上,一大群人瞬间将他们围了起来。

"铁匠需要的是铁,蜡烛制造工人需要的是蜡,"江湖医生喊道,"铺屋顶的工人需要的是干草,而江湖医生和卖艺人需要的是木偶和符腾堡市民!我们很幸运来到这里,亲爱的经院哲学家,城里有博览会。"

确实如此,符腾堡市当时正在举办博览会。十二点钟的时候,几个法官骑着市区用马穿过城市,从守门人那里接收了城门钥匙,回来的路上在中心市场检查了时钟,然后返回市政府,要选出一个专门的市长在博览会期间管理城市。

在一些木头搭建的小铺里,城里和近郊的商人们做着买卖。

"亲爱的江湖医生,"经院哲学家回答说,"我抓住您毛驴的尾巴,免得找不到您,但是我觉得,我还是会找不到您的。"

"砌炉工需要的是砖和黏土,"江湖医生声音粗野地喊道,"符腾堡市民们,你们要欢迎我,我来到这里是向你们表达敬意的。"

一个上了年纪的市民对他说:

"请你说得明白些,小丑。就算你不来,这里就已经够热闹了。我们已经有了一个像你这样的小丑,他说话更逗乐、更明白。再者说,在小丑身上,每年都会花掉许多城市资金。"

"每个人都各有所需,"江湖医生回答说,"镀锡工需要的是锡,军械制造工需要的是制造通条用的铁,小偷需要的是你们兜里装的东西。市民,你看看,你的手表在哪里。"

这时候,一个小偷从上了年纪的市民那里偷走了手表。他急忙跑去追小偷,而江湖医生分开人群,继续向前走去。什未林多赫早就已经失手松开了驴尾巴,而现在他又被人群挤开,也找不到江湖医生了。有一会儿,他还看见了棕红色的脑袋,但是后来又找不到了,于是他独自一人留在了陌生的城市里。

五

已是深夜,疲惫的甘斯乌尔斯特骑着自己的毛驴在城郊游荡。他已经吃饱喝足,可是他想睡觉,他的身体前后微微摇晃,像极了绞刑架上备好的绞索。四周漆黑一片,窗子里的灯火已经熄灭,有时他迎面碰上一些士兵,能听到马刺和枪支叮当作响。然而,他们也消失在他身后,四周再一次陷入黑暗,阒无人迹。忽然间,在转弯处出现一扇亮着灯光的窗户。他从瞌睡中清醒过来,抬起了头,然后小心翼翼地走到窗户跟前,起身跪在毛驴背上。

在高大的桌子上,摆满了各种曲颈甑、烧瓶、试管,燃烧着浅绿色的火焰,融化的玻璃拉得长长的,在烧红的铁片上蜷缩成从未见过的形状。一个头戴尖顶帽、身穿长袍的高个子男子正俯身在火苗跟前,他脸上的表情是那么认真,那么紧张。

"怎么,"江湖医生说,"学者什未林多赫在高尚的符腾堡市是怎么给自己找到栖身之处的呢?他已经在做实验了。或许,他已经找方法复活自己的霍蒙库鲁斯了。"

甘斯武尔斯特敲了敲窗户。

戴尖顶帽的人直起身子。

"经院哲学家,"江湖医生喊了一声,"您把窗户打开,我会很高兴再一次见到您。"

"谁在叫我,"经院哲学家一边回答,一边把脸挨近窗玻璃,"绕过墙角,那里就是我房子的门。"

"可是我把毛驴拴在哪儿呢?"江湖医生反问道,"毛驴是我未来和现在的全部希望。"

"就是说,你不是我们城市的居民,"什未林多赫说,这一次江湖医生觉得他的面容比之前苍老,"既然这样,请你把毛驴拴在路灯上,然后你自己走到我告诉你的那个地方。"

经院哲学家离开了窗户,重新俯身在绿色的火苗前。

"上帝保佑!"江湖医生一边拴毛驴,一边低声嘟哝,"他太骄傲了,连老朋友都不想认。可是我的学者从哪儿弄到的这栋漂亮房子?为什么我感觉他的面容特别苍老呢?我在城市里游逛、逗乐子、变戏法,他却在这个时候买了一栋房子、一大堆瓶子和蜡烛,也许他已经把自己烧瓶里的那个该死的家伙复活了,甚至都已经衰老了。"

拴好毛驴以后,他走到门口推开了门,走进他在窗外看到的那个房间。

什未林多赫摘下自己的尖顶帽,熄灭绿色的火苗,挂着拐杖朝他迎面走过来。

"亲爱的经院哲学家,"江湖医生立刻说道,"一切都是短暂的,一切都会过去,没有什么是注定不朽的。"

"是的,"经院哲学家答道,"我不敢反驳。没有什么是注定不朽的。"

"连这栋房子,"江湖医生说,"这些瓶子,这顶尖顶帽,这个房间——它们也都会像烟一样消失。"

"都会消失,"经院哲学家回答,"就像我们自己早晚会消失一样。"

"那么您为什么买这些东西?"江湖医生继续说,"或者,这些都是您在您的瓶子里造出来的?"

"外国人,"什未林多赫回答,"你太让我惊讶了。你这样和我说话,就好像我们已经认识好多年了。然而,我是第一次见你。"

"第一次?"江湖医生声音委屈地说,"我们今天白天才分开,是广场的人群把我们冲散的。"

"外国人,"什未林多赫答道,他再次重申,"我没有理由不相信你,但是你太让我惊讶了。我一生中见过很多人,也可能是科学工作有些伤害了我的视力。"

"奥斯瓦尔德·什未林多赫,有学问的经院哲学家,"江湖医生走到他近前,开口说,"是广场的人群把我们分开的。请您看看我的毛驴,难道您也把它忘了吗?"

"你怎么称呼我的?"什未林多赫再一次问道,他皱起了眉头,"你把我当成别人了,我的名字是约翰·浮士德。"

夜晚来临，经院哲学家又累又饿地走在空空荡荡的符腾堡大街上。

"霍蒙库鲁斯，"他拍着自己的口袋说，"你听着，霍蒙库鲁斯，我被抛弃了，我被所有人遗忘了。我唯一的朋友就是你，你也永远都不会抛弃我，因为是我发明了你。"

他坐在路边的石墩上，心里默默地说：

"整个晚上我碰见的市民，都极其傲慢地大摇大摆走路。他们每个人家里都有妻子，每天晚上都有晚饭。可是我却什么都没有。我只是有学问的学士，我是有学问的硕士。"

大街上漆黑一片，空寥无人。

"浮士德博士，"一个声音突然就在他跟前喊了起来，"您孤单一人，深夜在城市大街上干什么呢？"

什未林多赫抬起头，周围一个人都没有？

"您身上发生了奇怪的变化，"这个声音继续说道，"我觉得，您高贵的脸上皱纹有些舒展开了。"

"对不起，"悲伤的什未林多赫轻声地说，"请原谅，大概是因为科学工作，我的视力有一些衰退，我在黑暗中谁都认不出来。"

"这太奇怪了，"那个声音惊讶地说，"亲爱的学者，您从什么时候开始不认识您的好朋友了？"

"朋友？"什未林多赫再次说道，他尝试着看清楚自己面前的东西，然而却是徒劳，"我斗胆请您提醒我，我们在哪里什么时候见过面？"

"说实在的，"那个声音担忧地继续说，"说实在的，我担心，亲爱的导师,过多的工作让您太疲惫了。不如您回家休息休息吧。"

"不用,不用,"什未林多赫高声说道,"不用,不用,我请求您解释一下,我们什么时候在哪里见过面,为什么我看不见您呢?"

"好吧,"那个声音委屈地回答,"好吧。我们在符腾堡您家中见过面,而且您很早以前就认识我,您说不认识我,想必您是在开玩笑。"

"我不明白,"什未林多赫回答说,"还是不明白,请您告诉我您的名字吧。"

"库尔特,玻璃工的儿子。"

"玻璃工的儿子,"什未林多赫再次问道,"这真是奇怪的名字。"

"博士,您身体不舒服,"那个声音这次非常果断地说,"夜晚马上就要过去了,您也该回家了,博士!"

听着这些话的时候经院哲学家感觉到,好像有种可以感知到的东西猛然架住他的胳膊,拖着他走在漆黑的符腾堡大街上。

七

江湖医生坐在约翰·浮士德博士对面,心怀敬意地看着他。

窗内已经照进来微弱的晨光。

"四十年前,"博士开始说道,"一个莱比锡的老犹太人送给我一种白色的粉末,粉末在寻找贤者之石方面拥有神奇的力量。"

"我斗胆问您,"江湖医生非常小声地说,他的声音伤感而又礼貌,"为什么您要寻找贤者之石?"

"外国人，"博士转过身回答道，"你在我的住处栖身，你是我的客人，但是我请求你不要妨碍我工作。"

"请您原谅，"江湖医生说，"但是在我为数不多的朋友当中，有一个叫奥斯瓦尔德·什未林多赫的人。他正在寻找让霍蒙库鲁斯复活的办法，所以我就想，这是否也正是您意图达到的目的？"

博士没有回答。他走到桌子跟前，把残留在玻璃片上的灰烬收集起来，与另外一种粉末混合在一起，再将得到的混合物倒入曲颈甑里。他又点燃起小熔炉，两簇火焰融成一团，把铁烧得通红。

"霍蒙库鲁斯？"他回想着甘斯武尔斯特的问题说道，"这不值一提，霍蒙库鲁斯是我年轻时发明出来的，想让他复活——不可能。"

"也许，这就好像是，"江湖医生含糊不清地说，"不可能找到镶满宝石的金驴粪。"

他沉默起来。天蓝色的液体在曲颈甑里沸腾着，小气泡从液体中分离出来，经过玻璃管漂浮到透明的盖子上，在盖子的四壁上形成一层亮晶晶的水滴。

"你要在日出时工作，"浮士德又说起话来，他更像是说给自己，而不是说给交谈对方听的，"你要从西方往北方走，走到有满月的地方，它，贤者之石，曾经在我的手中。"

但是，江湖医生永远也不会得知贤者之石从约翰·浮士德手中消失的原因了，因为外面响起令人怀疑的脚步声，随之房门就像受到剧烈的冲击一样猛然敞开。

八

本协议1914年5月7日自愿签署于符腾堡市。

市政府顾问弗里德里希·鲍尔在同一天确认。

我们众位市长和议院已听取日耳曼自由城市的如下居民关于他们计划的以寻找有益于科学的圣迹剧①为目的的美好旅行的一致意见,根据他们明确的坚决要求,现规定:

1914年5月8日,来自符腾堡的哲学和众多学科的博士和硕士约翰·浮士德,经院哲学家和众多学科的硕士奥斯瓦尔德·什未林多赫,来自伯尔尼的小丑甘武尔斯特以及来自符腾堡玻璃车间的工匠库尔特,即将离开城市开始为期半年的自由旅行。规定时间过后应返回我市,最先返回者若完成自己的目标,则有权获得其他漫游者发现的有益学科和圣迹剧。

市政府批准上述决定,并加盖自由的符腾堡市的印章。

市政府顾问:弗里德里希·鲍尔。

备忘录:以上提及的我市工匠库尔特具有真实的肉身,在签订本协议时以没有肉身为托词而不愿出面。然而他能发出声音,根据尊敬的哲学博士和硕士约翰·浮士德的说明认定其存在。顾问弗里德里希·鲍尔。

---

① 圣迹剧,表演基督教《圣经》故事的剧目。

第二章

经院哲学家奥斯瓦尔德·什未林多赫的旅途

一

日子一天天过去，岁月流逝，莱茵河仍像几百年前那样缓缓流淌。仍像几百年以前那样，在河岸上就可以看见石头砌建的科隆。这是一座非常古老的城市，但是砌建它的石头比它更为古老。古老的市政厅大厦不止一次向市长的房子诉苦：我和我的石头的年龄差距一直都是如此，这样一成不变太让我伤心了——于是它就晃动自己钟表上顺序始终如一的指针：一小时接一小时，一分钟接一分钟，直到来自施马尔卡尔登①的守卫弗伦斯别尔格忘记了给时钟上发条。

这件事发生在清晨，就是在经院哲学家经过城门的那一天。他第一个看见时钟的指针最后震颤了一下就停住不动了。

"唉，"他心里非常悲伤地说，"科隆的市民在浪费宝贵的时间——真是徒劳无益。"

由于他是个善良的人，所以立刻就把自己的发现告知了遇见的第一个市民。

"先生，"他一边说着，一边礼貌地走到这个市民跟前，"先生，请原谅我如此唐突地打扰了您的平静。原本无论什么情况都不会迫使我这样做，但是我们完全不知晓我们的命运，市政厅大厦的守卫

---

① 施马尔卡尔登，德国城市。

大概也根本没有料到,他遭遇了多么可怕的事件。"

"先生,"市民回答说,他同样非常礼貌,但也不失尊严——他其实非常喜欢什未林多赫的彬彬有礼,"先生,您不用因为打扰我的平静而感到不安,因为我的平静是长期思考和年龄成熟的结果。不过,既然您在我们的城市里是个外乡人,那么我会把为您提供住处视为自己的职责。也请允许我再次问您,您关于市政厅大厦的守卫想要表达怎样的意见呢?"

"先生,"什未林多赫边回答边向后退了一步,深深地鞠了一躬,"您关于我出身的推测如此有洞察力,让我非常吃惊。的确,我在你们的城市里是个外乡人,您的殷勤接待让我感到荣幸。但是,先生,我提到过,我们完全不知晓我们的命运,市政厅大厦的守卫不担心自己的安全大概也是无济于事的。"

"先生,"市民傲慢地回答说,"您以前应该知道,我们的城市是整个德国最好客的城市,我作为这个城市的市长,应该倍加殷勤接待客人。不过,请问,市政厅大厦的守卫面临着什么样的不幸呢,请您说说?"

"先生,"什未林多赫一边回答,一边把手温柔地贴在心口,"雅各布·司布伦格[①]本人都不会期望在你们的城市遇到降临在我身上的这种幸运,能与城市一个最重要的人物见面。我是有学问的经院哲学家奥斯瓦尔德·什未林多赫,不过,此前不久提到市政厅大厦

[①] 雅各布·司布伦格(1436—1495),德国神学教授,宗教裁判官,天主教的多明我会修士,科隆大学的系主任,被认为《女巫之槌》的合著者。《女巫之槌》的流传度曾经仅次于《圣经》,成为宗教狂热分子迫害"女巫"的准则。

的守卫，我指的是在你们城市里就在我眼前发生的一件怪事儿。"

"先生，"市长回答说，"请您相信，没有什么会迫使我们违反神圣的法律，雅各布·司布伦格本人也会满意在我们城市里我们对他的接待。然而，先生，您说的发生在您眼前的怪事儿，究竟指的是什么呢？"

"市长先生，"什未林多赫同情地看着他回答说，"科学在自然规律面前是无能为力的，没有什么能够阻挡它们的发展进程，只有伟大的亚里士多德才是自然科学领域的先驱。然而，尊敬的市长先生，发生在我眼前的怪事儿，我指的是确实发生在我眼前、确实奇怪的事件。"

"经院哲学家先生，"市长回答说，"我完全赞同您刚刚所说的真理。不仅如此，我本人的名字也在城市的'硕士公民'证书之列。但是，我还是要问您，确实发生在您眼前、确实奇怪的事件，您到底指的是什么呢？……"

就这样，他们交谈着来到市长的房子那里，只有到了自己的房子前，市长才得知来自施马尔卡尔登的守卫弗伦斯别尔格的所作所为。于是他又返回了市政厅，而傍晚时分守卫被处以绞刑，因为自卡尔国王时期至今时钟从来没有停下来过，是卡尔国王亲手给时钟上弦让它启动的。

二

"霍蒙库鲁斯，"什未林多赫深夜在市长家躺到床上时说道，"霍蒙库鲁斯,你听我说,霍蒙库鲁斯。我现在是市长家的常客,是他儿子的老师,但是满一年以后,我必定要两手空空地返回符腾堡了。我在和你说话,你却不听我说。"

他苦恼地看着烧瓶,那里面依旧漂着一个赤裸的小人儿,看得出,他身上所有的器官全都无动于衷。

"经院哲学家,"摆放在给经院哲学家准备的房间角落里的军人青铜雕像说道,"每一秒钟,我都在用头盔感受着时间从我的头盔旁边流逝,还要再过六百年,你才能让自己的霍蒙库鲁斯复活。"

"骑士,"什未林多赫头上的睡帽一副傲慢的样子回答说,"请您拉下脸甲,紧紧闭上嘴巴。要我说啊,没有什么事情比复活霍蒙库鲁斯更容易了。"

"我要睡觉了,"什未林多赫说,"我担心,我只会梦见这件事。"

"黑夜才刚刚开始,"骑士回答说,"请您告诉我,这件事您有什么想法。"

"黑夜快要结束了,"尖顶帽说,"现在还不是复活霍蒙库鲁斯的时候。四个漫游者还没有走完他们预定的旅程。"

"奥斯瓦雷德·什未林多赫,学士,有学问的硕士,你睡了吗?"他自己回答自己说,"我睡了,但是我做的噩梦就像真的一样。"

"我只看见了一个漫游者,"骑士回答道,"我也不知道,他睡了还是没睡。黑夜才刚刚开始,请您告诉我,怎么复活霍蒙库鲁斯?"

"黑夜快要结束了,"尖顶帽又说道,"但是要想复活霍蒙库鲁斯,只要找到大小适合他的心脏就可以了。"

"这应该牢牢记住,"什未林多赫一边把被子拉到下巴一边说道,

"这我应该牢牢记住。"

他最后终于睡着了。

三

科隆的市长叫约翰·什瓦尔岑别尔格,他有一个儿子叫安塞尔姆,是一名中学生,早晨什未林多赫给自己的这个学生上了第一节课。

"用藤鞭体罚学生才能成长,"他说着坐到圈椅上,把一根大藤鞭放在自己身边,"老师用藤鞭体罚学生才能日益提高。"

安塞尔姆瞪着眼睛,恐惧地看着他。

"是的,是的,"市长说,"确实如此,什未林多赫先生,您说的是神圣的真理。"

"安塞尔姆,"老师继续说,"这是你要和我一起读的书。"

安塞尔姆的声音根本听不清,无论如何都不是完全赞同的声音。

"首先你要学习的,"经院哲学家继续说,"是语法学,七艺[①]中包括七个学科,而最重要的就是语法。"

"是的,"市长又重复说道,还满意地竖起了手指,"最重要的就是语法。"

[①] 大学的文科包括七门课程:逻辑、语法、修辞、数学、几何、天文、音乐,世称"七艺"。七艺的起源可追溯到古代希腊。古希腊哲学家柏拉图按照"以体操锻炼身体,以音乐陶冶心灵"的原则,把学科区分为初级和高级两类。初级科目的体育包括游戏和若干项运动;初级科目的音乐除狭义的音乐和舞蹈外,还包括读、写、算等文化学科。高级科目主要有算术、几何学、音乐理论和天文学。七艺作为学科,一直沿用到文艺复兴运动以前,文艺复兴时代学科开始分化。

语法学家说话准确,逻辑学家教我们真理,修辞学家让我们的语言生动,

　　音乐家会唱歌,算术家会计算,几何学家会测量,天文学家教我们认识星辰。①

什未林多赫用拉丁语唱道。

"语法教人阅读,"他反复说道,"语法教人阅读。"

安塞尔姆再一次发出了非常响亮的声音,只是不清楚这次的声音是从哪里发出来的。

"是的,"市长说,他赞许地看着安塞尔姆,"是的,安塞尔姆,你要跟着重复。"

"聪明的孩子,"什未林多赫说,"他的记忆力惊人。"

安塞尔姆就用那种声音重复老师的话,他们就这样学习了很多天。

四

有一天夜里,经院哲学家坐到床上,开始责备自己。

"日子一天天过去,约定的期限马上就要过完了,可是你还没有完成既定的目标。逗留在市长家里带给你的是什么?如果你还没有

---

① 小说中此处的原文为拉丁语:Gram. loquitur; dia. Vera docet; ih verba colorat. Mus. canit; ar. numerat; geo ponderat; as colit astra.

忘记的话，你就应该为霍蒙库鲁斯偷到一颗不大但却结实的心脏。但是，你到底要去偷谁的心呢，经院哲学家？"

他坐在床上，困惑地挠着脑袋。

"偷市长的，"尖顶帽低声说，"我非常了解市长施瓦尔岑别尔格的品性。他恰好非常重感情，也恰好非常高尚。"

"我认为，"经院哲学家继续大声说着心里的想法，"最好偷市长的心脏，我了解他。他有一颗重感情而又崇高的心。但是该怎么做呢？为此该采取什么样的措施呢，经院哲学家？"

"我认为，应该用方糖夹钳，"尖顶帽说，"用方糖夹钳，市长睡觉的时候张着嘴。"

"这个主意需要你非常机智，经院哲学家。用方糖夹钳，在深夜的时候动手。"

"你剽窃了我的主意。"尖顶帽忧伤地说。

经院哲学家翻了个身就睡着了。

五

市长的房子非常宽敞，里面有几个长长的走廊。每个走廊起点的地方都点着蜡烛，市长家每天晚上总共要点十七支蜡烛。

经院哲学家点燃了第十七支蜡烛，穿上衣服，沿着走廊从给他准备的房间走到了楼梯前，楼梯上面就是市长的房间。

"谢天谢地，"什未林多赫走到楼梯前说道，"最难走的路已经走过去了。"

他一只手里拿着蜡烛，而另外一只手里拿着一个很大的方糖夹钳。他的口袋里还装着一支蜡烛和一个稍小的方糖夹钳。

"你不要着急，经院哲学家。"他边上楼梯边说，由于微风吹动，他手中蜡烛的火苗摇曳不定。他来到楼上，已经打算悄悄溜进市长的房间，突然在拐角处碰见了这个家里的年轻女仆人安娜·马丽娅。她看见老师这副奇怪的样子，手里还拿着蜡烛和方糖夹钳，非常吃惊，但是她举止非常庄重地说：

"晚上好，什未林多赫先生，"

"晚上好，安娜—马丽娅。"经院哲学家尴尬地回答道。

他们就这样一直沉默地站着，直到有人熄灭了蜡烛。因此，经院哲学家虽然直到天亮也没有回到自己的房间，但是他这个夜晚也没能走进市长的房间。

第二天晚上，他打算再去一次，于是又点燃蜡烛，带上一个大的方糖夹钳，还有一个稍小一些的方糖夹钳，心里重复着祈祷文，终于走到了市长的房间前。

在市长的床上方点着一盏小灯，他在睡觉，嘴半张半闭，双唇向前噘着。

"他的名字奇特而又神圣，"经院哲学家低声说道，"智慧始于对上帝的敬畏。"

尖顶帽在他头上不停地晃动，因为他的脑袋在不住地颤抖。然而，尖顶帽晃动还是因为它高兴。

"您要是牢记着市长热情好客，"它在什未林多赫的耳边小声说道，"您当然就不应该这么做。但是霍蒙库鲁斯会复活的，可是我们根本不知道未来的命运如何。"

"如果上帝不守护城市,"经院哲学家低语道,他放低蜡烛试图照亮市长,"那么城市守卫不睡觉也是徒劳。"

"用方糖夹钳,"尖顶帽来回摆动着流苏说道,"只要把方糖钳子插得再深一点,在手里把它攥得更紧一些,亲爱的学者,您一定能把心脏拽出来的。这颗心脏通过化合物的蜂胶与您心血的结晶结合起来,一定会给世界献上非同寻常之物。快做吧,快点吧,亲爱的什未林多赫。"

看到什未林多赫已经把方糖夹钳在半张半闭的嘴巴里面伸了进去,尖顶帽笑了起来,又开始在他的脑袋上晃动。

经院哲学家冰冷的双脚交换着站在那里,开始往外拉方糖夹钳。

市长的心脏虽然看似粗壮难看,然而那样子却又非常迷人。它非常轻盈地挂在夹钳上,在蜡烛和小灯的光线中,流溢着彩虹以及彩虹之外的所有颜色。

经院哲学家把尖顶帽从头上摘下来,用另一把钳子夹起市长的心脏,小心翼翼地不让手指碰到它,把它放在尖顶帽的底部。接着,他冲出了房间。

市长翻过身去,嘎嘎叫了一声。过了一会儿,他遗憾地叹了口气,又嘎嘎叫了一声。呼出的强烈气息吹灭了小灯。

六

"趁着月亮还没有变暗,星星也还挂在天空中,快点!学者,学士,有学问的硕士,快,赶快!"

他打开烧瓶,把自己的霍蒙库鲁斯从里面拿出来。小小的人儿冷漠平静地躺在他面前,看得出,他身体的各个器官完全无动于衷。

经院哲学家双手颤抖着撬开了他的嘴巴,用夹钳拿起市长的心脏,再一次做了祈祷,试图把它放进霍蒙库鲁斯的身体里,就像给安塞尔姆上完课以后把眼镜放入眼镜盒里似的。突然他震惊地停了下来:

"经院哲学家,"霍蒙库鲁斯说,"四个漫游者还没走完预定的旅程,而市长心脏的尺寸对我来说也不合适。你去地狱吧,去地狱吧,经院哲学家,那里有很多心脏,你能在其中找到适合我的心脏。"

说到这里他也停了下来,于是什未林多赫从震惊中清醒过来。

但是,心脏已经利用这个时刻从敞开的尖顶帽里飞上了天空。

"你做了什么,"尖顶帽难过地在经院哲学家的手里跳起来说道,"你做了什么,主人?"

于是,奥斯瓦尔德·什未林多赫重新塞住烧瓶,裹紧自己的长袍,甚至没来得及把尖顶帽戴在头上就直接下楼离去,他极度惊慌而又伤心,也没有去找市长拿给他儿子、中学生安谢利姆上课而应得的报酬。

第五个漫游者把箱子盖砰的一声关上说道:"就这样吧。"

第三章
玻璃工匠的儿子库尔特的旅程

一

"意识告诉我——你要坚强,命运说的却是另外一个样。我累了。今天到晚上我也走不到哥廷根①,可是夜里会阴天下雨。呵呵,玻璃工的儿子,你要在考验中变得坚强。"

他这样苦恼地说着,而风在路上游荡,天空中星星却亮了起来。

"库尔特,就算你能遇到一辆农民的马车,也没有哪个农民会让一个陌生人在自己的马车上歇脚的。准确地说,要是一个笨拙的人挡住了工作时需要的亮光,就会有人对他说:'走开,你不是玻璃工的儿子。'"

他不知疲倦地一直往前走,晚上来到了哥廷根,他穿过城门,叹着气再一次说道:"意识告诉我——你要坚强,命运说的却是另外一个样。"

二

哲学家都不住在哥廷根。住在这里的工匠、工匠的帮手或者令人尊敬的市民,他们对哲学都没有什么兴趣。日子一天天悄无声息地过去,要是没有时钟的话,哥廷根人根本不会注意到时间。

什涅列尔科普夫太太是什米坚什特拉斯街旅馆的老板,她不止一次对自己的丈夫说,在哥廷根人们的工作时间不会超过一两个小时,对此什涅列尔科普夫先生若有所思地"哦"了一声作为回答并看了看自己的手表。手表在嘀嘀嗒嗒地走着,时间迈着大步在流逝,玻璃工的儿子也迈着大步往前走,一直走到旅馆门前,敲了几下门。

---

① 哥廷根,德国城市。

已经是深夜了。涅列尔科普夫先生已经睡着了,他的妻子去开门。

"是谁在敲门?"

"是我,"玻璃工的儿子回答,"是玻璃工的儿子,尊敬的小姐。"

"我不是小姐,"女主人回答,"您需要什么?"

"我想在您的旅馆里过夜,亲爱的太太。"

"是的,"女主人坦然回答道,"是太太。请稍等,我点上蜡烛再给你开门。"

她拿着点燃的蜡烛返回来,把门打开。

"谢谢您,"玻璃工的儿子说完,向前迈了一步。

"我的天啊,"女主人喊起来,"您到底在哪儿?我一个人都没看到。"

"您可能患眼病了,"漫游者朝她转过身回答道,"不过,看到我确实不容易。您完全正确地指出了这个可悲的事实。"

"这是怎么回事儿,"太太把蜡烛转了一圈说道,"您可不要吓唬我,我也不是胆小的女人。"

"上帝保佑,我不会吓唬你,"玻璃工的儿子回答,"我是一个性格忧郁的人,在考验中变得坚强。我希望,您不要反驳我,坚强是我性格中最优秀的品质之一。"

"得了吧,"女主人反驳说,"坚强当然是优秀的品质,可是您来这里的样子实在太奇怪了……"

"命运的走向是不为人们所知的,"玻璃工的儿子也照样反驳道,"但是我向您保证,我父亲过于喜爱自己的手艺,在这件事情上,我完全是无辜的。"

"这样的话,我不能让您进我的房子。"女主人继续说,在空气中来回晃动着颤抖的蜡烛。

"亲爱的女主人,"玻璃工的儿子说道,"您无法说服我您心肠冷酷。我在路上时间太长了,我累死了,您不能把我留在您德高望重的房子门外。"

什涅列尔科普夫太太沉思起来。

"好吧,"她最后说道,"我送您去房间,只是请您从早晨起变成您真实的样子。"

"唉,"漫游者回答道,"哎呀,亲爱的太太,您永远不会看到我真实的样子,因为我只有一副不真实的模样,而这副样子我完全无法形容。"

什涅列尔科普夫太太把自己的房客送进了给他准备的房间,祝他晚安,然后对这件怪事儿困惑不解地回到了丈夫那里。

什涅列尔科普夫先生睡得正香,但是他被妻子叫醒,认真听完她的话,在床上坐起来遗憾地说:"哦。"

三

第二天早晨,玻璃工的儿子在哥廷根市内游荡,他伤心地顺着狭窄的街道望去,又自言自语起来。

"我寻找的东西是可以感知的,它不会出现在这条狭窄的街道上。就算它和我迎面碰上了,我反正也认不出来它,因为我从来也没有见过它。"

他静悄悄地走着,仔细观察着朝他迎面走来的那些可敬的市民和肥胖的太太。

"库尔特,库尔特,"他又说道,"你把自己不幸的生命浪费在什么事情上了?日子一天接一天地过去,时间一分钟接一分钟地飞逝。"

此时他碰到一位白发苍苍的老人,手里拿着一根长棍子走在街道的左侧,高高地仰着头,不知为何全神贯注地望着晴朗的天空。

"真是个没有教养的人,"老人昂着头从容地说,"不尊重老年人和所有科学领域学术知识的坏蛋。"

"对不起,先生,"玻璃工的儿子有些困惑地回应说,"但是,您对我的智力和性格极为全面的判断有一些错误。我的性格在所有的生活考验中都表现得很坚强,至于智力,它能够洞察人类认知的本质。"

"我看不到,"老人说着,把头仰得更高了一些,"看不到,因为我是用肉眼观看天狼星,今天它是沿平常路径的下行抛物线运行。"

"我也看不到,"漫游者同时也抬起头来说道,"天空中没有一丝云彩,晴空万里。"

"你能看到什么,"老人轻蔑地回答说,"只有和天狼星私下有约定才能看见它。"

"如果没记错的话,"玻璃工的儿子说,"除了天狼星以外,按照私下约定,还可以看到大熊星座和双子座。"

"大熊星座的一只左脚不接受约定,"老人继续傲慢地说,"至于头部和其余的脚掌，你可不要弄错了。"

"我没弄错双子座吧？"

"至于双子座，这个问题非常有争议。在布伦召开的一次占星家会议上，双子座被认为是值得约定的。总而言之，过路人，你可以一直跟着我到晚上。晚上我低下头就会看见你，我们要更详细地谈论这些有趣的问题。"

"我很害怕，"玻璃工的儿子回答，"我很害怕，亲爱的占星家，我怕就算是有约定也看不见我。在这方面，我比高尚的星座的左脚更加固执。"

"胡说，"老人说，"在你的话中，我发现一个逻辑错误。大前提不符合结论。你不是星球，因此，不用任何约定就能看见你。"

"亲爱的占星家，"玻璃工的儿子反驳说，"我建议，你用仪器观察来确认我说的是不是真的。至于您建议直到晚上都和您在一起，我认为这没有必要。我现在要看天狼星，而您看着我。我们瞧瞧，谁能先看得到。"

"懒汉！"占星家反驳说，"你不要离开谦逊的学者，不要丢下他的重要研究。况且，就算是我想同意你的提议，我还是不能低下头，因为我的脖子麻了。"

玻璃工的儿子把一只手贴在他的眼睛上，嘲笑地说："这就清楚地证明了我说的话，"同时用另外一只手猛然用力扯了一下他的大胡子。

"那是抛物线！"老人喊起来，"你真是让我无法容忍！"

"请原谅我不礼貌的行为，"玻璃工的儿子回答说，"但是请您看着我。你能看到什么!"

"我什么都看不到,"占星家平静地反驳道,"但是我不怀疑,按照约定我是可以看到你的。"

他们周围聚集了一群人。

"占星家兰格什尼杰里乌斯显然是疯了,"一个市民瞪着眼睛看着占星家说,"他站在马路中间,用两种声音自言自语。"

"占星家格什尼里乌斯显然是疯了,"市民们接二连三地同样瞪着眼睛看着占星家说,"他手里拿着帽子和手杖,衣服搭在他的肩膀上,他在用两种声音自言自语。"

但是这个时候,离奇事件的两个始作俑者继续走在哥廷根的大街上。

四

"如果我没记错的话,"他们来到老人家里坐在椅子上以后,老人开始说道,"你是著名学者和哲学家格别尔的学生。"

"老人把我当成别人了。"玻璃工的儿子想了想说道:"是的,占星家先生,我是格别尔的学生。"

"你离开你高尚的老师很长时间了吗?"老人继续说道。

"时间不是很长,"漫游者用有些遗憾的声调说道,"时间不是很长,两年前才离开的。"

"两年前?"占星家大声说道,"这太奇怪了。格别尔已经去世八年了。"

"我不能回复你错误的结论,"漫游者说,"因为尽管我尊敬您,就像我尊敬所有的老年人或者衰老的人一样,可是却您转过身去,背对着我和我的椅子。"

"漫游者,"占星家回答说,这一次他真的转过身背对着他,"你应该知道,占星家的视力总的来说并不是非常敏锐。除此之外,作为格别尔的学生,你知晓我们神圣的科学的很多奥秘。你的消失当然是研究魔法和占星术的直接后果。"

"并非完全如此,"玻璃工的儿子回答说,他突然变得阴郁无比,"并非完全如此。我的消失,是我父亲对他的手艺强烈热爱的直接后果。"

"我不明白,"老人说,"这就意味着,你的父亲已经知道这些秘密了?"

"我的父亲,"玻璃工的儿子开始讲了起来,"是一个玻璃工。而我的母亲,亲爱的占星师,是一个胆小的女人。他是如此深爱他的手艺,甚至每周都会打掉我们小房子里的所有的窗户,只是为了安装上新玻璃,至于未出生的孩子,除了完全与自己的手艺相像以外,他不想有任何其他模样的孩子。我不知道这是怎么回事,但是我出生了,玻璃工的儿子出生了,我出生了,唉,却完全是透明的。有一次,这个事实迫使我父亲将我镶到窗框里。幸好这个窗框就在约翰·浮士德博士的房间里,于是我就结识了著名的学者,他在我后来的整个人生中一直教导着我。"

"浮士德?"老人说,"我不记得了。"

"他也是满心好奇,教会了我很多学科。我如今在我们国家的许多城市漫游，但是一年后我要返回符腾堡。至今为止，我也没有想出怎样才能找到我要找的东西。"

"你究竟在找什么？"

"可以感知的东西。"

"可以感知的东西？"老人重复说道，"什么是可以感知的东西，你为什么要找它啊？"

"我在找它，"漫游者回答道，"是想让人们相信，可以感知的东西没有任何意义。"

"你知不知道，"老人坚定地说道，"我现在不但不知道你是瘦还是胖，身材高大还是瘦小，甚至我都不知道你肩膀上有没有脑袋？"

"我有脑袋，"玻璃工的儿子抬起手，摸着自己的脑袋回答道，"我有，我能摸到它。"

"你能摸到？"

"我能摸到。"玻璃工的儿子说完久久地沉思起来。

老人也陷入了沉思。但是他们什么都没有想出来，因为第五个漫游者已经把装木偶的盒子打开了。

晚上老人对玻璃工的儿子说：

"在奥格斯堡市[1]住着一个名叫阿米迪·温特[2]的人。你去找他，对他说，你是占星家格什尼杰里乌斯派来的，他会指引你找到你正在寻找的东西。"

---

[1] 奥格斯堡，德国城市。
[2] 阿米迪·温特（1783—1836），德国哲学家、作家。

五

"上路吧,上路吧!路上刮着风。暮色降临,星星亮了起来。"

"意识告诉我——你要坚强,命运说的却是另外一个样。"

他就这样一遍又一遍地重复着这些话,一直到他来到奥格斯堡市。

他在这个城市里寻找阿米迪·温特,找了很久,但是没有找到,而且也无法找到他,因为阿米迪·温特恰好是在他旅程结束200年后才出生。

于是,他坐在一块石头上痛哭起来,而早晨他又继续上路了。

六

从奥格斯堡到乌尔姆,从乌尔姆到莱比锡,从莱比锡到柯尼斯堡,从柯尼斯堡到符腾堡,从符腾堡到什尔特,从什尔特到比勒费尔德,从比勒费尔德到什切青,从什切青到包岑,从包岑到什切青。

他来到斯维涅敏特以后,从那里直接就去了地狱,因为斯维涅敏特的旅馆老板娘告诉他,在地狱里有可以感知的东西。地狱里一片黑暗,这黑暗甚至用双手都能抓得住。

第五个漫游者砰的一声关上盒盖说道:

"就这样吧。"

第四章

江湖医生甘斯武尔斯特的旅程

一

道路在毛驴的脚下渐渐远去,而毛驴不时地打着响鼻,不时啐几口吐沫,精神饱满地朝着蓝天扬起脸。江湖医生骑着毛驴,身体上下跳动,一只手来回挥舞,另一只手在嘴边轻轻扶着自己的大烟斗。

"我要去哪里?"他忧伤地说,"甚至没有人知道我的名字,我的名字是甘斯乌尔斯特,我比我的皮克利盖林格晚两个世纪出生。"一缕轻烟盘旋在他的脑袋后面,烟斗发出嘶哑呜咽之声,田野和灌木丛以及森林和荒地从他身边掠过。他就这样走了很多天,有一天深夜,他来到格但斯克市[①]的时候,他的毛驴累了,他自己也累了。

"请打开门吧,"他在郊区的旅馆门前停下来开始喊道,"请给我打开门吧,我太累了,我的毛驴也累了。现在是深夜,该停下艰苦的旅行在温暖的床上休息了。"

门开了,他走进了旅馆。一边往里走,他吻了吻给他开门的姑娘说:"姑娘,我本不应该碰你,但是我知道,你的嘴唇非常红润。"他走到床边以后,立即就倒在床上睡着了。

毛驴被牵到拴着其他毛驴的地方,它在那里喋喋不休,向旁边

---

① 格但斯克,波兰城市。

的毛驴抱怨自己主人的轻浮。

二

早晨江湖医生掀开被子,在床上坐起来开始思考。过了一会儿,他穿好衣服下楼来到公共休息室,那里壁炉燃烧着,桌前坐着一些客人。

他也坐下来,要了咖啡。但是他没有付咖啡钱,于是他对姑娘说:

"姑娘,你知不知道,我没有付你咖啡钱?"

"咖啡是我的老板娘的,先生,"姑娘回答,"不过,先生,您可能是在开玩笑吧。"

"你的老板娘在哪儿呢,姑娘?"

"她还在睡觉,先生,她的房间在楼上。"

就在这时老板娘从楼梯上走下来,她又高又瘦。

"老板娘,"江湖医生礼貌地说,"您知不知道,我没有付给你咖啡、住宿和毛驴饲料的钱?"

"你不付钱就别想从这离开,"女房东皱着眉头回答,"要不就留下你的毛驴当钱。"

"最好我能留下。"江湖医生说,于是他就留了下来。

就这样他住了三天,一直在冥思苦想,第四天他又找到老板娘,对她说:

"老板娘,我会付给你所有的钱,但是,你得先把这段时间所有毛驴在旅馆里留下的粪便给我。"

"驴粪是值钱的东西，"女房东回答，"如果我把它送给你，你的账单就要增加几个银币了。"

"好！"江湖医生大声说道，"不过您应该带我去驴棚。"

于是他就被领进了驴棚。

"毛驴们！"他精神振奋地喊道，"毛驴们，帮帮我这个贫穷的漫游者吧，帮帮江湖医生甘斯武尔斯特吧，我对你们有一个小小的请求。"

毛驴全都抬起脸，非常友好地叫起来作为回答。

"毛驴们！"江湖医生继续说道，"上帝看得到，我一直都爱着你们，我一直关心你们，我的毛驴也会毫不犹豫地向你们证实这一点。我称它为哲学家孔茨——为了纪念哲学家孔茨，你们看它是多么爱它的主人。"

哲学家昆茨打着响鼻，为了表示赞同，毛驴抬起尾巴又放下，如此重复了三次。

"请你们帮帮我吧，"江湖医生继续说道，"我没有钱支付住宿费和饲料费——如果我不能支付给老板娘住宿费和饲料费，她就会绞死我的，可是我还这么年轻，我想活着。"

"你们拉屎吧！"突然他声音绝望地喊起来，"我已经看到，你们昨天的粪便辜负了我的期望。"

但是毛驴全都站着一动不动，只有一个最年轻最愚蠢的毛驴抬起尾巴，打算实现他的请求。

"喂，来吧，"江湖医生说，"喂，来吧，使点劲儿，亲爱的毛驴，就请你帮帮我这个漫游的江湖医生吧。"

于是毛驴使了点劲儿。

"不是的，不是这个，"江湖医生喊起来，"不是的。是金子，是金子，不是这个。是镶满宝石的金子。"当他看到的依旧不是金子时，坐到地上痛哭起来。

市民们、姑娘们和旅馆的客人们全都站在他身后，彼此交谈着说，小丑大概失去了理智，他可能会在旅馆里制造出许多灾祸。

"先生，"不久前遇到的那个姑娘很可怜他，便说道，"先生，请回您的房间吧。先生，走了这么远的路，想必您一定很累了。"

于是他回了自己的房间，躺到床上。

他又在这家旅馆住了三天，也像旅馆的其他客人一样，旅馆不再为其提供饭食。

一天晚上，姑娘过来对他说：

"先生，您没有钱付账，如果您是一个诚实的人，我可以借钱给您。"

"姑娘，"江湖医生回答说，"总有一天，你会住在天堂的玻璃宫殿里，天使会用金手指服侍您。"

他使劲儿吻了吻她的嘴唇，然后拿起钱，付给了老板娘。早晨，他又骑上自己的毛驴，继续上路了。

三

道路在毛驴的脚下渐渐远去，毛驴不时地打着响鼻，不时啐几口吐沫，精神饱满地朝着蓝天扬起脸。

"你要带我去哪儿啊，尘土飞扬的道路？"江湖医生说，"你的两侧已经没有灌木，远处也看不到森林。只有石头和灰尘——我这是去哪儿啊？"

"去乌尔姆市吧。"石头们回答，尘土则沉默不语，只是在尖尖的驴蹄下转着旋涡。

"我同意。"江湖医生大声喊道。傍晚时分，乌尔姆的大门已经在他面前打开了。

四

"好吧，"他走在乌尔姆的街道上说道，"好吧，聪明的漫游者，江湖医生甘斯武尔斯特，你在这个城市里想办法怎么找到金驴粪。你的漫游要到什么时候啊？"

他极其悲痛地俯身在自己的毛驴脖子上。就这样他来到了广场，从毛驴背上下来，把它拴到路灯上，然后坐在房子的台阶上陷入了沉思。

"特劳津巴赫是金匠。"在他上方有个声音说道。他抬起头，四周空无一人。

"特劳津巴赫，特劳津巴赫，金匠。"这个声音坚定地反复说道，于是他才意识到，这是他自己在沉思中说出了这些话。

"就是啊，"江湖医生若有所思地说，"特拉津巴赫住在乌尔姆市。"

毛驴抬起了脸。

"金匠!"江湖医生大喊一声,接着又陷入沉思。过了一会儿,他开心地跳起来,骑到毛驴背上,沿着乌尔姆的街道继续向前走去。

"小丑,"江湖医生停在一间小房子跟前,坚信在里面能找到特劳津巴赫,就在这个时候,一个年老的市民对他说,"小丑,你要知道,根据自由的乌尔姆市的法律只能有一个小丑,其余所有的小丑都要在城门上绞死。"

"我是雇工,"甘斯武尔斯特自豪地说,"我不是小丑。我是金匠特劳津巴赫的雇工。"

"你是特劳津巴赫的雇工?"市民惊讶地再次问道,"我非常熟悉特劳津巴赫的每一位雇工,我可以发誓,我在他们当中没有见过你。"

"废话,"江湖医生回答,"真是废话。"他让毛驴掉转了方向。

"请稍等,"市民喊道,"你在那里找不到特劳津巴赫的家,你是个外地人,我从你的毛驴就看出来了。你进这个房子吧,你能不能在那里找到你想要找的人呢?"

江湖医生进了大门,从驴背上下来,市民此时叫来他的女儿,问她说:

"女儿,你在我的雇工中见没见过这个人?"

姑娘走到江湖医生跟前。

"主人,"他朝市民转过身来说道,"请您原谅我,我只是希望能成为您的雇工,我已经用这个光荣的名字称呼自己了。"

"好吧,好吧,"金匠回答说,"你进来吧,进屋来吧。"

江湖医生走进了房子。

五

早晨，金匠对他说了下面这些话：

"你想成为我的雇工，那么迄今为止，你都在谁家干过活？"

"在阿格利巴家，"江湖医生回答，"在哲学家昆兹和尼克拉斯豪森的传道者家里。"

"什么？"金匠很惊讶，"我连这些名字都不知道！"

"他们是享有盛誉的大师，"甘斯武尔斯特说道，"他们教了我很多高尚的技能。"

"我们的手艺确实高尚，"金匠回答道，"我们的车间是乌尔姆市最富有的车间。你是一个不错的小伙子，外乡人，你也将是我的第一位雇工。"

于是，甘斯武尔斯特成了金匠的雇工。

他干了三四天活儿，然后就去找金匠，对金匠说：

"主人，我吃饱了，我的毛驴也吃饱了。"

"我为你们俩感到非常高兴。"金匠回答道。

"不过，"江湖医生继续说，"要想成为金匠，需要当九年雇工。"

"是的，"特劳津巴赫回答道，"根据协定要八年或九年。"

"根据协定，"江湖医生说，"是五年或四年。"

"没错，"金匠回答道，"如果能回报自己的主人，那就不超过八年。"

"根据协定,或者是两年,甚至是一年,根据协定是这样,主人。"

"是的,"特劳津巴赫重复道,"这一切都取决于如何回报自己的主人。"

接着他们沉默了一会儿。

"不会给雇工金子做活儿,"江湖医生心想,"如果他让我当助手,我就偷走金子,用它喂我的毛驴。"

他苦苦思索,沉默无言,只是拨弄了一下自己那撮头发。

"你有什么回报我吗?"特劳津巴赫问。

"我有的,"甘斯武尔斯特回答说,"我们可以去市政府签署保证书。"

他们在市政府花五十银币签署了保证书。他成了一名助手,而为了成为金匠,必须完成与样品相符的作品。

六

第二天,金匠在自己的作坊里给了他一块金子。

"你要做戒指,"金匠说,"做一枚戒指,上面要有自由的乌尔姆市的市徽:两只鹰,它们中间是一面旗,旗上要写'城市没有自由,就像身体没有生命'。"

"好的,"江湖医生回答,"我会做到的,尽管我是漫游者甘斯武尔斯特。"

第二天早上,他去看自己的毛驴。

"哲学家孔茨，"他说，"我想到一个非常好的方法重新获得蓝色、白色、红色、蓝色和绿色魔法的力量。我把金子磨成细细的粉末——你把粉末就着面包吃了，我就能在你的粪便里找到金子了。"

毛驴悲伤地看着他，而他将面包瓤和金子粉末混在一起，让哲学家孔茨吃了这种混合物。毛驴就吃了下去。

"主人，"甘斯武尔斯特回到特劳津巴赫那里说道，"晚上我给您五十银币，之后作为伯爵或者能买下整个乌尔姆市商人，我再给您五十银币，我也会给您的其他雇工。"

"祝你好运。"金匠回答说，还非常认真地看了看他。

甘斯武尔斯特原地跳起舞来，然后又朝自己的毛驴走去。

"喂，哲学家，喂，亲爱的毛驴，你怎么样，你在消化它吧，啊？你在消化它吧，亲爱的朋友？"

他把耳朵贴在驴的肚子上，听它消化的声音。然而晚上他来的时候，找到的还是普通的驴粪，里面没有金子和宝石。于是他痛哭流涕，骑上毛驴连夜逃出了乌尔姆市，把金匠特劳津巴赫和自己的木偶以及自己所有破灭的希望留在了那里。

金匠特劳津巴赫大骂了一天一夜，又一天到来，木偶们静静地躺在作坊的角落里，然而破灭的希望则跟在自己主人身后跑掉了。

七

道路在毛驴的脚下渐渐远去，而毛驴不时地打着响鼻，不时啐几口吐沫，精神饱满地朝着蓝天扬起脸。

"现在我很孤独,"江湖医生说,"我甚至失去了我的木偶皮克利盖林格。"

从他身边掠过的是田野和森林,接着还是田野和荒地。

"我要去哪儿呢?"他忧伤地说,"我的路通向哪里,通向什么样的地方?"

一缕轻烟盘旋在他的脑袋后面,沿途常常遇到一些行人,他们都落在了他后面。

"去科隆市,"路边的石头们回答,"去科隆市。"

经过三天的路程,他来到了科隆市。

路灯熄灭了,因为已经到了早晨,太阳在市政厅的楼顶上升起,苍白忧伤的月亮则躲在圣采齐利娅教堂塔楼后面。

过了一会儿,月亮变得更加暗淡,在昏暗的光线中,甘斯武尔斯特也显得更加苍白和忧伤。

"一天又开始了,"他说,"新的一天开始了,夜晚已经结束。而我,江湖医生和漫游者甘斯武尔斯特,却没有什么能养活自己和自己的毛驴。"

毛驴听见自己主人说话,摇了摇耳朵。

他们就这样在科隆的街道上穿行,但是在广场上甘斯武尔斯特从驴背上下来,紧靠在它的胸前,开始放声号啕大哭起来,这哭声让令人尊敬的老人格格别弗拉克斯太太甚至以为瑞典国王再次聚集了无数的军队打算进攻普鲁士,而因意外情况不幸淹死在河里的大胡子皇帝已经从坟墓里站了起来,以便及时预防降临他亲爱的祖国的那些可怕的灾难。

格格别弗拉克斯太太派女仆前往广场。

"唉!"江湖医生用令人难以置信的声音喊着,"唉,我要死了,或者我已经死了,科隆市的市民们!我找不到金驴粪,我养活不了我的毛驴,整个德国没有一只毛驴想帮我摆脱不幸。我离开符腾堡已经一年了,马上半年又就要过去了,到时候我要两手空空地回到那里去了。""唉!"他又大喊起来,"唉,两手空空啊!可是其他几个人,想必已经找到了他们想要找的东西。经院哲学家什末林多赫已经给自己的霍蒙库鲁斯找到了心脏,玻璃工的儿子找到自己要的东西,浮士德博士也找到了他的贤者之石。"

他就这样号啕痛哭,毛驴则摇了摇两只耳朵,一步一步缓慢地走着,或者把屁股转过来,在自己主人的头上挥舞着尾巴。

于是,科隆的许多市民纷纷离开自己家,聚集在他身边,听他讲自己不幸的悲伤故事。

"外乡人啊,"一个姑娘对他说,"你怎么了?你三十一岁的时候输了钱,还是你心爱的姑娘离开了你?如果是后者,那么就忘掉她,和我走吧。虽然你的头发是棕红色的,两腿像细木棍儿,我也会安慰你的,外乡人。"

"不是的,姑娘,不是这样的,"江湖医生回答,"不是的,我的爱人没有离开我,可是我找不到金驴粪,期限马上就要到了,我要两手空空地回到符腾堡了。"

"甘斯武尔斯特,"一个市民对他说(他立即认出这是自己的皮克利盖林格),"跟我走吧,我会指给你正确的道路,能找到你找了这么长时间的东西。"

他们离开了广场,三个人一起沿着科隆市的街头继续往前走。

"在这条街拐角处的右面,"皮克利盖林格说,"住的是药剂师特劳耶比尔。他会给你一种药,这种药能让哲学家孔茨排出金粪便。"

"我不相信你。"江湖医生高声说道,但是他听得却很认真。

"你去找他,"皮克利盖林格继续说,"你和他说,是我让你去拿人参的。他给你这棵人参以后,你要让你的毛驴吃下这棵人参。"

"什么,"江湖医生高声喊道,"人参?"但是,他转过身却没看到皮克利盖林格,只有风在他周围盘旋,在他耳边吹起听不懂的歌曲。

早晨他去找药剂师特劳耶比尔,来到以后,他看见一个身材矮小的人,穿着长礼服,长着大脑袋。

"先生,"他开口说道,"您是药剂师特劳耶比尔吗?"

"我不仅是药剂师,"身材矮小的人异常迅速地往鼻子里塞满烟丝回答说,"还是自然科学、哲学和炼金术博士,莱比锡大学的教师,奥格斯堡的理发师。"

"先生,"江湖医生打断他的话,用一撮棕红色的头发礼貌地扇着风,"你的众多优点让我幸福地相信,您可以帮我找到方法摆脱我所有的不幸。"

拥有药剂师、硕士、博士等头衔的这个人双腿站了起来,身体的所有动作都非常礼貌地将烟丝盒伸到江湖医生的鼻子跟前。

漫游者婉言拒绝了,他点燃烟斗抽起来,把自己所有的不幸告诉了药剂师。药剂师听着他的话,同情地摇了摇头。甘斯武尔斯特说完以后,他就从里屋拿出了人参……

毛驴把它吃了下去。吃下去以后，毛驴疯了，它用驴蹄子使劲踢了江湖医生，这让他觉得，他是直接奔向地狱去找金驴粪的。

于是第五个漫游者啪的一声关上了他上面的盒盖。

第五章
哲学博士和诸多学科硕士约翰·浮士德的旅程

一

浮士德博士的旅程比什未林多赫的旅程要短，比江湖医生甘斯武尔斯特的旅程短，也比玻璃工的儿子的旅程短。

从市政厅大厦回来以后，他坐在壁炉旁沉默不语。但是，过了一会儿他说：

"这是我年轻时说过的话：如果海洋是汞做的，我就能把它变成金子。我现在年老体衰。时间已经过去了，我也找不到贤者之石了。"

曲颈甑叮当作响。他站起身，点燃蜡烛，开始围着自己的仪器打转。

这也是他旅行的第一个时期。

二

"铅容易熔化，它是贵金属之父。给液体银着色的染料，即非固态的汞，你就可以称之为贤者之石。"

他摇了摇头,继续往前走。伴随着双脚的踏步,曲颈甑和瓶子叮当作响。

"我年老体衰,视力下降,头发花白——我没有找到贤者之石。"

"金属长在土里。"曲颈甑放在桌子边上,在喷灯和细烧瓶之间,它如是说道。它笑着又说了一遍:"金属长在土里。"

但是,浮士德一言不发地停了下来,把葡萄酒和毒药搅拌在一起。

这是他旅行的第二个时期。

三

"你要取一瓣豆粒,把它研磨成细粉末,与红色粉末混合。那样的话,整个混合物就会变成红色。你取少许该混合物,在里面溶入一千盎司的汞。不要忘了念咒语。"

"汞是水星,"还是那个曲颈甑说,"太阳是金子,而铅是金星。不要忘记行星,博士。但是我们准备好了,你试验吧,再试验一次。"

"晚了,"博士回答,"很快死亡就会来找我。我的肩膀上,白色尸衣将替代经院哲学家的长袍。我要把你们留在这里,也许我在地狱里就能找到贤者之石了。"

他打碎了仪器,咔嚓嚓地踩碎了玻璃。接着,他喝下葡萄酒和毒药,就这样踏上了寻找贤者之石的旅途。根据炼金术精准的定律,从西方走到有满月的北方。

这就是他旅行的第三个时期，也是最后一个时期。

结局

仁慈的先生们和仁慈的女士们：江湖医生、学者、工匠和工匠助手，所有死去的和所有活着的以及尚未出生的人，城市、国家、河流、山脉以及所有的天体：大幕就要落下。

关于四个漫游者的故事就到这里，是时候给你们讲第五个漫游者故事了。

木偶在盒子里，盒子背在身后，手杖拿在手里——第五个漫游者就要继续上路了。

1921 年 10 月 12 日

紫红色的隐迹纸本[1]

献给莉·特尼亚诺娃[2]

"你到底是谁啊?看在上帝的分上请你告诉我!"

"你说啥?"老人眨着一只眼睛问。

"什托斯。"卢金惊恐地重复了一遍老人说的话。

莱蒙托夫[3]

一

在通往施马尔卡尔登[4]的大路上,一辆四轮轿式马车奔驰而来。

---

[1] 隐迹纸本是古代和中世纪初期的手稿,写在洗去或刮去了原有文字的羊皮纸上。
[2] 莉季娅·尼古拉耶夫娜·特尼亚诺娃(1902—1984),苏联作家,著名作家、文艺学家尤里·尼古拉耶维奇·特尼亚诺夫(1894—1943)的妹妹,卡维林的妻子。
[3] 出自莱蒙托夫的手记,是关于名为《什托斯》的小说的构思。卢金为该小说的主人公之一,他误以为老人的问话"你说啥"(Что—с)是与其发音相同的人名"什托斯"(Штос)。
[4] 施马尔卡尔登,德国图林根州东南部施马尔卡尔登—迈宁根县的一座城市,坐落于图林根林山的南坡。该市最早于公元874年被提及,在二战中遭到了严重的摧毁,幸好部分建筑得以保留下来。施马尔卡尔登拥有1130多年的历史,90%中世纪晚期的半木结构房屋被保存下来,其中最古老的半木结构房屋建造于1369年至1370年;该市最具名气的教堂为圣乔治教堂,建造于1437年至1509年,是探寻历史和宗教文化的好去处。

道路穿过一片树林，僻静空寥。夜幕早已降临，车夫一直谨慎地注意着周围的动静。然而车内的人——一位身穿绿色礼服、头戴遮住额头的礼帽的老人，看上去没有丝毫的不安。

"弗兰兹，"他偶尔从马车窗户探出头来问，"已经很晚了，弗兰兹，是吗？"

"很晚了，沃斯特先生。"弗兰兹一边回应一边抽打着几匹马。

马车里半明半暗，偶尔会有摇曳的灯光照亮窗户，然后又消失了。

"早上能赶到施马尔卡尔登吗？"沃斯特问。

"能赶到，"弗兰兹回答道，"这夜里可真黑，学者先生。"

他们就这样走了很长时间。在车轮有节奏的嘎吱嘎吱的响声中，老人已经开始打瞌睡了，突然间意外的撞击让他的身子在座位上猛地向上颠起。就在此时，他听见有人在责骂弗兰兹，连带着也辱骂了弗兰兹的亲人和朋友。

马车停了下来，向一侧倾斜着。

沃斯特捡起掉落的帽子，打开车门跳了下去。

晚风袭上他的面颊，他环顾左右，看见自己马车的一侧辕杆挂住了从旁边经过的板车的车篷。

沃斯特走到板车跟前，板车上坐着一个已过中年之人，从穿戴上看是个手艺人。

"先生，"沃斯特走到他跟前，一边鞠躬一边说道，"意想不到的事故让我们有机会相识，您从施马尔卡尔登来吗？城里一切都好吗？"

"先生，"那个人亲切地回答说，"我叫克兰兹尔。施马尔卡尔登一切都好。我是个装订技师。"

风骤然猛力地吹了一下他的双眼，吹得帽子边儿向上卷起。月光下闪过一个影子。

不知是谁的斗篷，像翅膀一样，在空中旋转起来。

"装订技师沃斯特。"风的呼啸声中传来一个人的声音，路边高大的树木突然恭顺地垂下了树梢。

"这是怎么回事儿?"沃斯特说，他的眼睛变得暗淡无光。

"怎么了?"装订技师问道，"我是说，施马尔卡尔登的一切都很好。"

"对，是的，"沃斯特回答说，"是你穿着特别肥大的斗篷吗，先生? 算了，一切都很正常，好像是我有些头晕。"

"头晕应该喝洋苏叶浸液，再用呢绒擦脚后跟。"装订技师颇为傲慢地说，"在弗里德里希·马尔西安[①]著作第六卷讲各种疾病时提到过。"

他们就这样聊了十来分钟，车夫们此时则在争吵对骂，修理损坏的四轮轿式马车车辕和板车车篷。

但是全都修好以后，学者亨利希·沃斯特不明缘由地坐上了装订技师的板车，而装订技师则坐到了沃斯特的四轮轿式马车上。黑暗和心不在焉导致了这个奇怪的错误，谁都没有发现。

到了早上，每个人都回到了前一天出发的地方。

---

① 历史上未有其人，是作者杜撰的人物。

二

沃斯特扶着摇摇晃晃的栏杆，向前伸出左手，走到门口找到了锁头。他从口袋里拿出钥匙，打开了门。地下室里一片昏暗，沃斯特点燃了一支蜡烛。

在烛光照耀下，可以看到很多书凌乱地散放在地板上，还有很多碎纸片、抹布以及尚未胶合的封面。

"太晚了，"沃斯特说完把怀表从口袋里掏出来，可以清晰地听见怀表嘀嗒的声音，"该开始工作了。"

他卷起袖子，把碎纸片收拢在一起，准备好胶水。铁制的装订机在他两只手下吱吱作响。

"真是奇妙的手艺，"他翻看着制作好的封面说道，"我要留下书籍，烧掉羊皮书。斯特拉沃德①现在只有一个装订技师。我要成为斯特拉沃德的第二个装订技师。"

他瞥了一眼要放到装订机上的书的书名。这是摩根·科洛尼思的《路德维希·鄂纳泰拉》②。

"我要白天整理羊皮书稿卷，读这些羊皮书，"沃斯特微笑着说，"到了晚上就装订书籍，我要日日夜夜不停地工作。"

他手里的刀子带着呼啸声落了下去。

---

① 斯特拉沃德（Strahwalde）是德国萨克森州格尔利茨区的一个村庄。
② 卡维林杜撰的人名和书名。

"日日夜夜……日间的光辉无边无际,而夜晚漆黑幽暗,阿多纳伊①啊,我随风飞舞,风随我飞扬,白雪围绕我……

"我是在写关于一位老哲学家的书吗?还是在写关于一个老装订技师的书?

"夜晚展翅飞过我的住所,而白昼则在东方醒来。"

三

每天晚上,装订技师克兰兹尔都会打扫干净装订室,把装订好的书籍收拾到一起,然后走到房前的门廊上,久久地凝望着他心目中完美的天空。随后,他点燃烟斗,转身回去,沿螺旋形楼梯上楼,走进一间小屋。

他马上点起一盏灯,把它牢牢地放在桌子中间,然后庄重地坐到一个破旧的扶手椅上。

那天晚上,虽然施马尔卡尔登失去了自己的装订技师,但是也与以往一样,不同的是,克兰兹尔上楼梯时碰伤了腿。他擦拭碰伤的地方擦了很长时间,困惑不解地时不时搔一下自己的胡子。最后,他认定这是一个不祥的预兆,然后走进小屋坐下来,打开了一本厚厚的书。

这间屋子有三面墙壁和一扇小窗户,一堆堆书凌乱地放在桌子上和几个书架上,蜘蛛在书架的角落里织成了一张张稠密的网。

---

① 阿多纳伊的意思是"我主"。犹太教中表示"我主"的词是古希伯来语 Яхве,即雅赫维神,是《旧约全书》中以色列人对造物主、最高主宰、宇宙创造者的称呼,但是犹太教严禁信徒直呼其名,而代之以"阿多纳伊"。

"装订技师克兰兹尔。"装订技师庄重地喊道。

然后他又自己回答自己：

"我在。"

"装订技师克兰兹尔。"老人又高兴地说道，"你已经完成了白天的工作，也赚到了足够的钱在床上过夜。你年老体弱，为什么晚上你不让自己这把老骨头休息休息？"

"是啊，"他又自问自答，皱着眉头说道，"我对科学满腔热情。"

时间就这样从他身边溜走了，尖尖的胡须微微颤动。蜘蛛迅速穿过蜘蛛网，冲下来又爬上去，细细的蜘蛛丝随之立即显现出来，接着又消失不见了。

塔楼上的大钟敲响三点的时候，克兰兹尔站起身来，合上了厚厚的书，走到窗前。

条条狭窄的街道在眼前延伸而去，浓雾从施马尔卡尔登的街道上升起，教堂凸出的尖顶轻盈地从中穿过，学徒斯皮格尔走在雾中，他手里拿着斗篷，肩上扛着装鞋的袋子。

"鞋匠都失业了，"他走到房子前面的时候喊道，"我来到了异乡，请告诉我装订工人的房子在哪儿！"

他坐到石头上又接着说道：

"所有人都睡着了，从汉堡到施马尔卡尔登路途真是漫长。"

风在他耳边呼啸着：

"路途真是漫长。"

四

　　鹰钩鼻和跛脚对鞋匠学徒来说真是不赖的装饰。我四处游荡，走遍各地，对走过的地方都留下了模糊的记忆。然后我又回到了自己的圈子里，就像我们所有人都必将长眠于地下一样。

　　我是学徒斯皮格尔吗？斗篷披在肩上——能够遮风挡雨。

　　我是研究生高斯吗？汉堡的风说的是拉丁语。

　　风不是风，影子不是影子，神灵不是神灵——谁能说不要几个世纪里一直手拿斗篷、肩扛鞋袋四处游荡。

　　用锤子敲门！听到敲门声，装订技师克兰兹尔走出来说："我是这个房子的主人，先生。请您告诉我：您是喝醉了还是找装订技师克兰兹尔，先生？"

五

　　蜡烛烧完了，到了早晨。亨利希·沃斯特卷起袖子，拿起装订好的书，朝出口走去。

　　他爬上楼梯，穿过走廊，打开了自己房间的门。

　　窗户上的窗帘垂到了一半，家具都挪到了一起，一些书籍凌乱地散放在地板上，在从窗户底部透过来的朦朦胧胧的光线里，坐着一个戴着深色眼镜的男人，他在读书，身体低伏在桌子上。

　　听到敲门声，他转过身来。

　　"您好，"他一边站起身一边说道，"您一宿没睡一定累了，沃斯特先生。不过，我要耽搁您一会儿。"

沃斯特先生沉默地鞠了一躬。

"先生！"戴眼镜的男人接着说道，"您听我说完！我找您有一件小事。"

"什么事？"学者问道，"请您坐下吧。"

这个人坐到了椅子上。

"我来拜访您是因为一件非常偶然的事情。我是一名研究生，名叫高斯，住在离您不远的加德贝格城堡，就在几天前，我整理祖父的一些旧文件，偶然看到一卷古老的羊皮书，显然是犹太人的。我并不精通这种语言，我在这里的一所大学请求给我推荐一个通晓这种语言的人，他们把您介绍给了我。"

"这所大学对我的关注让我感到非常荣幸，"沃斯特眯缝着眼睛说（他习惯如此）。

"我毫不怀疑，先生，"研究生高斯也眯缝着眼睛回答道，"您不会辜负这种信任。"

光线透过窗帘的缝隙变得越发明亮，沃斯特看了看表。

"先生，"戴眼镜的男子脱下斗篷，从后面的衣服口袋里掏出一个小包说道，"我一直信赖科学界人士的谦逊和善良：这是羊皮书，我把它留给您，先生。"

他用右手从皮包里取出紫红色的羊皮书，把它扔到桌子上，然后把斗篷披到肩上，转过身朝门口跑去。

"先生，"学者急忙在他身后追着喊道，"先生，你……"

但是，他的胳膊只碰到了斗篷的一角。

戴眼镜的男子走下楼梯,一瘸一拐地消失在雾蒙蒙的晨光中。

六

亨利希·沃斯特回到桌子跟前,拉开窗户上的窗帘,展开羊皮书手卷。

"这段文字很清晰,"他目不转睛地看着说道,"这是犊皮纸,两面都处理过。"

"……你说话吧,艾萨克。你说话的时候,就连蜘蛛都会听的。你说话吧,陶瓷匠艾萨克。也许,你的胸膛已经孱弱不堪了?老人家,你说,也许,你是得了麻风病或者其他隐疾?陶瓷匠艾萨克,陶瓷匠,你忘了及时死去。你看看自己:白发苍苍,衰老瘦弱,像一棵枯树弯腰驼背。这就是我的工作,这是我的生活……"

科学家用手抹了一下眼睛说道:

"这段文字损坏了,是后来写上去的。"

"凯法—哈尼亚和凯法—西基的人们难道不知道我制作的陶品吗?我用黑色黏土做普通的餐具,我做盛食物的瓦盆和瓦罐,我做保存水果的器皿。我用白色黏土做透明的玻璃、装鲜花的花瓶,还有庙宇里的灯盏。

但是我要怎样实现我的愿望呢?崇高的劳动是阅读神圣的羊皮书手卷。瞧,一天马上就要在西面的天边结束了,我已经锁上了作坊的大门,而这是我去往另一处住所的道路。那里有神圣的手卷等着我,夜里我要看那些轮廓分明的字母……"

"真不明白,"沃斯特说,"这个老人要说什么事儿呢?"

于是他思索了一会儿。

"……我的字母、词汇,还有这些句子,是多么神奇。我用朱砂把它们染成紫铜色。这是字母阿尔法①,它就像身材匀称的年轻人,瞧这个字母,就像一把锤子,还有其他字母。

太阳落山的时候——我的羊皮书是黄色的,太阳升起的时候——羊皮书就变成了紫红色。"你要怎么办,陶瓷匠艾萨克?你不喜欢你的手艺。该怎么办呢?……"

"这是隐迹纸本!②"沃斯特他猛然抓起羊皮书,把它拿得离眼睛近一些,大声喊道,"我的天哪,这不是普通的羊皮书。"

七

"施马尔卡尔登的街道真美啊,"研究生高斯一边靠近装订技师一边说道,"先生,夜晚不是进行严肃谈话的好时候。"

"请您进我家里来吧,"装订技师说,他沉默了一会儿,又郑重地补充说,"众人皆知,施马尔卡尔登的装订师傅都很好客,热衷于学术研究。明天早上我们再讨论您来找我要说的事情。"

于是他们走进了房子里。

"请原谅,"装订技师一边开门一边说,"您意外来访,我只能让您在这样凌乱的房间里过夜了。"

---

① 阿尔法(I)是阿拉伯字母中第一个字母。
② 为了便于再次使用而被洗去原有文字的羊皮书,在一些情况下,可以利用化学手段去除后写的文字,而恢复原来的文字。——作者注。

"我习惯了旅行。"高斯回答道,"请您不必担心。"

研究生独自留在了装订室里,他摘下斗篷,把它平铺在长凳上说:

"四轮轿式马车去了施马尔卡尔登,而板车去了斯特拉沃德,我想睡觉了,明天早上克兰兹尔要和我一起去找装订技师沃斯特。"

他躺到板凳上睡着了。他马上梦见自己被夹在一本巨大的羊皮书里,书的四角包着厚厚的皮子。克兰兹尔把羊皮书放到装订机下面,拧紧了螺丝。他离开装订机,把封面朝克兰兹尔纷纷扔过去。克兰兹尔走开了,但是马上又回来,把一只手放在他的肩膀上说:

"他这一夜过得不平静。我的天啊,封面都扔得到处都是。"

"克兰兹尔先生,"学徒坐下来揉着眼睛说,"夜晚这么快就过去了。"

"这么快就过去了。"装订技师回答道。

"斯特拉沃德城里住着一个学者,叫沃斯特。仅此而已。不过,并非如此:斯特拉沃德城里住的是装订技师沃斯特,他病了。"

"抱歉,先生,"克兰兹尔说,"可是我对此一无所知。"

"他病了,"研究生又说道,"克兰兹尔先生,你的外衣在哪儿呢?您要拜访的是一个生了病的人。您可知道,"他跳起来朝装订技师走过去,继续说道,"跛脚可是鞋匠学徒不赖的装饰。学者沃斯特现在病得非常严重。"

"先生,"装订技师反驳道,"我可不会治疗病人。我微不足道的知识无法让我承担重要的责任。而且,我的房子不能空着。"

"你的影子会留在房子里,"学徒回答说,"你不在家的时候什么都不会丢。为了让它不会孤孤单单地感到无聊,我会把我在镜子里的身影留给它。它们可以为纪念阿玛迪斯·霍夫曼①跳起欢快的舞蹈。"

他马上跑到镜子跟前,镜子就放在装订室的角落里,他站了一会儿,然后挥动着双臂,迅速朝装订技师转过身来。

他的身影在幽暗的玻璃上闪动了一下,越发清晰地出现在里面,也挥动着骨瘦如柴的双手,于是学徒高斯一直微笑着朝受到惊吓的装订技师点了点头。

"至于你的影子,克兰兹尔先生,我们对它的做法更简单。往外面走的时候,我会用门板夹住它。"

高斯把斗篷披到肩上,抓住装订技师的一只手,他们便走到了门口。

高斯把他推到门槛外面,这样一来,影子在明亮的晨光下便横落在了门口,高斯使劲儿猛地关上了门。

于是他们就上路了。

而这个影子和镜子里身影,合法地缔结了姻缘,为纪念阿玛迪斯·霍夫曼跳起了美妙的舞蹈。

八

从施马尔卡尔登到斯特拉沃德的路程需要走三天。第一天装订

---

① 恩斯特·西奥多·阿玛迪斯·霍夫曼(Ernst Theodor Amadeus Hoffmann, 1776—1822),德国短篇故事作者及小说家,其杰出的著作具有怪异的风格,为德国浪漫主义代表人物。

技师与鞋匠学徒走了三分之一的路程,第二天他们又走了三分之一,而第三天晚上,学者经过长时间的研究,弄清楚了羊皮书中第二篇古老而又模糊的文字。

"……我是抄写员摩西·伊本·布特,我已到垂暮之年。四十年来我的腰带上一直系着抄写员用的小口袋,四十年来我的双手一直拿着鹅毛笔,要么就是拿着芦笔。我是埃及法老手下的抄写员,而现在我是犹太王手下的抄写员。如果我的双手喜欢黏土,想要用它制造器皿,这有什么可耻的?

"难道耶和华禁止陶瓷匠的手艺?……"

"怎么回事?"沃斯特脸色苍白地说道,他高高扬起乱蓬蓬的眉毛,"是装订技师的手艺吗?"

"……我把黏土捣碎,把小石子从里面挑出去,再放在水里稀释。我的炉子已经在欢唱,用火焰温暖了我的住所。于是,我先在陶轮上把黏土制品转动成形,再把它们放到火炉里烧制。我制作的器皿要在火炉里烧制三天;到那时就已经成了结实的陶罐、其他陶瓷器皿和网状的玻璃,就像透明的织物一样。

"……有一天,大卫的儿子撒迦利亚来找我。他说:'抄写员摩西,你所做的事情我都知道,我知道你的手艺,陶瓷匠的手艺……'"

但是这时候门打开了。

九

"沃斯特先生。"研究生高斯一边往里走一边说,"请您看看我,我脸色好像非常苍白。"

"稍等，"学者回答说，他的目光没有从隐迹纸本上挪开，"他暗中干装订的活儿。这一切都很清楚，稍等……"

绿幽幽的灯光仿佛把一切照得更清晰、更明显。三个人都闭了一会儿眼睛，他们面部的轮廓非常柔和。

"怎么样，"研究生高斯问道，"您有什么想要说的吗，先生？"

"真是奇怪的文章，"学者说，"我觉得这是我写的。"

"您说得对，先生，"高斯说，"这是一篇奇怪的文章。但是我给您带来了一个装订技师，他叫克兰兹尔，非常热爱学术研究。请您像对待客人一样对待他。"

"我很抱歉。"沃斯特说着转过身来，他站起身来，一只手支在椅背上，一动不动地看了一会儿。

"很抱歉，我忙于研究，不能给您应有的款待。您请坐下，我很快就会完成工作的。"

装订技师坐下来陷入了沉思。他的眉毛皱起，一只手紧紧握着另一只手。

"我太累了。"高斯说，"天哪，我已经厌倦了冒险。是时候了，该休息了。"

他又闭上眼睛，唇角疲惫得垂了下去。

"装订手艺，"沃斯特沉默片刻后说，"我非常喜欢，先生。也许，我会用我的书来换。"

"怎么回事？"装订技师问，"研究生高斯，不要戴着眼镜看着我。你为什么戴眼镜？我不知道你为什么把我带到这里，但是我觉得，我已经在这里住一辈子了。"

"就是如此，"高斯回答说，"我不是白白把这个手卷拿给学者沃斯特的。此外，您不必担心装订室。"

"我们交换了手艺，这在手稿上也预言了。"学者说道，专注地看着他，"也许你是魔术师，研究生高斯？"

"也许吧，"高斯回答道，他的脸再次因疲惫而皱了起来，"现在是您消失的时候了。您现在是装订技师克兰兹尔，瞧，这是装订技师克兰兹尔。我把他给您带来了。"

"是时候了？"学者若有所思地回答，"是时候了，但该怎么做呢？我知道，是时候了，然而为什么是我消失，而不是装订技师克兰兹尔消失？"

"为什么，"研究生回答道，"您看看他。他的两只手瘦骨嶙峋，额头阴郁。你可以消失在影子里，而他的影子守护着装订工具。"

"我不明白。"克兰兹尔说道，"拜托您，让我走吧。也许，在新鲜的空气中我的大脑会变得清醒。"

"稍等，"高斯说，"先生，您走到沃斯特跟前，去站在他影子的位置上。"

然后他熄灭了绿色的灯光。一片昏暗小心翼翼地从高处落下来，掩去了几面墙壁。

"您听见我说话了吗，先生？"高斯重复了一遍，"他在哪里？装订技师克兰兹尔，您看到他了吗？或者你更喜欢这个新影子，而不是以前的影子？"

"我也累了，"克兰兹尔说着走到椅子跟前，"我真想睡一觉，你能守护住我的梦吗,研究生高斯?"

于是他坐到椅子上闭上了眼睛,而他的影子隐藏进了椅子里。

"已经是深夜了。"高斯疲惫地说,"该上路了,我似乎永远也结束不了我的旅程。"

然后,他走下楼梯,随手紧紧地关上了出口的门。风夹杂着雪花,吹着他的脸庞,在他身后飞舞起来,就像长了一对铁翅膀。

1922 年

酒桶

献给尤里·特尼扬诺夫[①]

一　马修·斯杰伊福罗斯先生开始计算

一名女护士小心谨慎地走过长长的走廊,来到一个办公室前,她停下脚步,敲了敲门。没有人应答。她又敲了几下,然后打开门站在门口。

"抱歉,先生,我打扰了您工作,我来是要告诉您,雷吉纳尔德先生好像快不行了。"

一个身材矮小的老人戴着一副大眼镜、穿着高领衣服坐在书桌前,他抬起头,仔细看了看护士。

"稍等,"他回答道,"我马上就好。"

"抱歉,"护士又开口说道,"我担心,雷吉纳尔德先生可能等不到您去了。"

[①] 尤里·尼古拉耶维奇·特尼扬诺夫(1894—1943),俄罗斯作家、文艺学家。

戴眼镜的老人看了看一张写满数字的纸,他扔下铅笔,披上夹克走出办公室。护士跟在他身后。长长的走廊尽头,一扇门打开了:屋内的小床上直挺挺地躺着一个人,他十分消瘦,面色苍白,几缕黑色的头发垂到他的额头上。床边坐着一个穿着大衣的胖子,不时若有所思地看看他。

"他死了。"穿着大衣的胖子看见斯杰伊福罗斯后说道,"是心脏的问题。我一开始就说过,他的心脏特别不好。"

数学家马修·斯杰伊福罗斯站在儿子的床边,看着他苍白的脸庞,把他额头上的一绺黑发撩开。

"我要走了,先生,"穿着大衣的胖子说道,"我想,我在您这儿没什么能做的了。再见,斯杰伊福罗斯。"

胖子和护士一起走了出去。

马修·斯杰伊福罗斯扶了扶眼镜,坐到椅子上,一只手托着下巴陷入沉思。

他看着儿子了无生气的脸庞,又机械地扶了扶那副大眼镜。

他默默无言地坐了很久,然后声音颤抖地喊道:"雷吉!"接着,他挥了一下手,猛然间站起来,脚步坚定地走出房间。

夜里他回来后,坐到书桌旁开始翻阅儿子的文件。

他把文件按顺序排好,看了起来:

一、皇家科学院

雷杰纳里德·斯杰伊福罗斯先生:

兹通知您,您提出的利用西格玛射线对天穹进行深入研究的项目因无法完成而未获批准。

主席（签名）

秘书（签名）

二、

我本来不想给你写信，雷吉，可是我陷入极端的贫困。父亲不再给我汇钱，随便他吧。脱离我们那个万恶的家，我还是很开心的。你能给我寄多少钱就寄多少吧。我戒酒了。

乔治

又及：做活着的流浪汉胜过当死去的数学家。

三、遗嘱

本人雷杰纳里德·斯杰伊福罗斯神志清醒，记忆清晰，现立遗嘱如下：

马尔博罗街39号设备齐全的化学实验室和三千卷藏书，转归我父亲马修·斯杰伊福罗斯先生所有，他是科学院理论数学领域的院士。我的手稿和信件全部转交埃伦·布朗女士（埃塞克斯街11号）。我请她：第一，在墓碑上亲手绘制关于在真空中的静止物体的布莱克斯福德定理；第二，出版我应用西格玛射线研究天穹的著作。

在我死亡二十四小时后，请在所有报刊上刊登如下公告：

'重大消息！数学家雷杰纳里德·斯杰伊福罗斯去世，根据死者嘱托现广而告之：第一，在诺尔苏埃城近郊，靠近利特利莱伊克，距离石头路四十七步的左侧尖顶柱下面，埋着四十五万英镑宝石；第二，雷·斯杰伊福罗斯神志清醒，记忆清晰，在见证人面前发誓此声明无误。

本人在皇家银行账户里的一千英镑留给我的弟弟乔治·斯杰伊福罗斯。

雷杰纳里德·斯杰伊福罗斯
年—月—日

本遗嘱在雷维尔普利大街412号"佩里杜德尔与佩里—杜德尔"公证处公证。

马修先生扶了扶眼镜，眯着眼睛在灯光下看了看遗书：在纸的背面潦草的数字中，他看见不太工整的几行字。

"左侧的尖顶岩石，诺尔苏埃，利特利莱伊克，距离石头路四十七步。"

在这几行字下面有一个图案，乍看上去像一个酒桶。这个图案引起了马修先生的注意。

"对于要进行 S 型旋转的旋转体，"他若有所思地低声说道，沉默了一会，从桌子上拿起一支铅笔又继续说道，"极坐标对应着横轴线 X 与竖轴线 X，弧长等于……"

他干瘦苍白，像极了一只老鼠，坐在硕大的皮椅上毫不起眼，他开始计算，在遗嘱的背面写满了数字。

次日清晨，殡仪馆送来了棺材。雷杰纳里德·斯杰伊福罗斯消瘦得厉害，面色苍白而又平静，他直挺挺的遗体被抬进了棺材。安排葬礼的殡仪馆工作人员发现，以前很少遇到比他更服帖、更好侍弄的死者。

"他的身体有弹性，就像是橡皮。"他转身对马修先生说。

棺材盖上盖子，蒙上白色麻布，抬上白色的平板车，几匹马两耳之间戴着华丽的缨饰，拉着平板车向城里走去。

马修·斯杰伊福罗斯先生跟在棺材后面，他紧咬着双唇，漫不经心地环顾着四周。所到之处，他眼里看到的只有数字。

在诺鲁伊奇—阿维纽街拐角的地方，他被石墩绊了一下，脑海里瞬间闪过那几行字："诺尔苏埃，利特利莱伊克，尖顶岩石，距离石头路四十七步。"他掏出笔记本，一边想着别的事儿，一边机械地写下了这个地址。

一个机灵的仆人跑到他跟前。

"您是需要坐车吗，先生？"

就在此时，在诺鲁伊奇—阿维纽街拐角处，有位先生头戴破旧的礼帽悠然自得地挥舞着手杖走了出来。他的左脸长满棕红色的络腮胡，而另一边——右边，却一点胡子都没有。

看到出殡的行列，这位先生扮出一副悲伤的样子追上了马修先生。

装着棺材的平板车到了墓地，几个守墓人抬下棺材，把它抬到墓穴旁边，用粗绳索抬着放了下去。马修先生和那位一侧脸颊长着络腮胡的先生都静立在刚刚挖开的墓穴旁边。

"先生们。"长着棕红色络腮胡的先生声音颤抖地说起话来，尽管他前面除了马修先生没有别人,"我不知道此人姓甚名谁,也不知道他活着的时候做过什么。人减去恒定运动再加上无穷大等于零。他让人相信他已经死了,这太妙了!这意味着,能量守恒定律再次证明了其合理性。永别了,你要幸福,亲爱的亡者!这个人死了,其他什么事情都没发生,与我也没有任何关系。但是我认为,我有义务向死者还苟活于世的亲戚和朋友表达我最诚挚的惋惜之情。"

"谢谢您,先生。"斯杰伊福罗斯说道,若有所思地看了看长着棕红色络腮胡的先生。

他非常感激地去握对方的手。

二 关于棕红色络腮胡的思考

老实说,我这个只留一面络腮胡的人所写的东西,完全值得我留两面络腮胡去书写。我写的是世界运动的相对性和无缘无故发生的事件在时间上的有序性。所有这一切终归都能配得上这一面呈圆锥形、尖头朝下的络腮胡。

要不是今天我失去一面络腮胡已经整整满六年了,我是不会试图打消我的疑惑的。我敢断言,每一个具有一定大小、形状、形态的物体,都在测量它在世界上所居空间的范围,并且不可避免地与在世界上占据一定空间的其他物体密切相关。

正因为如此,我脸上少了一面棕红色络腮胡具有非常重大的意义,甚至关乎宇宙。英伦绅士的一面棕红色络腮胡被扯掉,是扰乱世界秩序的。扯掉我络腮胡的警官就站在里真德街,这条街,还有其他一些街道，至今都是我常去闲逛的地方。那一天，像往常一样，皮特—罗乌店里的啤酒、酒杯、酒桶和酒馆老板全都为我所用。我坐在靠窗的一张方桌旁，思考着关于宇宙空间中没有真空之事。在我正对面的左边，坐着两个长得一模一样的先生，他们戴着一模一样的礼帽。

在我正对面的右边，坐着一个双手拿着一张报纸的胖子，像是约克郡来的工厂主，大概是约克郡人。

我已经开始喝第三瓶酒的时候，猛然感觉到一阵来自地下的冲击；在我的脚下，在小酒馆下面，在街道之下，在城市下方，有什么东西瞬间动了动。伦敦如同被绊了一下，左右摇晃，也像是向上跳跃了一下似的。

在这之后还不到一分钟，工厂主就喃喃自语地开口说道：

"鬼东西！"

沉默了一会，他又说了一遍：

"鬼东西！"

"下贱货！"他猛然站起身，双手拍打着桌子，愤怒地大叫起来，"这些坏蛋闯进议会了！"

"您想说什么呀，先生？"老板问道。

我还没来得及喝完杯子里的酒，约克郡人就把自己桌子上所有的餐具都打碎了。

"这些坏蛋闯进议会了！"他愤怒地再次说道。

"您说的一定是工党吧，先生？"老板询问说。

"没错！"约克郡人气愤地肯定了他的猜测，"鬼东西！他们带来了法案，是关于新代表团的。废除它！法案！法案！废掉它！"

"您在说什么啊，您是疯了吗?"老板大声喊道，但是他看见约克郡人麻利地拿起酒瓶瞄准了他以后，就坐到柜台后面也跟着喊起来：

"法案！废除法案！"

坐在酒馆里面的两位先生把礼帽放在桌子上，异口同声地跟着说道：

"废除法案！"

过了一会儿，约克郡人和两位先生打碎了桌子上和柜子里的所有餐具，推倒了椅子，走出酒馆，叫喊着在伦敦大街上飞跑起来。

"法案！废除法案！法案！废掉它！"

我喝完一杯酒，啤酒钱一分也没付，就开始追赶他们。

"先生们！"约克郡人大喊着，他双手捂着肚子，摇晃着肥胖的脸颊，"先生们！工党要扼杀我们！你们知不知道——真是岂有此理！——他们向议会提出了新法案？废除法案！"

根据我的精确统计，十七分钟后，二十六个小铺老板和十四位女士加入了游行示威的行列。警察在这十七分钟内就被收买了。

我们跑过一条街、两条街、三条街，戴着礼帽、长相同样的绅士的人数让游行队伍扩大到了原来的四倍。

约克郡人跳到了一个人的肩膀上，还在不停地大喊：

"先生们！坏蛋来了！是坏蛋来了，先生们！工党赢了！他们闯进了议会！他们在榨干我们的血！这些无赖！恶棍！先生们！废除法案！法案！废掉它！废掉它，先生们！"

"废除法案!"戴礼帽的人们叫喊着。

在真德街拐角处站着一个警察,此事我前面已经提到过。我也说过,警察都被收买了。因此,当我从他身边走过的时候,他踩到了我的一只脚。我找好角度穿过想象中的空气平面,向前抡起胳膊朝警察的面颊打了一拳。

三 佩捷里奥斯捷尔—罗乌大街13号 "友人相聚"小酒馆里的三个人

当天傍晚,当雷杰纳里德·斯杰伊福罗斯被严严实实地关在棺材里,而棺材被埋到了地下以后,在佩捷里奥斯捷尔—罗乌大街13号的"友人相聚"小酒馆里,有三个人围坐在一张圆桌旁。石头台阶向下,一直延伸到几棵挂满灰尘的月桂树旁边,树是种在酒桶里的。小酒馆里空空荡荡,酒馆老板身材肥胖,在圆形玻璃罩里的绯红色龙虾和火腿与熏肉之间快活地来回溜达。

一个大柜台上放着的"猎人小香肠"① 和奶酪格外引人注目。

"诺尔苏埃,利特利莱伊克,"一个坐在桌旁的高个子尖鼻子男人说道,"真见鬼,这大概不会少于两天的路程吧?你怎么看,乔治?"

小偷乔治·斯杰伊福罗斯跨坐在椅子上,胳膊肘支着椅背,双脚架在啤酒桶上,他低头看着手里的文件,什么都没说。

---

① "猎人小香肠"是一种熏制的冷吃小香肠。

"来了个喜鹊，却长着狗尾巴。"绰号叫流浪乐师的第三个流浪汉发着牢骚。

他们沉默了一会儿。快活的酒馆老板看了看他们，"砰"的一声打开一瓶酒。

"不，"乔治·斯杰伊福罗斯大喊着，"我不明白！见鬼去吧！老板！来瓶啤酒！"

老板像个皮球似的，拿着一瓶酒跑到他面前。

"你为什么需要这张图纸?"尖鼻子的男人问道，他是赌棍吉姆·安德鲁斯，"地点已经标出来了，柱子下面有钱，还会有别的吗?"

流浪乐师站起身，皱紧眉头在酒馆里走来走去。

"我，雷杰纳里德·斯杰伊福罗斯，神志清醒，记忆清晰……"小偷若有所思地低声说。他喝完啤酒，转身对安德鲁斯说道：

"听着，吉米，你还不了解我哥哥吗？他不会无缘无故写这个公式。他像我父亲，可是我父亲从来不会毫无理由地多写一个字。"

"地址就在我们手上。"赌棍说，"难道因为一些倒霉的图纸，我们就半途而废了？别说废话了，该走了，时间可不等人。"

"蠢驴路上走，哼哼唧唧扑通扑通，可是白费劲儿。"流浪乐师发着牢骚。

赌棍喝完啤酒，"砰"的一声把酒杯放到桌子上。他走到隔壁房间，拿回来一捆粗绳索、几把十字镐和铁锹。于是他们每个人肩上都挂上一个口袋，腰上挂上一个十字镐。

> 裁缝气鼓鼓地上路啦,
> 把山羊当马骑在身下,
> 他把嚼子套上长癞的尾巴,
> 扬起尺子把它抽打。
> 尺子打呀打,缝针扎呀扎,
> 步步后退是为啥。
> 他没去罗杰斯通城堡,
> 反而回到了自己家。

小偷唱起歌来。

"这条路好走,"赌棍说,"我全都门儿清。在诺尔苏埃城郊第三个路口,有个看路人的小屋。小屋左边有一条很窄的小路,穿过谷地,直接到石头路。"

"和他算账吧。"赌棍接着加了一句,朝酒馆老板的方向点了点头。

酒馆老板又走到他们跟前,边走边挥动着手里的抹布。

"老板,祝我们成功吧!"乔治·斯杰伊福罗斯说着把钱扔在桌子上。

"要风得风,要雨得雨。"老板大声说道。

三个人走出房间。赌棍随手掩上了门。

> 他没去罗杰斯通城堡,
> 反而回到了自己家。

酒馆老板狡黠地微笑着唱了起来。

接着，他拍了一下脑门，自言自语地说道：

"闭嘴吧，马大哈！"

四　长着一面络腮胡的先生哆嗦了一下

在乌奥杰尔鲁—罗德街的"奥尔德·弗伦德"酒馆里，记者乔伊·怀伊特坐在窗边默默地喝着啤酒，他右边的马车夫像骑马似的，跨坐在椅子上喝着威士忌，喝每一瓶酒之前都用手指弹得酒瓶咔咔响，而左边的先生戴着破旧的礼帽。戴破旧礼帽的先生沉思着，完全没有意识到，他把自己唯一的一面络腮胡泡在了啤酒杯里。

"您知道吗，老板？"乔伊·怀伊特忧郁地看着几个空酒瓶说道，"您知道我未婚妻的父亲有风车吗？"

"知道啊。"老板说。

"那您知不知道，老板，"乔伊·怀伊特继续说道，"皇家舰队的官员涨了薪水，每天多出一个半先令。"

"真的吗？"老板很是震惊。

"那您是否知道，老板……"乔伊刚要接着问下去，但是就在这时，长着一面棕红色络腮胡的先生哆嗦了一下，就像是脚下受到了猛然一击似的。他跳起来向下看去——他脚下的地板在晃动。就在这一时刻，发生了一件不可思议的事：记者乔伊·怀伊特跳起来把椅子推倒在地，打碎了两个酒瓶，用喝得沙哑的声音扯着嗓门大喊起来。

"打倒保守党!"

两个坐在酒馆里面的工人赞许地看着乔伊·怀伊特。

"打倒他们!"记者重复了一遍,把一瓶酒倒进喉咙里,"不要再让这些空话连篇的人控制我们了!打倒他们!"

"当心点,朋友,"酒馆老板回应道,"此处角落里有警察。"

"打倒警察!"记者喊道,"打倒他们!让他们见鬼去吧!让他们滚开!"

"打倒他们!"工人们异口同声地喊了起来,就像约定好了似的,同时,在柜台上打碎了还装着啤酒的六个瓶子。

"你们这是干什么,疯了吗?"酒馆老板大喊起来,但是,当他看见记者麻利地用瓶子瞄准了他,就坐到了柜台里面,跟着他大喊起来,"打倒保守党!"

过了一会儿,工人们打碎了桌子上的所有餐具,把酒桶推出来,让记者乔伊·怀伊特站在酒桶上,抬起他走上伦敦的大街。

"工人们!"记者喊道,"国会里那些空话连篇的人控制了我们!让他们见鬼去吧!他们靠工厂给的收入生活,我们却在拼命工作,好让他们能在国会里高谈阔论!打倒保守党!取消苛捐杂税!我们拼尽全力才不至于饿死,他们却又在颁布税收法案!打倒他们!废掉他们。"

他周围的人越来越多,三百个办事员扔下了手里的工作加入了示威游行。

在法院大楼前,乔伊·怀伊特继续演说。

"不列颠的人们啊!这些傲慢的议员和脑满肠肥的商人是我们选

的吗？他们大吃大喝，我们却要卖了孩子才能免于饿死！打倒保守党！打倒他们！废掉他们！"

长着一面络腮胡的先生连手里的铅笔和笔记本都没有放下，就跟在酒桶后面跑了起来，记者在酒桶上不停地转着圈儿。

"打倒保守党！"人们喊着。工人们抬着酒桶和乔伊·怀伊特向国会走去。

政府首脑、议员乔克在露台上看见几千人朝着国会走来，心里很不高兴，也很吃惊。然而，他必须弹掉雪茄烟头上的烟灰，这让他暂时放下这个突发事件。弹掉烟灰以后，他吸着这馥郁的香烟，去了楼下的会议室。

会议已经开始了，此时警察才跑进来汇报说，示威游行的人群要求放他们进入国会。警察还没说完，就从台阶上飞过来一只酒瓶子，瞄得很准，这让他好半天说不出话来。在酒瓶子飞来之后，紧接着一个酒桶也飞奔进了会议室，乔伊·怀伊特情绪激昂地坐在上面。

乔伊·怀伊特慢慢地从酒桶上下来，鞠了一躬，迈着坚定的步伐朝着主席的座位走去。

"不列颠的人们啊！"他开始说道，"请不要指责我在这艰难的时期第一个激起社会公愤的风暴。我问你们，英国人民的所有不幸是谁的过错？每个正直的工人都会告诉你：是保守党。不列颠人啊！你们想要饿死吗？你们想要减税吗？打倒保守派！工党万岁！"

第二天，政府首脑、乔克议员引咎辞职。

五 泰晤士报,第 588 期/24 版

马修先生躲在自己的大椅子里一动不动,他盘着腿,没有刮过的下巴抵在高高的老式衣领上。半夜的钟声响了。他猛然挺直身子,一跃而起,暴怒地握紧拳头,仿佛要威胁谁似的。

"弧长,极坐标?!"他埋怨道,"雷杰,我的孩子!你之前究竟想要告诉我什么?!"

黎明时分,他拉开窗帘、按响铃铛。一个仆人走了进来。

"我要走了,"马修先生说,"什么时候回来——还不知道。可以认为,我也许永远不回来了。"

"是,先生。"

"你要好好照料这个住处。细心照料雷金纳里德先生的书房。"

"是,先生。"

"我的事务将由福塞特先生全权负责,他是一名律师,住在里真德街 48 号。你认识他。"

"是,先生。"

马修先生把眼镜推到额头上沉思起来。

"给我收拾好行李;不带太多的东西——带两身换洗的衣服、雪茄和勃朗宁手枪。别忘了雪茄。"

"是,先生。"

仆人出去了,过了一会儿又回来了。

"抱歉,先生,有人请求见您。"

"就说我已经走了,"马修先生说,"我不在家。"

门敞开了，一张报纸穿过房间飞过来，落在马修先生脚边。紧随其后走进房间一位长着紫红色鼻头、身穿条纹裤子、只有一面络腮胡的先生。

"您看过了吗?"只有一面络腮胡的先生大声说道，报纸从他的各个衣兜里露了出来，"先生！我坚信确有其事！但是它们在哪儿?在哪儿？真见鬼，先生！"

"我没有时间。"马修先生说道，他紧抿双唇、发狠似的整理整理衣服领子，接着说道，"您快点走吧，走得越快，对您越有好处。"

长着一面络腮胡的先生默默地展开《泰晤士报》，放在马修先生眼前。

"您看看吧！"

> 马修·斯杰伊福罗斯沉痛宣布其子雷杰纳里德·斯杰伊福罗斯因长期患有重病不幸离世，追悼会将于星期二上午十一点在马尔博罗街39号亡者住处举行。

"我马上要走了。"马修先生说，"我病了，我快要死了。我得了脑髓炎，真见鬼，你为什么要给我念这份报纸？"

"这还不是全部！"长着一面络腮胡的先生高声说道，"最有趣的在还后面。"

他找到一个用蓝色铅笔标出来的地方，脚下踏着拍子大声说道：

"您读读看！"

遗嘱失窃

1918年3月24日雷吉纳里德·斯杰伊福罗斯先生逝世,他是著名数学家、皇家社会科学院院士斯杰伊福罗斯先生之子。逝者留下一份遗嘱,其父是唯一读过这份遗嘱的人,据其父称,遗嘱中指明了价值近四十五万英镑的珍宝的埋藏地。遗嘱在雷·斯杰伊福罗斯先生逝世当天被人从住处偷走。目前已采取措施。

"这也还不是全部!"长着一面络腮胡的先生摇晃着手里的报纸嚷嚷道,"我还藏起来一些没让您看,先生。"

他翻了翻《泰晤士报》。

"您读读看!"

> 提供偷盗雷吉纳德·斯杰伊福罗斯遗嘱的人的住处信息,奖励三千英镑。
>
> 将失窃遗嘱的精抄本交给马修·斯杰伊福罗斯先生,奖励七千英镑。
>
> 将雷杰纳里德·斯杰伊福罗斯的遗嘱原件送还其父马修·斯杰伊福罗斯先生,奖励一万英镑。

"我都看过了,"马修先生温和地回应道,"这些我早就全都知道。现在请您直截了当告诉我,你想从我这儿得到什么?"

长着一面络腮胡的先生坐到椅子上,把一支雪茄塞进嘴里,跷起二郎腿，然后开口说道：

"我猜测，先生，这世上并非一切都会顺利。为了证明这一点，我缺少的只是数学知识和额度不大的一笔钱，我说额度不大，是因为您儿子遗嘱里提到的金额完全可以满足我。不过，我们还是按着先后顺序，首先请允许我给您讲讲我右面络腮胡的事情。我得告诉您，先生……"

六 来自"友人相聚"小酒馆的三个人点起灯笼

来自佩捷里奥斯捷尔—罗乌大街 13 号"友人相聚"小酒馆的三个人站在一座桥上。桥架在一个小湖上，湖底的水波光暗淡。

"我饿了。"安德鲁斯一边说，一边从肩上拿下铁锹。

"我在想遗嘱的事儿。"小偷说，"要是我们什么都没找到怎么办？"

流浪乐师脸色阴沉地看了看他，然后转过身走到栏杆跟前。

"四十五万英镑，"赌棍说道，他停了一会儿没有吃东西，"如果我们没有及时偷走这份遗嘱，明天这个公告就会刊登在伦敦所有的报纸上，到那时，留在城里的大概只有死人和婴儿了。"

过了桥是一条大路，路两侧耸立着许多圆顶的高大岩石，好似一个个体形庞大的灰色大象。

走了一会儿，有一条狭窄的小径从大路上横穿而过。三个人全都停下来，一言不发地向左看。

"左边的尖顶岩石，距离石头路四十七步，"赌棍说道，他激动得脸颊直颤抖,"好像就是这里!"

三个人一个跟着一个地数着走了四十七步,来到尖顶岩石前停了下来。

"就是这儿。"小偷说着把铁锹扔到了地上。

赌棍绕着岩石走了一圈,一阶阶地仔细查看。

"如果只有我们找对了地方",他说,"那么这里应该有入口通往岩石下面。"

小偷在石头之间爬来爬去,突然他跳了起来。一条宽宽的木板被两块尖形的石头压住了:一个黑色箭头的尖端指向下方,箭头下面钉着一张支棱着的四角形羊皮纸。小偷朝木板俯下身,激动得高声读道:

雷吉纳里德·斯杰伊福罗斯

伦敦大学教授

皇家科学院通讯院士

马尔堡街39号

"真是个可爱的年轻人,"安德鲁斯笑着说,"他给我们留下了自己的名片。"

"每只鸡身上都有四分之三是鸡肉。"流浪乐师闷闷不乐地发着牢骚。

他们搬开石头,陡峭的台阶通向下面,流浪乐师点起灯笼往下走去。

> 裁缝气鼓鼓地上路啦，
>
> 把山羊当马骑在身下——

小偷唱起歌来。也紧跟着流浪乐师往下面走去。

灯光照亮了半圆形的石洞。

安德鲁斯皱着眉头查看了一下四壁。

"是这里吗？"他在一处昏暗的向内凹进去的地方停下来问道。

"我们去看看。"斯杰伊福罗斯回答道。

黑乎乎的洞窟里有一条狭长的通道，他们默默地走了一会儿。

> 他把嚼子套上长癞的尾巴，
>
> 扬起尺子把它抽打——

小偷又唱了起来。

三分钟后通道到了尽头。在左侧，安德鲁斯的灯笼下面显露出两个大写字母：P、C。

"好样的，雷吉，"小偷低声嘟囔道，"嘘——嘘，这里有人。"

"先生。"一个声音说道，"这是存在的！我向您保证，这是存在的！请您召集全世界的教授，先生！我会证明！密集空间充斥着整个世界。您要是移动一个物体，而它与另一物体在空间上相互关联，您就会破坏世界秩序。是世界秩序，真见鬼，先生！"

"真见鬼！"安德鲁斯骂道，"这是谁？"

石洞深处，马修·斯杰伊福罗斯坐在一块平坦的石头上，他托着下巴若有所思。在他旁边，长着一面络腮胡的先生挥舞着双臂站在那里。

七　马修·斯杰伊福罗斯继续计算

流浪乐师拿着准备好的十字镐，第一个走到两个说话的人跟前。长着一面络腮胡的先生停下话头，坐到一块石头上。

"您接着说啊，先生。"马修·斯杰伊福罗斯先生瞥了一眼流浪乐师说。

"你们是什么人？"小偷走到马修先生和长着一面络腮胡的先生跟前问道。他脸色变得煞白，咬紧牙关，把牙咬得吱吱作响，"你们想从这儿得到什么？"

"马修·斯杰伊福罗斯，皇家科学院院士，理论数学家。"

"乔治·斯杰伊福罗斯，小偷。"

大家都沉默起来。

"对不起，先生。"数学家说，"我面前的人是否就是盗窃了遗嘱的人？"

"就是他。"小偷说。

"我很高兴知道此事。"马修先生回答道。

"我也是。"小偷说。

"吉米，乔治，"流浪乐师走到旁边喊道，"到这儿来，过来一下。"

来自佩捷里奥斯捷尔—罗乌大街13号"友人相聚"小酒馆的三

个人围在尖顶石头旁边。

"杀了他们。"流浪乐师说。

"我们走吧。"小偷低声说。

"结盟吧。"赌棍提议。

"先生,"长着一面络腮胡的先生靠近马修·斯杰伊福罗斯的耳边小声说道,"您觉得,他们现在会不会像杀疯狗一样杀了我们?"

来自"友人相聚"小酒馆的三个人返了回来。

"我们决定和你们结盟。"赌棍笑着说道,"我们不想杀了你们。为什么呢?因为您儿子的财宝,先生,五个人也够分。"

"很好。"马修先生说,"我们走吧。"

"走吧,先生们。"棕红胡子的先生高声喊道,"走吧,我们一定能在那里找到那个讨厌的深洞。"

在五人谈判的石头洞窟最里面,只有一条曲折而狭窄的通道。五个人一个尾随一个从石头缝隙之间钻过去,开始顺着石头台阶往下走。

> 尺子打呀打,缝针扎呀扎,
> 步步后退是为啥——

小偷又唱道。他开始紧张地注视着在灯光中闪过的父亲那高高的浆硬的衣领。

往下走了一个半小时以后,除了老斯杰伊福罗斯先生,所有人都已经精疲力竭,就在此时,狭窄的过道到了尽头,接着是一个深洞。灯光照不到洞底。

赌棍走到深洞边扔下去一块石头，听见了响亮的回声。可以认为，这是石头撞到了木桶上。

"全完了，"流浪乐师说着躺到地上，"什么都没有，往回走也回不去了。"

"胡说！"安德鲁斯高声喊道，"我们一定能找到通道。乔治，再找找，看看有没有缝隙！"

马修·斯杰伊福罗斯先生从他侧面口袋里掏出一个笔记本，在灯光下继续计算。

"先生们，"长着一面络腮胡的先生站到石头上说道，"真见鬼，我刚才说，所有发生在我们内部的事情，都是某种宇宙原因导致的结果，我说得难道不对吗？我已经记下来了，先生们！每隔一段时间，就会发生同样的事件。先生们，五年前右派在某种推动力影响下获胜，那么现在，左派在另外一股力量的影响下获胜。"

"见鬼去吧！"流浪乐师昏昏欲睡地说道。

小偷和赌棍手里举着灯寻找出口。他们找了一个多小时，但是什么都没找到。这条路只通到这个深洞。

八　小偷乔治·斯杰伊福罗斯

"没有，"小偷说，他因暴怒和疲惫而面色苍白，"什么都没有。"

"什么都没有。"安德鲁斯紧握拳头肯定地说道。

流浪乐师昏昏欲睡之中也阴郁地抱怨了一句。

小偷把灯举到马修先生跟前。马修先生还在计算。

"或许,他知道些什么?"赌棍悄声说道,"你跟他谈谈吧,乔治。"

小偷手扶额头沉思起来。然后,他把灯放在地上,走到马修先生跟前。

"先生,"他说道,"您曾经爱过我。您或许还记得,先生,那时候我是您喜爱的儿子。"

"我们别再提这件事了,"马修先生说,他把下巴藏到硬得像石头似的领子里面,"您还有什么想和我说的吗?"

"我想知道,我们能不能找到遗嘱里提到的钱。"

"如果你们让我利用写在遗嘱背面的公式计算,我会告诉你们的。"

小偷走到安德鲁斯跟前,和他交谈起来,过了一会儿,他在马修先生面前打开了遗嘱。

"谢谢您,"马修先生一边说,一边细心地把公式写到笔记本里,"您想从我这儿知道什么?"

"弟弟不会在这个遗嘱里撒谎吧?"

"不会。"

"这笔钱在哪儿呢?"

"在那里。"

"那里是哪儿?"

"就在谷底。"

"可是怎么下到谷底啊?"

马修先生环视自己的周围:流浪乐师睡着了,他脑袋下面枕着一捆粗绳索。

"用绳子。"

"哦，是啊！谢谢您，先生。"

按照来自佩捷里奥斯捷尔—罗乌大街13号"友人相逢"小酒馆的三个人的决定，第一个下去的应该是长着一面络腮胡的先生。

绳子缠在突起的圆形石头上固定好，然后套在先生的双肩上，慢慢地把他放到深洞下面。

十五分钟以后，流浪乐师第二个下去了。

"下午好，先生。"长着一面络腮胡的先生亲切地对他说。

"晚上好。"流浪乐师阴郁地回答道。

第三个下去的应该是马修先生。

小偷把绳子在他身上缠了三圈，仔细检查了一遍整条绳索，然后站在悬崖边上，把灯笼放了下去。

绳子开始散开：一圈，两圈，三圈。

赌棍从衣兜里掏出一把剃刀，打开它，脚踩在绳子上，挥手砍了下去。

九 马修先生不再沉默

马修先生开始进入深洞，七分钟后，绳子向上抖了抖，停住不动了。

马修先生左右摇晃了一下，接着撞到了岩石上，撞得十分疼痛。他一时间失去了意识。

"有酒味儿！"长着一面络腮胡的先生在洞底说道，他抻长脖子使劲闻着味儿，"真该死，我敢发誓，我们在一个酒窖里。"

流浪乐师已经睡着了，他向后仰着头，双腿伸得笔直。

马修先生清醒过来。他身上的绳子打了三个结，一动不动悬挂在那里。他沉思起来，想起了遗嘱上的公式，便用一只手慢慢地解开上衣，打开笔记本。

马修先生一只脚踩在岩石上，另一只脚按住绳子，他扶了一下挂在腰上的灯，手里拿着铅笔继续计算。

过了几分钟，他开始慢慢往下落。

"有酒味儿！"长着一面络腮胡的先生朝马修先生走过来大声说道，"您发现了吗，先生？我们在一个酒窖里。"

马修先生解开绳子，坐到石头上笑了笑。

"我有几句话想和你们说，先生们。"他说，"不过要等等我们的同伴。"

十五分钟以后，乔治·斯杰伊福罗斯双手快速交替着拽住绳子，顺着绳子下来了。他脸色苍白。

"就剩下安德鲁斯没下来了。"流浪乐师一边说，一边掏出装烟丝的口袋和烟斗。

"谁也不剩了。"

"安德鲁斯在哪？"

"我不知道。就在这儿，离我们不远，他被杀死了。"

流浪乐师跳起来，烟斗从他手里掉了下去。

"被杀了？谁杀了他？"

"我杀的。"

"你杀了吉米?"流浪乐师小声地问,他站起来双手抓住了十字镐。

"等等。"小偷说,他走到近前,把一只手放到流浪乐师的肩上,"我杀了他,是因为他想割断你的绳子。"

马修先生抬起头仔细看了看儿子。

"抱歉,先生们,"他站起身说道,"我想,是时候告诉你们一些好消息了。"

他站到一块石头上。

"你们来到这里,是为了寻找我儿子雷吉纳里德·斯杰伊福罗斯遗嘱中提到的大笔钱财,并且据为己有,每一个找到这些钱的人都是这么想的。先生们,我们找到它了,它就在我们脚下!"

马修先生像个年轻人一样敏捷地从石头上跳下来,用脚踢了它一下。听见了响亮的回声。

"很遗憾,我不能把我的计算过程告诉你们。"马修先生继续说道,"你们未必对此事在行。我只告诉你们我的结论:我们的城市及其周围所有区域都封闭在或者产生于一个酒桶之中,在一个巨大的酒桶之中。"

"酒桶!"长着一面络腮胡的先生喊了起来,"就是这个答案!一切都取决于正确的运动!"

"酒桶沿着一个坚硬的平面滚动。"马修先生继续说,"这一坚硬的平面被上方力量强大的光芒照亮。酒桶的一侧椭圆面——就是我们称之为天空一面——在棱线之间有许多缝隙,光线穿过这些缝隙照进来。另一侧椭圆面——这面的酒桶内侧就是我们城市所在的地方——没有缝隙,因此光线照不进来。每隔十二个小时酒桶就会翻转到另一个椭圆面上;当它有缝隙的一面——就是我们称之为天空一面——向下翻转时,我们就到了夜晚。这时酒桶里面就是一片黑暗,除了黑暗,没有任何光线穿过缝隙照到我们,照进里面。

"第二个十二个小时酒桶再次旋转到另一个椭圆面:缝隙此时朝上,朝向光线——于是就到了白天。

"我们穿过了土层,按照几乎与酒桶的平面垂直的路线,来到了酒桶没有缝隙的一面。打开它,你们就会看见夜晚,即便现在城里是下午两点半。"马修先生掏出怀表把灯拿过来看了一眼。

"先生们,"他继续说道,"我告诉你们的这些事,只有一处令人疑惑不解:每天夜晚,我们随酒桶旋转向上移动的时候,为什么我们不会掉下去?我用一个猜想回答你们,先生们:酒桶滚动的平面大概拥有巨大的电磁力。这股力量通过感应,使我们称之为大地的东西具有磁性,创造出了吸引力,这种吸引力使我们和整个城市在夜里不会头部朝下跌落。"

"最后我要指出,先生们,这一发现归功于我的儿子雷吉纳里德·斯杰伊福罗斯。他找到答案以后,在遗嘱背面用公式简要地表述出来了。"

十　马修·斯杰伊福罗斯先生停止计算

"真见鬼!"流浪乐师骂道,"原来什么都没有!"

"太棒了，雷吉。"小偷若有所思地说，他跷着二郎腿坐在石头上。

长着一面络腮胡的先生嘴里嘟囔着，慌忙地翻着自己的笔记本。

"我忘了补充一点。"马修先生从自己的讲坛上跳下来，把手伸进上衣后面的兜里。他从那里掏出一个装着炸药的雷管，上面带着一根长长的导火线。"我打算炸开我们脚下酒桶密不透光的这一面。我想到酒桶朝外的那面去，去研究外面的宇宙。"

"你要和我一起走吗，乔治？"流浪乐师问。

小偷看了看马修先生回答道：

"不，我要留在这里。再见了，流浪乐师。"

流浪乐师把装着食物的口袋往背上一扔，然后走到绳子跟前。过了几分钟，只剩下灯光在凸凹不平的崖壁上移动。

"雷管需要插到缝隙里吗，先生？"小偷走到马修先生近前恭敬地问。

"可以用十字镐刨个小洞。"马修先生回答说。

小偷在酒桶上刨出一个很浅的缝隙，把雷管放了进去，然后打开灯笼，小心翼翼地点燃了引线。

"引线能烧八分钟。"马修先生说。

三个人全都躲到旁边，走到狭窄的过道尽头，藏到了石头后面，长着一面络腮胡的先生不停地快速往自己的笔记本上记录着。

传来剧烈的爆炸声。马修先生朝爆炸的地方转过身去，他听见长着一面络腮胡的先生满意地低声说道：

"如果这次爆炸能影响到上面，那么工党可能就会获胜。"

当马修先生靠近爆炸地点时，昏暗的光线照在他的眼镜上。酒桶表面两三俄丈的面积炸开了，一些木块和一根生锈的粗铁丝在窟窿的边缘支棱着。

"先生们，"马修先生指着洞口说，"这是通向宇宙的窟窿。你们现在看到了，我是对的，先生们。"

小偷把绳子绑在酒桶上竖起的一个大钩子上。马修先生第一个下去了，小偷和长着一半络腮胡的先生紧随其后。

他们来到酒桶外面，一排排巨大的棱线整齐地穿过酒桶表面。轻风吹拂，昏暗的暮色即将入夜。他们向上抬起头——在他们上方，天空一片黑暗，黑得就像鞋匠用的擦线蜡。马修先生把下巴藏在自己的老式衣领里面，脸上再次露出了微笑。

"这就是宇宙，"他缓缓地举起手说，"比起我们的世界，我希望你们能更喜欢它，先生们。事情很简单！根据我的计算，伦敦恰好位于酒桶的横轴上；为了不掉到酒桶下面，我们应该顺着棱线走到旁边去。当酒桶翻转，让我们接近它滚动的表面时，我们需要翻个跟斗。我们就会跳进宇宙空间，而酒桶将在我们的头顶上滚过去。"

他们沿着棱线爬着出发了。

马修先生仔细观察着一路上遇到的坑洼和路沟，而长着一面络腮胡的先生一手拿着笔记本，偶尔停下来用嘴唇翻页。

他们爬了两个多小时，他们头上黑暗的天空增长了一倍。

"我们走得太慢了，"马修先生看着自己的同伴说，"该快点走，先生们。"

小偷小声唱了首歌，过一会儿他问：

"先生,您能告诉我,是我们飞向天空,还是天空飞向我们吗?"

马修先生抬了头,黑暗的天空已经增长了两倍。

"快跑!"他脸色苍白地说,"我们要来不及了!尽可能快跑或者……"

长着一面络腮胡的先生停了下来,目光迷茫地看着上面。

"乔治,"马修先生说,"快跑!"

小偷把马修先生横着抱起来,把他扛到肩上开始跑,累得腰都弯了。

"放下我吧,你快跑!"马修先生抿紧嘴唇说道。

黑色的天空已经增长了五十倍、一百倍、二百倍。

小偷把马修先生放在木制地面上。

"已经晚了,"他喘着粗气说,"在我们翻跟斗之前,它就会碾死我们。如果让人感到安慰的是我们会被天空压死……不过,真见鬼!我想喝点啤酒。"

长着一面络腮胡的先生跑到他们跟前,摇晃着自己的笔记本。

"请您召集全世界的教授!"他大喊,"我终于找到了我们的世界发生各种事情的原因。"

马修先生遗憾地摇摇头,然后整理整理衣领,看着棕红胡子的先生微微一笑。

天空轰隆作响,快速朝他们飞过来。

小偷跑到了右边。他看见马修先生和长着棕红色胡子的先生消失在飞奔而来的巨物之下。

看了看山羊尾巴下面

　　发现它可不简单——

小偷唱了起来。

他开心地笑着摘下帽子,朝黑暗的天空俯身鞠躬。

可怕的轰鸣声在他耳边骤然响起,一个灰色的庞然大物冲到他面前。他睁大眼睛,看见自己被抛到黑暗的天空中。于是,酒桶轧死了他。

1923 年

大游戏

献给尤里·特尼亚诺夫

> 当然了,你们当中许多人都喜欢纸牌游戏,有一些人甚至在梦里还呓语着这七张红桃爱司。但是,你们是否有机会,不是与一位匿名人士或者某位伊万·伊万诺维奇,而是和无形之象,哪怕是宇宙意志,一起玩过纸牌游戏?我却玩过,这游戏我也很熟悉。
>
> 赫列布尼科夫,《卡》①

> 你在玩一个大游戏。
>
> 吉卜林,《基姆》②

---

① 赫列布尼科夫(1885—1922),俄罗斯诗人,《卡》是他于1914年创作的短篇小说。
② 吉卜林(1865—1936),英国作家,《基姆》是1901年创作的长篇小说。在小说中,吉卜林塑造了小男孩基姆的形象。基姆的父亲是英国驻印度军团里的一位爱尔兰士官,在父亲穷困而死后,基姆成了在印度街头流浪的孤儿。一次偶然的机会,基姆为一位印度马贩子送了封密信给一位英国军事,事后他得知,正是这封密信触发了一场八千人的战争,他也因此窥到了一场"大游戏"的冰山一角。这场"大游戏"由无数隐藏于市井的密探组成,这些密探没有名字,只有一个由号码和字母组成的代号;这场"游戏"的规模无比巨大,难以见其全貌,但一张纸片就能引发一场战争,一件小事就可以改变世界。这场"游戏"的神秘和刺激吸引了基姆,使得他想要成为这场"大游戏"的一员。他渴望成为一位只有一个号码和一个字母的密探,渴望证明自己的智慧与勇敢,渴望以生命为代价去四处闯荡探听消息。这部小说使得"大游戏"(the Great Game)这个词广为人知,而这场玄机四伏的"大游戏"就是后来被称为"大博弈"的英俄帝国中亚争霸战。

一

"你瞧，我身体很好，"埃里芬·阿什凯尔直视着帕纳耶夫说，"我的事情都很顺利。"

"听到你这么说，我很高兴，"帕纳耶夫回答道，"我身体也很好，我的事情也都很顺利。"

"我深得皇帝的恩宠。"埃里芬·阿什凯尔说道。

"我真羡慕你，"帕纳耶夫回答道，"我真希望也能以自己的名义说这句话。"

"皇帝委托我告诉你，"埃里芬·阿什凯尔继续说，"他想在这里，在首都见你。"

"太好了。我会去的。"帕纳耶夫回答道。

骡子已经按欧洲人的方式备好，就站在不远处。埃里芬·阿什凯尔点了点头，两个身材魁梧的仆人立刻把骡子牵到帕纳耶夫跟前。

帕纳耶夫戴上头盔，拿起了手杖。

两个仆人抓住骡子的缰绳，牵着它开始在城里慢步而行。帕纳耶夫把头盔拉下来遮住额头，向四周瞭望。他看到一些用稻草覆盖着屋顶的白房子，还有一些人，身穿落满灰尘而呈褐色的外衣，除此之外，他什么也没有看到。他打了个手势，示意让骡子稍停一下。

从他身旁跑过一个老头儿，看上去瘦骨嶙峋、衣衫肮脏褴褛。

老头儿手忙脚乱地敲打着一个蒙着皮革的圆盘,喉音很重地用帕纳耶夫听不懂的方言大声喊着什么。在老头儿身后,一个上了年纪的老者身穿白色外衣骑在骡子上,外衣滑到了肩膀以下,身体不时地微微晃动,一副扬扬得意的样子。

"老头儿在喊什么?"帕纳耶夫问埃里芬·阿什凯尔。

"他在喊:我的主人贫困衰老。我的主人体弱多病。求您哪怕给我的主人一双鞋子也行。"

"这个人是乞丐吗?"

"骑在骡子上的人是乞丐,"埃里芬·阿什凯尔回答说,"这是他的奴隶在为他祈求施舍。"

帕纳耶夫放开了缰绳。

几分钟以后,他们来到了皇宫前。七道围墙一道连着一道,将皇宫围起来。按照宫廷惯例,只有亲王才能骑马走到第七道围墙。

帕纳耶夫在第一道围墙外面就要从骡子上下来。

埃里芬·阿什凯尔用手势示意他跟着自己。入口在墙角处。

帕纳耶夫跟着给自己带路的人很快来到宫殿前。帕纳耶夫刚一沿着台阶走上凉台,埃里芬·阿什凯尔就不见了。

帕纳耶夫沉吟片刻,用腿撞了一下门。门开了,狭小的房间里空空荡荡,屋顶上覆盖着编织的茅草。帕纳耶夫一瘸一拐地穿过这个房间,又碰到了一扇门。他打开门,一个老人身穿黑色丝绸长袍,身披短斗篷,坐在低矮的沙发上。两个仆人面无表情地站在近旁。

"请问,"帕纳耶夫礼貌地鞠着躬问道,"我是否有幸……"

"你瞧,我身体很好,"身穿长袍的老人声音颤抖地说,"我的事情也很顺利。而贵国皇帝的身体怎么样?"

"谢谢,"帕纳耶夫回答说,"皇帝身体健康,事情也很顺利。"

他沉默了一会儿,想起了离开俄罗斯前听说的战场上传来的最新消息,便补充说道:

"他的部队已经获胜。"

"你怎么去的哈别什?"乌拉玛问。

"途经索马里。"

"索马里人有没有惊扰你?"

"没有,我一路平安。"

"途中是不是很热?"

"我很耐热。"

"拿酒来。"乌拉玛转向身后的仆人说道。

两个仆人和一个御膳官马上拿进来一个不大的托盘,上面放着两个缠着紫色织物的长颈小玻璃瓶。一个玻璃瓶旁边放着给帕纳耶夫准备的杯子。御膳官往手掌里倒了一点酒,迅速地把手放到嘴边尝了尝。按照风俗,他用这种方式证明酒是无毒的。

"我呢,"乌拉玛说,"治理着这个国家。可是你做什么事情呢,外国人?"

"我研究东方语言,"帕纳耶夫回答道,"我来哈别什,就是为了丰富自己的知识。"

皇帝张大嘴巴哈哈大笑起来。

"你怎么会如此精通我们的语言?"

"我年轻的时候在哈别什住过两年,"帕纳耶夫解释说,"我是一个教授,在圣彼得堡大学教东方语言。"

"拿酒来。"乌拉玛朝着几个空空的玻璃瓶点了点头说道。仆人和御膳官拿来满满的酒瓶,撤走了空酒瓶。

"你写书吗?"

"我写了几本书。"

"贵国有三个人,我很了解,"乌拉玛说,"他们也都是令人尊敬的人。贵国的学者巴什基尔采夫和我们一起生活了七年,后来带着圣加布里埃尔教堂的全部贵重物品离开了。第二个是贵国的一位女士——我不记得她叫什么名字了。她非常漂亮,我的朋友阿斯尔法尔的儿子因贪恋她的美色,在树林里被英国的残暴之徒击毙了。第三个是列昂季耶夫伯爵,他率领我军与意大利人作战,我很喜欢他。他洗劫了英国大使馆,于是这些畜生好像把他绞死在索马里了。"

帕纳耶夫喝光了自己杯里的酒,认真地看了看皇帝。

皇帝喝着酒。

"他们都是令人尊敬的人。"帕纳耶夫说。

"拿酒来。"乌拉玛说。

他们默默地喝了一会儿。

帕纳耶夫把目光从乌拉玛的脸上转向低矮的窗户。他看到了排列整齐的仙人掌、桉树和小房子,四周都是土筑的城墙。

"我认识列昂季耶夫,"他说,"他可能的确是在索马里去世的。

陛下也有欧洲的葡萄酒吗？"

乌拉玛点了点头。

"有托考伊甜葡萄酒、茴香甜伏特加酒、波尔图葡萄酒①。"他狡黠地笑着回答。

仆人拿来了好几种葡萄酒。

"我到你这里来，带来一些重要信息。"

"说吧。"乌拉玛回答说。他舒舒服服地坐在沙发上，把一瓶波尔图葡萄酒放到了嘴边。

"你可知道，"帕纳耶夫接着说，"英国人在你的宫廷里都干些什么？"

乌拉玛停止饮酒，认真倾听起来。

"英国当然是一个大国，"帕纳耶夫慢悠悠地说道，"然而，难道该国有像你一样的皇帝吗？英国国王受臣民控制。难道你的臣民能摆布你吗？"

"我统治我的臣民。"乌拉玛回答说。

"哈别什、刚果、俄罗斯，这三个国家都既没有议院，也没有国会。"

"是啊，是啊，是啊，"乌拉玛答道，"我知道，所有的外国人都是坏蛋。你是想说，英国人在我的宫廷里都在干些什么？"

"我想喝朗姆酒。"帕纳耶夫说。

---

① 这三种酒品在当时较受欢迎，托考伊甜葡萄酒产自匈牙利，匈牙利葡萄酒在世界上小有名气；茴香甜伏特加酒最早产自荷兰的阿姆斯特丹，甜伏特加酒也是俄罗斯传统的酒精饮品；波尔图葡萄酒原产地为葡萄牙北部的波尔图，是一种带果香的烈性红葡萄酒。

朗姆酒端了上来。皇帝捋了捋胡子，喝掉了一小瓶朗姆酒。

帕纳耶夫此时却才刚刚拿起酒杯。

"我们接着谈英国人，"他继续说道，"你有一个表弟，是吗？"

乌拉玛打了一个响嗝，狡黠地噘起嘴唇。

"我是有一个表弟。"

"他叫塔法雷吗？"

"他是叫塔法雷。"

"英国人经常在他那儿吃饭吗？"

"塔法雷那儿饭菜非常丰盛，"皇帝解释说，"他那儿总做肉菜。英国人非常喜欢吃肉。"

"你还有一个外孙子，叫里奇亚苏，是你女儿的儿子。"

乌拉玛点了点头。

"你把自己的王位传给他们当中哪个人呢？"

"拿酒来。"乌拉玛说。

仆人又拿来了葡萄酒。

"英国人都是骗子"，乌拉玛说，"他们希望我死以后，塔法雷当哈别什的皇帝。去他妈的。坐上王位的会是里奇亚苏。"

帕纳耶夫仔细打量了他一会儿，然后走到他近前，一字一顿地说道：

"我知道英国人的意图。如果你不放弃王位，将王位传给里奇亚苏，那么塔法雷将在十天后登上王位。"

皇帝瞪大眼睛，吃惊地看着他。

"喝吧，兔崽子。"帕纳耶夫用俄语说。他把原封未动的一瓶酒

推到乌拉玛跟前,接着补充说:

"需要叫秘书吗?"

"我会叫秘书来的,"乌拉玛若有所思地答道,"去他妈的,他们竟然干涉我的生活,这些英国狗崽子。"

他走到门口,叫来了秘书。

一个身穿白色长袍和过膝短裤的高个子男人走进了房间。

"你来写吧。"乌拉玛说。

秘书坐下来,在膝盖上铺好羊皮纸。

"哈别什人民和提格雷①人民!"乌拉玛开始口授。

二

第 348/24 号

监察员

休·福塞特·瓦特松

绝密命令

负责密探

斯蒂文·伍德

1916 年 1 月 10 日

命令

我命令您即刻前往俄罗斯(彼得格勒市)。您此行的目的,是要从某人手中收回一份英国政府需要的文件。我命令,将您在金斯顿

---

① 埃塞俄比亚的民族。

的职责交给密探理查德·布朗。所需款项电汇。

随函附上侦查证与应收回文件的抄本，文件已逐字逐句译为英文。

监察员

休·福塞特·瓦特松

7781号侦查证

第348/24号命令附件

交付密探伍德

一、照片……………………无

二、名字，姓氏……………不详

三、年龄……………………45—50岁

四、职业……………………不详

五、所在地…………………俄罗斯，彼得格勒市

六、体征：

　　身高…………………中等

　　发色…………………浅色，留有胡须

七、特殊体征………………无左臂，跛脚

供执行348/24号命令参考

监察员

休·福塞特·瓦特松

密探斯蒂文·伍德致监察员休·福塞特·瓦特松的信

先生：

众所周知，密探不得有任何预感（情报工作守则第 24 条）。也要谨记，每一个预感或者与公务无关的感觉，都要即刻向直属领导汇报，为必要时换为毫无预感的密探，我斗胆：

1. 向您汇报，先生，我心里产生了一些不祥的预感，而且——

2. 向您报告，先生，我履历中若干无关紧要的细节，在我就职时，您的前任盖顿先生并不知悉，我希望，这些细节能够向您说明，工作多年的密探会怎样产生与公务无关的感觉。

3. 我不会耽误您的时间，先生，我不会长篇累牍论述我出生在英国，而不是地球上其他某个国家的众多原因。

先生，您的前任盖顿先生知道，我出生在距离伦敦三十英里的哥达明，我生在"普洛乌特与科商行"这个富裕的商人之家，我的母亲是商行老板的女儿伊丽莎白·普洛乌特小姐，她当时是个十八岁的姑娘。您会说，先生，我的出生违背了神学、圣经诠释学以及其他此类科学的所有准则吗？我必须承认，这些科学对我而言一文不值。

十三岁时，我跑遍了整个英国。我在谢菲尔德卖过报纸，在普利茅斯当过算命先生，在伦敦做过小偷。后来，在纽卡斯尔成了赌场上利用各种手段作弊的赌徒。

显而易见，先生，我在这一领域中的所作所为，您的前任盖顿先生并不知情。

在著名玩家吉姆·安德鲁斯的指导下，我在专门的学校学习了所有复杂的作弊手段。先生，我就不讲我在这所学校学习的事情使您厌烦了。只需提及的是，在八十年代的英国，作弊技能的培训，要比牛津或者剑桥的教学好得多。不过，学校招收的是比这些穿紧身裤的剑桥青年更有毅力的人。我那时候的毅力，都赶上八年监狱生活需要的毅力了，这一点，先生，大概您的前任盖顿先生也并不知情。从那时起，欧洲各国监狱制度常常引起我的关注，因此，我后来才能够成功应用自己发明的获得监狱内部情报的方法。

在学校学习作弊手段的同时，我开始在《金斯顿报》上发表文章。需要指出的是，只有愚蠢的英国人无法理解，在记述地方事件的过程中，我阐释的学说原本几个世纪前就能重建世界了。

那时候，是我第一次为自己出生在英国而感到遗憾。我并非不学无术之人，先生，我也必须承认，最近两三个世纪，科学使宗教蒙受了巨大的损失。但是要知道，任何一个超过五十三岁的正直的英国人，每逢周日都会读一章旧约或者新约全书，哪怕是最糟糕的版本。

事实上，先生，要知道，我的出生不可能毫无意义?!

既然世界各地都有犹太人居住，而所有犹太人都是拉比，那么，就不可能让正直的英国人认为，我是一个从来都不存在、只是人们睡梦中梦到的骗子。

岂有此理，先生！我不止一次试图证明，我才是宇宙的创造者，正是我，而不是别人，让大地与天空分离，运用文特纸牌游戏启动了整个天体力学。这一切全都是白费工夫，我就只得到一种结果：江湖马戏团的经理提议，让我表演魔术以及远距离读取人内心的想法。

必须承认,先生:一切都成为泡影,相信上帝的只有老年人,而且还是他们临死的时候。欧洲的技术消灭了奇迹,于是世界不再服从上帝。

很有可能,先生,这一点您的前任盖顿先生也并不知情。

为了委托我的案件的利益,我还应该通过您的命令告知您,我统治世界的辉煌时代已经过去,如今我只会变纸牌魔术,在玩赌牌游戏时,能在众目睽睽之下毫不察觉地偷换纸牌。

先生,上帝衰老了!不祥的预感折磨着我,先生。

不过,我可以向您保证,绝对没有什么可以阻止我满怀热情投身于这一案件,无论如何都要完成348/24号命令。

愿意为您效劳的斯蒂文·伍德

再耽搁您片刻,先生!我忘了告诉您,在金斯顿住的都是疯子,其中有许多暴徒。我建议,要关注法官休列特、蔬菜贩子伊丽莎白·斯科特、密探詹姆斯·布朗,以及所有胆敢证明我丧失了理智的人。

您无法想象,先生,在到处都是不幸的疯子的城市里生活,是多么艰难。

关于世界上的重大事件,我再说几句。您是否注意到,先生,就在我赌博的时候,发生了历史上非常重大的事件。我现在都记得,在宣告世界大战的那一天,我玩两局什托斯①,赌输了一大笔钱。

---

① 什托斯,旧时的一种纸牌赌博。

先生，您可以相信，我赌博并非毫无意义。

三

  监察员休·福塞特·瓦特松刚刚向上级管理部门汇报了信函之事，而上级管理部门刚刚向英国驻俄罗斯大使馆询问了侦探的居住地，斯蒂文·伍德口袋里带着勃朗宁手枪和7781号搜查证，就已经出现在彼得格勒了。

  他在各处现身：有时以文雅的欧洲人的身份出现，头戴高筒帽，身穿英式短大衣；有时变成俄罗斯军官，顶着上尉的头衔；有时扮作流浪汉，戴着灰色便帽，穿一件破烂的军大衣。只有阅历丰富的人，才能从优秀的上尉身上看出，他对马刺撞击的喜爱有些许夸张，而在流浪汉身上会发现，他并不会大口随地吐痰。

  他去过一些名为"磨坊"的秘密赌博俱乐部，那里面，满是身穿丧服的女士和过于儒雅的年轻人。赌博的时候，这些身穿丧服的女士就哭自己死去的丈夫、父亲和兄弟。

  他去过工人居住的街区。

  监察员休·福塞特·瓦特松会对侦探伍德满意的。

  根据秘密情报工作的所有规则，他循序渐进地研究着这个慢慢毁灭的城市。

  他一直在寻找，找到了几十位四十五至五十岁中等身材的人，战争夺走了这些人的左臂，让他们走路一瘸一拐，但是他们当中没有人与乌拉玛的诏书有关系。

四

有一天,伍德在彼得格勒街头漫步,他走进利戈夫斯卡亚大街上名为"毁灭的比利时"的啤酒馆。这一次,他穿着普通,像是旅行装——橡胶外套、灰色的鸭舌帽和护腿。靠窗的一张桌子空着,他坐下后,叫来了伙计。

"来两瓶啤酒。"

只有三四张桌子有客人。在最里面的一个桌子旁边,坐着几个人:一个帅气的大学生穿着大衣,纽扣闪闪发光,饰有皇家鹰徽,一直扣到最上面,还有一个穿着朴素的女人和一个衣衫褴褛的人。

伍德细心倾听他们的谈话。

"今年的案子再无聊不过了,"衣衫褴褛的人说,"去年做的都运用了一定的谋略。"

"您要知道,"大学生打开烟盒,神经紧张地用一支香烟敲击着桌子边儿,他说,"今天,我们认识的时候,我对您说了,我非常想参与您做的事情。"

他低下头,沉默起来。

"您要知道,靠给我提供的资金生活,是非常困难的。我不能因为资金不足,而让自己失去……我来自上流社会的朋友或者……"

"或者几个女友。"女人嘲讽地加了一句。

"总之,您做的事情,或者准确地说,参与您做的事情,对我来说再好不过了。所以,也许我……"

"如果您只做眼线，"衣衫褴褛的人说，"这样的话，恐怕他是不会庇护您的。"

"眼线……这也就是说，应该告诉您各种可以行窃的地方？"

"正是如此，如果可以，还能这样说：为了进行非法行为。"

伍德喝完杯子里的酒，又从另一个瓶子里倒满。

"如果您准许我参与您的案件，"大学生的目光打量着自己颤抖的双手，还不时地来回搓着手，他说，"这对我们两个人都很方便。我经常出入的群体，您可能会感兴趣。"

衣衫褴褛的人挠了挠胡子拉碴的下巴。

"您好像是在东方系吧？"

"是的。"

伍德仔细地听着。突然，他想到那个握有"英国政府必需的文件"的人，这差点让他把啤酒泼洒出来。

"您想必认识……"

衣衫褴褛的人把身子探过桌子，凑到学生跟前，在他耳边低语了一会儿。学生也小声地回答。

伍德站起身，走到他们跟前。

"对不起，"他面对着学生说，"请准许我让您离开您的朋友片刻。"

"愿意为您效劳。"学生说着，迅速站起身来。

他们走到一边，在窗前的桌子旁坐下。

"让我们认识一下，"密探说，"沙雷金，基辅人。不知在哪里有幸见到过您。"

"斯维赫诺维茨基。"学生小声说。

"我听到了你们的谈话,"伍德冷静地说,"非常遗憾,看起来,你们的大学里已经不了解雷根斯多夫监狱制度了。我向您保证,这个制度可以治愈任何犯罪成瘾问题。"

"仁慈的先生……"斯维赫诺维茨基愤怒地说。

"不过,我想要在另一件事情上打扰您。"伍德噘起嘴唇,皱了皱鼻子,他亲切地微笑着,或者只是在努力保持微笑。

"我听说,您是东语系的学生。我想知道,您学习什么语言?"

"如果您想知道,我学的是阿拉伯语、波斯语、土耳其语。"

"您懂埃塞俄比亚语吗?"

"我几乎不懂埃塞俄比亚语。但是说实话,您需要我做什么?"

"还有一个问题。您是否认识彼得格勒这里完全自如地掌握这门语言的人?"

"除了已经回到彼得格勒两三年的俄罗斯驻哈别什的前大使,我不知道还有谁。而且,我也只是知道大使的名字而已。"

"请问,你们系谁教这门语言?"

"从我入学开始,学校就没有教过这门语言。说实话,您为什么想知道这件事儿?"

伍德似乎没有听到这个问题。

"您是否知道,在您考入这所大学之前,谁教这门语言?"

"教埃塞俄比亚语的是帕纳耶夫教授。您大概是东方人吧?"

"帕纳耶夫吗?哎呀!"伍德回想起来,"这个人少了一只手臂吗?"

"不，根本没有少一只手臂，他有两只手臂。"

"哦，不是吧！"

"我可以向您保证，他有两只手臂。真的，我一向不太了解他，但是听过他的课，也见过很多次。"

伍德礼貌性地笑了笑，脸上又泛起几道褶皱。

"现在，请准许我向您解释一下我纠缠您的原因。我保存着一份非常古老的文件，据传说，是用埃塞俄比亚语写的。还是伊丽莎白在世的时候，我的祖先马特维·沙雷金就带回来一份文件，里面对宝藏地点似乎有一些准确的说明。我尝试在基辅找到懂这门语言的人，但都是徒劳。如果您能够帮我，我会非常感激您的。"

"原来如此！这确实很有趣。也许，我会尝试研究研究。这个文件您带在身边吗？"

"很遗憾，我没有带。"

"您要是愿意的话，可以顺路送到我那里去！"

"当然愿意。您可以告诉我您的地址吗？"

"铸造大街32号14公寓，愿意为您效劳。您周日晚上六点钟左右来吧。"

"谢谢您，我一定会去的。"

伍德带着感激之情握了握茨维赫诺维斯基的手，付完账就离开了。

学生回到自己的座位上。

"把自己的住处告诉陌生人，这在某种程度上是有失分寸的，"衣衫褴褛的人眯着眼睛嘲讽地说，"这太过于轻率，有可能碰上密探！所以，任何工作都不会和您有关系。此事还请您见谅。"

他摇晃着站起身来，扣上了破旧外衣上的所有纽扣。

"别管他，西吉斯蒙德。"女人对大学生说，衣衫褴褛的人挥动着手杖，愉快地鞠了一躬，就从啤酒馆里跑了出去。

在尼古拉耶夫斯基车站旁边，他追上了伍德。

"请允许我耽搁您一会儿，"他碰了碰密探的肩膀说，"我听到您对那个涉世不深的年轻人说的话了。您是否需要一个经验丰富的玩家？"

伍德神情愉悦地朝他转过身来。

"哦，是您呀，"他说，"很好，也许我需要您的服务。那么，要到哪里找您呢？"

"环城水渠街上的尤德卡·加姆别尔的店，98号。找瓦西卡·斯科里维尔。"

伍德记下了地址，亲切地拍了拍衣衫褴褛的人的肩膀，转身朝涅瓦大街走去。

五

在约定的日子，伍德在茨维赫诺维斯基的住处按响了门铃。

女仆给他打开了门。

"请问，"伍德说，"我可以见茨维赫诺夫斯基吗？"

女仆走开了，在远处敲了敲门，大声喊道：

"西吉斯蒙德·费利齐阿诺维奇，有人找您！"

大学生走了出来,他脸色苍白,睡眼惺忪,上衣随便披在肩上。

"如果您准许,我就进去。"伍德礼貌地微笑着说。

他们走进了斯维赫诺维茨基的房间。

"您好像来自基辅?"学生将香烟盒推到伍德跟前问道,"您以前没来过彼得格勒吗?"

"没有,没有来过,"伍德急忙回答,他牙齿咬得咯吱响了一声,咬掉了烟头,"我从来没有来过。我很喜欢,这是座美好的城市。不过,我想,它仍然需要一些组织工作。"

"是吗?是什么样的工作呢?"

"监狱管理工作。在这方面,俄罗斯完全落后于西方。我最近惊奇地发现,在彼得格勒的监狱里,占主导地位的制度已经过时,毫不中用。"

大学生惊讶地看了看他。

"可是,为什么您对监狱感兴趣?"

伍德布抬起布满皱纹的脸看着他。他的嘴角张开,眼睛眯起来,下巴向前伸着。他笑了。

"不是的,只是有一段时间,我的工作与司法活动有关,所以当时对监狱问题很感兴趣。仅此而已。但是,我可能妨碍您了吧?也许……"

"没有,一点都没有。您好像要把您的文件带给我?"

"是的,我把它带来了。然而只是……我自己都不知道这份文件的内容说的是什么。所以,如果古老的传说真实可靠的话,那么……"

"您可以相信，我是个谦虚的人。"斯维赫诺维茨基急忙打断他的话。

"我完全相信您，"密探说，"而且，我还相信您的语言知识。"

"至于第二点，我担心会辜负您的期望。"

伍德从一个侧面的衣兜里掏出了一卷羊皮纸，在桌子上铺开。

斯维赫诺维茨基花费了很长时间，尽心竭力地研究这份文件。

他从架子上拿起来了一个巨大的埃塞俄比亚语—法语词典，他借助词典，尝试翻译乌拉玛的诏书。

伍德一声不吭，目不转睛地盯着他。

"首先，至于这份文献是否非常古老，我不得不让您失望了，"斯维赫诺维茨基放下文本说道，"连我毫无经验的眼力都能清楚地分辨出，这个文件成文于大约三十年以前。"

"或者说是三十天以前。"伍德补充说道。

"第一个句子是呼语，"大学生继续说，"这个很容易翻译出来。'哈别什人民和提格雷人民！'接下来谈的是国家权力、与什么样的敌人做斗争的问题，要是想翻译过来，必须承认，我的语言知识是不够的。"

"是这样啊！"密探笑着说。

"但是，几乎可以确信的是，您的古老的传说是不可靠的。文件上有一个印章，通过种种迹象来看，是官方的文件。这是一个命令或者判决，别无其他了。可以完全确定，宝藏所在地说明的开头，不会是对所有居民的呼语。"

"嗯，是的！"伍德遗憾地承认，"也许您说得对。但是，在彼得格勒，难道真的找不到一个人，能读懂这个命令或判决吗？"

大学生沉思起来。

"坦白地讲，再简单不过了，"他漫不经心地说，"您去科学院下设的亚洲博物馆，我相信，那里的图书馆员当中，会找到能帮助您的人。"

"就在这一次，我提前按照您的建议做了。恰巧就在昨天，我去了亚洲博物馆，由于不懂这份文件中使用的方言，那里的人坚决拒绝帮我翻译。"

"您找的是谁？"

"我不记得姓什么，"伍德很严肃地答道，"我记不住人的姓名。"

茨维赫诺维斯基又沉思起来。

"如果您能够找到帕纳耶夫教授，"最后他说，"您的文件二十五分钟就能翻译出来。"

"嗯，是的，帕纳耶夫！也许您知道他的地址？"

"不知道。我想，他的地址没有人知道。如果您想找到他，就去那个最低等的赌场吧。"

"赌场？可真奇怪！"伍德大声喊道，"他好像是一个大学教授，您却突然让我去赌场找他。"

"他很早就离开大学了，"斯维赫诺维茨基说，"不过，他确切的情况，我什么都不知道。关于帕纳耶夫，有一些奇怪的传闻：有人说他是吸毒者，还有人说他是冒险家，在东方逗留期间，曾多次在这方面大显身手。"

伍德又毫无声息地笑了。

"您说他的两只手臂是完好无损的吗?"

大学生目光警惕地看着他。

"是的,他双臂完好无损,"他说着站了起来,以此说明这次拜访结束了。

伍德跳了起来,把他的雪茄扔到了桌子上。

"谢谢您的消息,"他说:"我担心,我的文件在彼得格勒注定翻译不过来了。"

大学生把他送到了门口。他鞠了一躬就离开了。

六

在一周当中,伍德在彼得格勒的各个赌场探听消息。他去过瓦西里岛上隐蔽的"贼窝",去过一些连警察都不敢去的偏僻之地,去过一些连队,去过不少妓院。妓院旁边就是士兵驻地,士兵们总是从伊斯梅洛沃的军营跑到这里过夜。在这里,遍布城市的交易所商人和经纪人度过无数醉生梦死的夜晚。在这里,演奏着探戈和《黑色骠骑兵》的欢快乐曲,"二十一点"和"铁路"的纸牌游戏极为盛行。

他去过维捷布斯克街上的纸牌赌场,在这里,难得哪个夜晚不发生动刀子打架的事情。他也去过沃罗涅日街上出租的公共住宅"霍尔姆什",在这里,从前在妓院里管事儿的人出售白兰地和烧酒。他小心翼翼,时刻谨慎,忙着自己应该做的事情,一心想着第348/24号命令,坚持不懈地努力寻找搜查证上指出的人。他原本能够满足秘密情报工作最严格的要求，从他身上，监察员休·福塞特·瓦特松也看不出就是他写了那封谈及与公务无关的感觉的信，而英国大使馆则会令人安心地回复"情报服务"部门的询问。

有一天，伍德去了利戈夫斯卡亚大街的赌场。他打扮成适合偷东西的流浪汉的样子，头戴破了洞的圆顶礼帽，身穿褪了色的大衣和破旧的靴子。

这个赌场与伍德各处探听消息期间到过的其他十个赌场没有什么区别。在第二院子里，脏兮兮的厢房分隔成三四个房间，里面有人在打牌、喝酒。衣着华丽、极为时尚的那些善于作弊的骗子和赌棍，正在和彻头彻尾过着流浪生活的真正的亡命之徒讨论着一些案件。在这里，流窜犯和窃贼可以找到作案所需要的一切信息。

伍德在各个房间里走动，一副心不在焉而又懒散的样子，不管哪个房间，他在每个桌子旁边都停留一会儿，以便拿到纸牌，输赢两三个卢布，倾听人们交谈，迅速瞥一眼玩家的面孔和双臂，然后继续在各个房间里走动。

最终，他再次失去了找到帕纳耶夫的希望，便开始观察后面房间里一个小桌上的游戏。

三个流浪汉如同雕像似的一言不发，他们玩的是二十一点纸牌游戏，这是赌场里最喜欢的游戏。他们当中，有一个是年轻人，他面颊绯红，留着小胡子，穿着一件新夹克和漆皮长靴，看上去非常讲究，他在坐庄。另外两个人是他的对手，其中之一是个老人，胡子刮得干干净净，面部枯瘦，身体挺直地坐着，左手放在大衣的衣襟里，另外一人是个瘦削的小伙子，穿着士兵服。

伍德坐在离他们不远的地方摇晃着身体，打量着扑克牌，抽着粗粗的像火焰一样刺鼻的黄花烟，不错过任何一个匆匆扫过他的目光。

半小时以后，一个衣衫褴褛的人走到伍德一直观察着的桌子跟前。

"嘿，伙计，把牌给我！"

"这不是游戏。"老人简短地说，推开了伸过来的手。

这就意味着，他们在赌什么事情，所以不接受新对手加入。

老人欠起身，把左手从衣襟下面拿出来，小心地放在桌子上。左手伸直，打了一个响指。

"年龄在四十五到五十岁之间？或许更大一些。留着胡子，浅色头发，走路跛脚，"侦查证上的信息在伍德的眼前闪过，"不过，让我们瞧瞧，他走路是不是跛脚？"

"我们的赌注很大，老兄，"穿戴讲究的庄家礼貌地对衣衫褴褛的人说，"你半小时以后再来吧。"

他们继续玩着游戏。

"出牌吧！"

"六！"

"接着出！够了！"

"八，十二，十六。来吧，现在看我的牌！"

穿戴讲究的人把两张牌背面朝上放下，开始慢慢移动下方的牌。老人不动声色地看着他。

"我输了。"坐庄的人把牌扔在桌子上说，接着轮到老人坐庄。

老人把桌子上的牌收起来放在左手里,然后快速地洗牌。他的一只手微微向上抬起,又打了一个响指,然后落到桌子上,发出金属般清脆响亮的声音。

伍德的眼睛闪闪发光,他点上烟抽起来,又在赌场里走来走去。

几分钟后,穿戴讲究的小伙子输得精光,他和老人热切地交谈起来,然后放下纸牌,唾了一口痰,走到了柜台前。此时,瘦削的对手已经不知去向。

老人独自一人留在桌旁。

穿戴讲究的小伙子喝光了啤酒杯里的伏特加,跺了一下脚,用令人愉悦的男高音唱了起来:

　　条条小径
　　长满青苔,
　　爱人的双脚,
　　从此走过。

一个男人穿着紧腰长外衣,站在柜台后面,他立刻开始随着唱了起来:

　　渐渐长满,
　　渐渐消失,
　　亲爱的,我和你,
　　在那里携手相伴……

整个赌场都唱了起来:

渐渐长满,

渐渐消失,

我和你在那里,

把花儿采撷……

老人一动不动地坐着,冷漠疲惫的眼睛直盯着前方。左臂搭在椅背上向下垂着,与右臂似乎没有什么不同。

伍德走到一旁。他破旧的大衣里面别着一根大缝衣针,他把针拔了出来。他摇摇晃晃,就像是喝醉了酒,从背后走到老人跟前,用力去扎从椅子背上垂下来的左臂。

老人没有转身。伍德两眼发亮,他无声无息地笑了,然后把针藏了起来。

整个赌场都在大声歌唱:

在漆黑的夜晚

敲打,敲打窗棂。

心爱的人儿,

起身下床。

门开了,一个女人刺耳的声音喊了起来:

"警——察!!"

老人迅速站了起来,小心翼翼地顺着墙根偷偷溜走,一瘸一拐地钻进黑漆漆的走廊。伍德悄悄地跟在他身后。

光线勾勒出一个四边形,斜着照到天花板上,黑色的身影一闪而过,接着就消失了。

伍德小心翼翼地走近一看:升降门挡住了通向圆形楼梯的出口。

等了一会儿,楼下的脚步声沉寂了,伍德才打开升降门,沿着楼梯往下走去。

他快步穿过一个小院,走上利戈夫斯卡亚大街。在灯光下,他看见一个清晰的身影。他沿着围墙小心翼翼地走在阴影里,渐渐接近老人。风传来一首歌,老人闷声闷气地唱着,还轻轻地用右手打着节拍:

> 玛鲁霞站起身,
> 她实在无法入睡。
> 给亲爱的朋友
> 把门打开。
> "亲爱的杜霞,
> 我并不害怕——
> 若契约牵绊
> 我会为你赎身。"

七

戴假臂的老人穿过兹纳缅斯卡亚广场,沿着利戈夫斯卡亚大街来到马利采夫市场,沿着游泳池街上的花园围墙转了弯。密探跟着他,走在没有光线的地方。他的步态轻盈而又从容。

老人低着头,竖起衣领,躲在每个房子的后面,走得非常轻快。他穿过大沼泽街继续往前走,在第十圣诞节大街和苏沃洛夫街的街口买了份报纸。在路灯明亮的光线下,他晃动着左臂,沿着第十圣诞节大街往前走去。伍德在街角一个大房子的暗影处停了下来。

刚刚还很清晰的身影,消失在白茫茫的雾气之中,密探迅速跑到马路对面,站在拐角处小心翼翼地张望着。

老人不见了。伍德走了几步,往巷子里面张望。雪地里,一个人也看不到。

伍德走到路边,点上烟抽起来。几分钟以后,一个中国人经过他身边走进一栋房子的大门。

过了一会儿,另外一个人也随之走了进去。

伍德扔掉了烟,扬起下颌,嘴角下垂,无声地笑了。他走进小院,碰运气地敲了敲门。

"是谁啊?"

"自己人,请您开门。"

一个瞎子似的中国人悄悄地打开了门。

"您好，先生。"另一个年老的中国人坐在走廊的凳子上说。

"您好。"伍德答道。

他们好一会儿没有说话。

"第一次吗?"中国人问道。

"第一次。"伍德笑着回答说。

这个中国人站起身，打开了房间的门。伍德走几步就停了下来，警惕地环顾着四周。

房间里，靠墙摆放着几张高大的木板床。

几张床里一堆堆破烂东西上，躺着几个眼睛半睁半闭的中国人。在离门不远的一个小沙发上，戴假臂的老人直挺挺地躺在那里。

瞎子似的中国人悄无声息地迈着步子，给伍德指了指木板床上的一个空位。过了一会儿，他拿来了烟斗和几小块鸦片。密探躺下来，中国人让他叼起烟斗嘴儿，然后把鸦片放进烟斗里。

伍德目光敏锐，一直留意观察着，他看到那个年老的中国人走到老人跟前。

"最近怎么样，廖田?"老人问道，嘴里仍然叼着烟斗嘴儿。

"情况不太好，帕纳夫先生。"廖田声音悦耳地回答道。

"帕纳夫就是帕纳耶夫。"伍德心里猜测。

轻盈的浓烟笼罩着他，他突然感觉十分疲惫，心里想到："不能呼吸，不然会睡着的。"就在此时，他无意识地吸了一口烟，一时间有些喘不上气来。

一个中国人平静地把鸦片一块接一块地装进伍德的烟斗。地板和天花板旋转起来，仿佛连在了一起，绿色的灯光突然闪烁一下就熄灭了。

红色字母在光闪闪的钢板上绘制出"制度"一词，映照在他的额头上，额头因此而仿佛分裂开来。

房间一直通到狭长的走廊，走廊的地面都是方木板铺就。一个高个子神父身穿带有下垂风帽的教袍在朗读《真主伟大》，一些苍白的面孔紧贴着门上格栅的孔洞。伍德看出，那是施行奥博隆斯基沉默制度的博斯特少年犯感化院，他年轻时在里面蹲过几年监狱。

神父停下祈祷，把风帽甩到一边说道：

"1282个夜间隔离室，14个单人禁闭室和6个死刑犯囚室。沉默有助于道德教育。"

随后，他蒙上风帽，变成了一个绿色的小灯笼，停在伍德的鞋尖上。

中国人走了过来，把灯笼扔了下去。

"谢谢您，先生。"伍德微微欠身说道。大烟馆的每面墙壁，从房间的角落里看过去都是裂开的，在自上而下照射的灰色光线中，出现了一个八角形的大厅。

从几面墙开始，有七条走廊通向远处。疲惫的看守枕着《圣经》，在囚室旁边低矮的长椅上睡着了。

"哎呀，切里·吉尔！"伍德喊了起来，"宾夕法尼亚监狱！"

他用习惯的手势摸索着胸前的号码牌，把号码牌拿到眼前。

"4322。"伍德说。

"在这里。"他自言自语地说。

"去走走吧。"看守通过门上的孔洞说。伍德从钉子上摘下给眼睛留着开口的编织面罩,沿着常走的路,穿过灰色水泥浇筑的长长的走廊,来到监狱的院子里。

"我知道,"伍德说,"面罩和灰色水泥是圣吉尔斯监狱的。"

看守把手放在他的肩膀上,声音悦耳地问道:

"是第一次吗?"

伍德转过身。走廊呈十字形,周围环绕着五面墙。右边的门开了。伍德划着一根火柴:脚下是许多尖头朝上的三角梁。他迅速向后退去,门关上了,灯也灭了。

"真见鬼,"伍德站起来说,"这是雷根斯多夫制度。"

廖田走进房间,坐在靠门的矮凳上。

"有一件事,不,是一件事,"伍德说,"或者我……"

天花板砸在他的身上,散落许多石灰的碎片。他坐在木板床上,忧心忡忡地清理着衣服。他身上穿着一件钉着铁纽扣的条纹囚犯外套,最上面的纽扣变成了一只眼睛。这只眼睛看着伍德,它旁边又出现了第二只眼睛。这两只眼睛中间,是布满皱纹的额头,胡子拉碴的下巴向前伸着。这张面孔看着伍德。

"够了,该死的家伙。"这张面孔说,有一只手抓住了密探的衣领,"我想,你这是在做荒唐的梦。"

灰色的光向上跳跃而起,碎成了一片片。伍德睁开了眼睛。

他欠起身,坐在木板床上,面色苍白,面容憔悴,目光灼热。

"啊哈!"他挥舞着一只手喊道,"原来如此。很高兴见到您,先生！您喜欢雷根斯多夫的制度？您有没有发现，岂有此理，全世界都不服从上帝了？"

帕纳耶夫向后退了两步，惊讶地看着他。

伍德从木板床上跳下来，把一只手放在他的肩膀上，目光炯炯地继续说道：

"一切都毁灭了，先生！全世界都不服从上帝了！但是，我终于找到了一种方法，可以在几年里把权力归还给我，而把服从归还给世界。没有什么比这更容易的了，先生！只要按照雷根斯多夫市的监狱制度管理世界即可。"

帕纳耶夫看了一眼廖田。这个中国人走到伍德跟前，轻轻地拍了拍他的肩膀。

"没关系，没关系，这只是第一次而已。马上就会过去的。没关系，常有这样的事儿。"

"请您稍加留意，先生！"密探继续说，"他们怎么可能会对我是上帝表示怀疑呢？！您想象一下，先生，按照监狱制度来管理世界的情形？看守都在门口，光从上面照射下来，在铺砌的平坦的道路漫步，《圣经》和人类重新掌控在我的手里。精确、服从、沉默——时间是时间，空间是空间。"

他的目光落在了帕纳耶夫的左臂上。他颤抖了一下，随即停下来说："帕纳耶夫……"

"没有关系，"廖田再次说道，"一切都过去了！你会健康的！继续说吧！没有关系！"

伍德把一只手放到了脸上思索起来，过了一分钟，密探又变成了施行雷根斯多夫制度的世界的建设者。

"但是,"他说道,试图想要微笑,"鸦片对我影响太大了。我大概打扰您了,对不起。"

"没有,没什么,"帕纳耶夫回答说,"您让我很感兴趣。按照监狱制度管理世界?多么奇特的想法!"

伍德笑了。

"我也不知道,我偶然间产生了什么样的想法。像您所说的那样,是按照监狱制度来统治世界吗?是的,这确实是奇特的想法。"

他的目光落在沙发顶头的报纸上。

他几乎毫无意识地读着:"凡尔登附近的重大战役。德军在凡尔登地区发动的进攻(战线长40公里)规模宏大,战况日益激烈。用大口径火炮进行轰炸。"

他转过身来。帕纳耶夫叫来廖田,向他付了钱,朝伍德点了点头,随后离开了房间。密探奔过去跟在他身后。

瞎子似的中国人又打开了门。伍德朝他扔了一枚小硬币,然后穿过院子,消失在门外。

八

2月12日。在环城水渠街112号度过了一夜。早上7点离开,沿利戈夫斯卡亚大街步行,转弯走上涅瓦大街,走进106号的大门。半小时后换了衣服走出来——戴着毡帽,身穿带黑色领子的黑色大衣，手里拿着拐杖。

2月13日。从上午11点开始，整整一天没有离开涅瓦大街106号。就在那里过夜。

2月14日。中午12点离开——身穿黑色大衣，戴着帽子，拿着拐棍，背着公文包，走到海洋大街，回到喀山大教堂。在那里等人，半小时后坐上马车穿过宫廷桥，走进亚洲博物馆。在那里待到3点半，拿着装得满满的公文包出来。返回106号，在那里待到晚上。12点步行前往俱乐部——弗拉基米尔大街12号。在俱乐部赌博，赢了不少钱。情报资料显示，他是一个利用各种手段作弊的赌徒，这显然是错误的。对此我没有丝毫发现。

2月15日。昨天夜里离开106号，身穿军大衣，没有系皮带，戴着黑色制帽。走到兹纳缅斯卡亚广场，转弯走上卡拉什尼科夫大街，进了大烟馆，一直待到早晨。早上和一个中国人一起离开，非常兴奋地交谈。两人一起走到苏沃洛夫大街，中国人返回。他走到希腊大街，门牌号是47号。逗留到早晨。

2月16日。全天守在106号附近。他未现身。

2月17日。同前一天。

2月18日。同前一天。询问看门人：他未入住。

2月19日。询问其居住地。答复说：已于1915年搬离。

2月20日。失去踪迹。

2月21日。午夜12点，在弗拉基米尔俱乐部旁边与人见面。在入口处，与一个戴夹鼻眼镜、浅色头发、35—40岁左右的高个子交谈。双手上戴着几个戒指。玩了一整夜，赢了很多钱。是赌徒吗？

早上 7 点返回。

2月22日。一整天都在 106 号第 27 号房间，二楼，左边第三个窗口。晚上 9 点出来，身穿军大衣，头戴有耳套的毛皮帽子。乘坐电车前往瓦西里耶夫大街，在第七道街旁边下车，步行到中心大街。走进 64 号的赌场。逗留到夜里 3 点。

2月28日。在弗拉基米尔大街上的俱乐部过了一夜。

3月7日。在弗拉基米尔大街上的俱乐部过了一夜。在这里每天都是如此。

3月8日。下午 2 点去了外交部，在那里逗留两个小时。回来后，直到晚上都没有离开。

九

以大主教切斯杰尔为首的英国教会祈求上帝保佑战胜可恶的德国人，天主教会、教皇别涅季克特和红衣主教祈求上帝让不虔诚的路德教会信徒失败，路德教会则祈求上帝让可恨的盟军彻底毁灭，与此同时，英国情报机构的密探斯蒂文·伍德却认为自己便是上帝的化身，他一步一步跟踪追查英国政府所需文件的持有者。

3 月 8 号那天，他走在环城水渠街上，留意看着门牌号码。

"92，94，96，98。"

"马车夫专属茶馆。大车车夫请进。尤杰利·加姆别尔和科茶馆。"伍德读道。

茶馆里，弥漫着灰蓝色的雾气。茶馆老板是个小伙子，棕红色的头发，一副狡猾的面孔，正坐在柜台后面，端着茶碟喝着茶。在他旁边，留声机嘶哑地唱着歌。

"您有何吩咐？"

"我找斯克利威尔，"密探说，"他在这里吗？"

"请问，您找他什么事？"

"这和您没关系。"

"怎么没关系呢？"棕红头发的小伙子向前伸着下巴委屈地说，"如果我就是斯克利威尔呢？"

"瞎扯，"伍德说，"我认识斯克利威尔。您不是斯克利威尔。"

"当然，我可以叫瓦西卡来。"棕红头发的小伙子收回下巴说。随后，他朝通往隔壁房间的门转过身喊道：

"瓦西卡，到这儿来，有位先生找你。"

斯克利威尔头戴遮住耳朵的大檐帽走进来。看见密探，斯克利威尔迅速摘下了帽子，朝他伸出一只脏兮兮的手，傲慢地环顾着四周。

"我有事找您，亲爱的斯克利威尔。"伍德没有去握他的手，只是说道。

这个衣衫褴褛的人把他领到隔壁房间，那里空空荡荡的。

"看在您对我使用尊称的份儿上，我要请您喝一杯——要来点啤酒还是白酒？"

"我找您有事，"伍德接着说道，"您想不想挣上一两百块钱？"

"您请吩咐——我们非常愿意效劳！"

"您会开车吗？"

"开车？"斯克利威尔反问道，"您需要司机吗？"

"我需要一位车技好的司机，"伍德说，"他在行车时撞倒马车夫以后，还能接着往前开车。"

"嗯，"衣衫褴褛的人含糊不清而又赞同地说，"明白！我能找到这样的司机。"

"此外，我还需要一位车夫。您能不能当我的车夫？"

"我们确实是窃贼，"斯克利威尔挠了挠耳朵后面说，"但是，要是有需要，当然也可以当马车夫。那就给您找一位马车夫。"

伍德掏出一个烟盒，点上烟抽起来，也给衣衫褴褛的人递上一支香烟。

"我们谈谈吧。"

他们谈了大约一个小时。密探在桌子上铺了一张纸，用铅笔画了几条线路，把纸和钱给了斯克利威尔。

斯克利威尔折起纸，把钱放进衣袋里，从蓬乱的头上扯下大檐帽鞠了一躬。

在距离尤杰利·加姆别尔茶馆不远的地方，就在桥旁边，伍德坐上有轨电车前往铸造大街。

在电车的玻璃窗上，贴着推销克拉夫特牌巧克力、叶菲姆·普列洛夫斯基牌的床、多涅特兄弟牌家具的广告。一个黑人小孩将一把把五颜六色的水果糖放到嘴边，他旁边一个胖乎乎的女孩天真无邪地笑着说，她只用布罗卡尔牌的11714号肥皂洗脸。

在铸造大街，密探跳下电车，几分钟后按响了斯维赫诺维茨基住处的门铃。

他按了两次门铃,没有人回应。等了一会儿,他按了第三次,然后摇了摇门把手。

终于,有人打开里面的门,惊慌不安问:

"谁啊?"

"我可以见见斯维赫诺维茨基·西吉兹穆伊达·费里齐阿诺维奇吗?"伍德问道。

"有什么事儿吗?"

"没有什么特别的事儿,"密探说,"我只是要走了,想在临行前见见他。"

出口的门挂着锁链,猛然拉动了一下,透过门缝,伍德看到了大学生慌张不安的面孔。

"哦,是你啊!"他认出了伍德,终于说道。

"很抱歉,这是第二次打扰您了。"密探鞠着躬说。

斯维赫诺维茨基把他领进自己的房间,请他坐下。

"我能帮什么忙吗?"

"您看,我就要离开彼得格勒了,"伍德笑着说道,"很快就走,也就再过两天或三天。我的文件的事情还没有解决,没有人能翻译。"

"看来,您准备要去找帕纳耶夫了?"斯维赫诺维茨基问。

"是的,正是要去找帕纳耶夫,但是,尽管我非常想要找到他,可是怎么也找不到。当然,我并没有尝试像上次您告诉我的那样,到赌场找他。有人告诉我,他经常去那里,我顺路去了好几次,在那里一直没有找到他。"

伍德看着斯维赫诺维茨基。大学生脸色苍白、目光疲惫地坐着,他没有在听,目光越过密探望着窗外。

"对不起,"伍德说,"对不起。"他又小声说了一遍。

斯维赫诺维茨基表示歉意,让他继续说。

"正是因为这个文件,我才第二次来找您。"伍德继续说道,"西吉兹穆伊达·费里齐阿诺维奇,您能不能帮帮忙……"

"我很愿意为您效劳。"学生回答道,他的眼睛依然望着窗外。

"我的一个熟人,曾与荷兰著名的东方学家弗伦通过信。他答应我,随信寄来这份文件的精抄本,并保证在三四个星期之后,我能收到一份准确的译文。我自己试过制作抄本,但是,唉,根本就没有做成。"

他从衣服侧面口袋里掏出连同命令一起给他寄来的精抄本,把一张方形的纸放在旁边,上面满是奇怪的字迹。

斯维赫诺维茨基打开这两张纸。

"是的,"他说,"这看起来完全不像是抄本,更像你那份文件的拙劣仿制品。"

"就是仿制品,"伍德面带微笑说,"要是这个仿制品多少有点像真正的文件,我也不会打扰您了,西吉兹穆伊达·费里齐阿诺维奇。"

"说实在的,手抄您的文件简直是空谈。"学生说,"要是我……"

他停顿了一下,咬着嘴唇,又看了看窗外。

"要是我最近不太忙的话,我倒是很乐意为您效劳。不过,可以这样:您去找我的一个朋友——大学生拉利;如果他有时间,他是不会拒绝为您效劳的。"

"谢谢您,"伍德大声说道,"您可以把他的地址告诉我吗?"

斯维赫诺维茨基在一张小纸片上写了几个字。

"请问,您姓沙……"

"沙雷金·格里戈里·亚历山大洛维奇。"伍德提示说!

他感激地接过便条,与斯维赫诺维茨基告别,然后沿着楼梯往下走。

在入口处,站着一个人,身穿黑色大衣、头戴羊皮帽子。伍德看了看他:毫无疑问,这是警察局的密探。

伍德想起了与斯维赫诺维茨基第一次见面时听到的谈话,他轻轻吹了声口哨,回头看了看大学生的窗户,眉毛向上挑起,无声地笑了。

十

圣彼得堡大学教授弗拉基米尔·尼古拉耶维奇·帕纳耶夫阁下亲启:

尊敬的外交部部长诺尔德男爵同志委托我向您转达,他强烈盼望于今年3月10日中午12时在外交部与您会面。

尊敬的部长阁下将与您谈谈有关乌拉玛皇帝死亡的最新消息;因此,尊敬的阁下委托我请您将保存在您那里的已故乌拉玛皇帝签署的文件带来。

敬上

外交部部长同志的秘书

赫里斯季安·瓦尔涅克

"事情进展顺利，"帕纳耶夫反复读着这封信说，"老人去世了。"

他下了床，嘴里嘟囔着什么，开始穿长礼服。他捋顺了胡子，把长礼服从左肩上褪下，安好假臂，用皮带将它固定住，把信塞进衣袋里，走进隔壁的房间。在窗旁摆着一张桌子，桌子右边的角落里放着一个保险柜。

帕纳耶夫插入钥匙，按下三个按钮，打开笨重的柜门，从里面拿出一卷羊皮纸。

文件清晰而又准确地证明，乌拉玛意欲坚决放弃王位，传给自己的外孙里奇亚苏。这无可争辩，不容置疑。

帕纳耶夫读道：

哈别什人民和提格雷人民！

朕肩负国家政权诸多杂事之沉重负担，如今年事已高，疾病缠身，郁郁寡欢。在与敌人争斗之危急时刻，朕接受国家的领导权，令我国声名远播，秩序井然，设施完备。

朕顺承民意，国泰民安高于一切，然帝位继承之事令朕深感忧虑。朕如今以为，将拥有至尊宝座之权交由朕之爱孙里奇亚苏，此乃幸事。

鉴此，朕祈求上帝祝福我们的君主，命令我国所有忠诚之臣民服从自今日起被授予全权的哈贝什和提格雷皇帝里奇亚苏。

签名：乌拉玛

"拿酒来！"帕纳耶夫想起了当时皇帝的吩咐。

他心里暗笑着卷起羊皮纸，用黑色丝带把它绑起来，然后来到了前厅。

前厅像其他各个房间一样，也是空空荡荡的。在衣架上，挂着军大衣、雨衣以及带丝绒领子的黑色大衣。靠墙的地方，堆放着五颜六色的女人服装。

帕纳耶夫回到房间，拿起公文包、毡帽，穿上黑色大衣，然后大声喊道：

"阿加菲亚！"

不知道从哪里缓慢无力地走出来一个瘦小的老太太。

"你不要让任何人进来，阿加菲亚，"帕纳耶夫说道，"你听到了吗？"

"我听到了，老爷，"老妇人含混不清地说，"我听到了，弗拉基米尔·尼古拉耶维奇。"

帕纳耶夫沿着楼梯下了楼，打开大门。

距离房子不远处，大概十步远的地方，在兹纳缅斯卡亚大街街角，停着一辆四轮轻便马车，仿佛在等人。

"车夫，"帕纳耶夫叫道。

橡胶车轮悄悄驶到大门前。

"去佩夫切斯基桥。"帕纳耶夫说完，坐进马车，把公文包放在膝盖上。

庄严的涅瓦大街从两旁飞驰而过；马车夫把帽子拉得盖住了耳朵，不时往两只手上啐几口唾沫，时而冲着马吆喝几声，不停地轻轻鞭打着接近马肚子的地方。

马车平稳快速地沿着莫伊卡河向下游奔驰起来。

车夫自信地松开缰绳，但是又马上拽住，轻轻地勒住马，因为就在这一瞬间，从拐角处飞驰而来一辆带篷的汽车。马车受到撞击，摇晃不止，帕纳耶夫差点儿飞出去撞到柏油马路上。

车夫急忙跳起身来，破口大骂。

右后车轮折断，车轴碎裂。

汽车转弯，驶过街角，就像会飞的怪物一样，沿着莫伊卡河疾驰而去。

帕纳耶夫扶着马车边缘跳下来，捡起掉在马路上的帽子，递给对着折断的车轮唉声叹气的马车夫几个硬币，然后步行继续向前走去。

距离外交部已经不远了。帕纳耶夫不紧不慢地走着，左手毫无节奏地轻轻晃动，稍微有点儿瘸。

经过一个胡同的时候，他意外地碰到一群人。在人群中间，站着一个人，戴着宽边帽，遮住了整个脸。

"先生们，"魔术师声音低沉地说，"请你们注意看名家皮涅季双手的敏捷动作。"

他的一只手在空中挥舞了几次，然后把手放到嘴边，就在那一刻，他从嘴里掏出两个鸡蛋和一只活青蛙。

在青蛙之后，他掏出一根长度不短于十二俄尺的线绳，在线绳之后，又掏出两块有弹性的海绵。

帕纳耶夫看了看手表。手表上显示的时间是 11 点 45 分。

他走到魔术师近前。

"这里有三个手帕:绿色、红色和白色。我现在吞下它们,你们注意看。"

他吞下了手帕。

"你要哪一个?"

"绿色。"一个中学生直勾勾地看着魔术师的嘴巴说。

魔术师吐了一口唾沫,绿色的手帕便飞到了张开的手掌上。

"先生们,我现在变一个奇特的魔术,"魔术师压低声音喊道,"什么都不用吞下去,我就能从喉咙里取出来……"

他目不转睛地看了看帕纳耶夫,轻声说完"一、二、三",便从嘴里拽出一卷用丝带系着羊皮纸。他马上解开丝带,一只手抓着羊皮纸的边缘,在帕纳耶夫的眼前挥舞了一下。

"哈别什人民和提格雷人民!"帕纳耶夫读道,"真见鬼,您从哪里弄来的这个文件?"

他把公文包猛然向上一扬,用胳膊肘抵住,拉下锁头,拿出乌拉玛的诏书。

紧接着,他从魔术师手里夺下那张羊皮纸,把它们并排放在公文包上,急忙开始对比。

文本是相同的,只不过字体参差不齐,印章位置发生变化,帕纳耶夫据此立刻就看出魔术师的文件是拙劣的仿制品。

"您从哪儿弄来的这个文件?"他抬起头对魔术师喊道。

"对不起,先生,"魔术师回答说,"观众等着呢。"

魔术师伸手抓住乌拉玛退位诏书的正本,把它卷成圆筒,趁帕纳耶夫还没有醒悟过来,扔进嘴里咽了下去,就像吃药片一样。

"吐出来,吐出来!"帕纳耶夫大喊道,他没有松开手里的包,用一侧肩膀撞着魔术师。"该死的,你做了什么?你吞的是我的文件,不是你的!"

"怎么回事儿?"魔术师问。他皱起鼻梁,撇着嘴角,无声地笑了起来。"哦,对不起,纯属巧合!稍等!"

他把头往后一仰,吐了一口唾沫,在空中挥了挥手,又拽出一卷羊皮纸。

帕纳耶夫从魔术师手里把它夺过来,极其迅速地展开,上面字体很整齐,印章还在原来的位置。

他如释重负,把文件放进包里,啪嗒一声锁上,想要去找戴着宽檐帽子的人。

但是,在帕纳耶夫核实乌拉玛诏书正本的时候,魔法师一枚硬币都没有往帽子里收,就在人群中消失了。

人们四散而去。

帕纳耶夫急忙奔过去找魔术师,但是他一个人都没有看到,便一动不动站在角落里;他试图向自己解释伪造文件的事情。

十二点十五分,他被外交部部长诺尔德男爵同志接见。诺尔德叫来了秘书。

十五分钟后,三个人确定无疑地弄清楚了:

第一,帕纳耶夫收到的外交部信函是伪造的,根本没有给他邮寄秘书瓦尔涅克签字的通知。

第二,从魔术师嘴里拽出来的第二个文件,与第一个文件相同,都不过是消失在戴宽檐帽人的喉咙里的乌拉玛退位诏书正本的仿制品。

十一

密探伍德，3月11号

彼得格勒英国大使馆

伦敦

监察员休·福塞特·瓦特松收

现告知监察员休·福塞特·瓦特松，我已于今年3月11日执行了1月11号第348/24号命令，英国政府所需文件随时可以提交政府处理。

此外，先生，我必须承认，我厌倦了密探守则……

我想问您两个问题，先生：

第一，您会怎样对待极其厌烦密探守则并希望终将不再遵守所有124条守则的密探？

第二，如果我，密探斯蒂文·伍德，让监察员瓦特松见鬼去，那么世界秩序是否会遭到破坏，太阳系是否会坠入深渊？

先生，不要反驳我。

不过，我很荣幸地报告，上面提及的第348/24号命令，我已按规定速度和准确性执行完毕。

您妻子身体如何，总督察先生，您能否向我年轻时爱过的您的妻子梅丽转达我的问候?

但是问题在于:应该如何去管理这个世界?

在近二三百年以来——从托马斯·莫尔①至今,提出了几十种应该给人类带来幸福的制度。都是空谈,全是空谈,先生!有什么能与我的制度,与雷根斯多夫监狱制度相比呢,这个制度会把权力还给我,会带来宇宙的安宁。

目前诸事顺利,先生!独臂的魔鬼钻进了我的脑袋,蛀蚀着我的大脑。今晚我要去赌场,和他赌一赌。他老弱不堪,走路一瘸一拐,他的双眼明亮,他用这双眼睛冷静观察。中国人称他为帕纳夫先生,而我,斯蒂文·伍德,称他为"第348/24号命令提及的人物。"

我会在赌场里找到他,他一定会被我打败,因为我有灵巧的双手、敏锐的双眸,因为在坐到桌旁以前,每张纸牌都印在了我的心里。

您知不知道,先生,彼得格勒市居住着许多中国人?白种人住在彼得格勒,算不得什么事儿。然而,全是黄种人,先生!我在第三天早晨最终确认了这一点。早晨九点整,我出去买报纸,我从楼梯下楼,来到街口,那里站着一个报贩子。报贩子也是黄种人,肤色像柠檬那么黄。我看了看周围:街上的所有人都是黄皮肤,所有人背后都有辫子晃来晃去。

先生,您有没有觉得,这个独臂的坏蛋无疑也是中国人的密探?

我请您向您的妻子问好,总监察先生,不要忘记一定要向我年

---

① 托马斯·莫尔(1478—1535),欧洲早期空想社会主义学说的创始人,才华横溢的人文主义学者和阅历丰富的政治家,以其名著《乌托邦》而名垂史册。

轻时爱过的梅丽转达问候。

特此附上傻瓜乌拉玛的退位诏。

根据雷根斯多夫制度管理世界的监狱网络负责人

斯蒂文·伍德

十二

  结冰的人行道非常滑,伍德走不稳,他摔倒了又立刻爬起来,沿着街道蹑手蹑脚地走着。长长的影子挥动着双手走在他的前面,模仿着他的动作。

  他躲进围墙的阴影里,那阴影一直遮到他的肩头。于是,脑袋的长影子便在他面前的雪地上晃动,窥视着一个神秘莫测之人。

  密探步伐平稳从容,谨慎地走出了藏身之处;他的影子又开始起伏不定地走了起来,不停地来回摇摆。

  他停了下来,研究着影子的动作。

  雪地上的黑衣人也在他前面停了下来,沉默而又谨慎。

  伍德躲在房子的拐角处——电报线的影子将那个人分成了两半,于是那个人便忽高忽矮,一会儿出现在伍德前面,一会儿又出现在后面。

  路很滑,伍德靠着墙壁走不稳,他用手摸索着身后碰到的东西,偶然摸到了一处大门的门壁。他的视线并没有离开黑衣男子,而是向后退了两步,没有回头,用后背撞开大门。黑衣人却忽然不见了。

  伍德走到石头走廊的尽头,缓慢转过身来。

院子里光线暗淡。狭小的院子四周都是围墙，陡直的墙壁拔地而起。在右面的墙角处，青幽幽的月光照了进来，把墙头照得清清楚楚。

伍德打了个寒战摇晃起来。他向前奔去，突然呼号起来，全身猛烈地颤抖。

在院子里的水泥场地上，囚犯一个接一个地绕着圈来回走，平静地左右摇晃着身子。每个人都穿着满是黑色条纹的上衣，每个人胸前都挂着号码牌。

不远处，站着两个警卫和一个手执皮鞭的监工。

伍德安静下来，开始仔细观察囚犯们的面孔。

他们走着——第一个、第二个、第三个，紧跟着走在前面的人，第四个、第五个、第六个——他们头也不抬，只能看到扁平的暗白色圆点，而看不到他们的面孔。

第七个囚犯走出了圆圈。这个人身材不高，脸上布满皱纹，眼睛大大的。

他扬起眉毛，撇着嘴角，仔细地看了看伍德。

"斯蒂文·伍德，你好，斯蒂文·伍德。"伍德笑着大喊了一声。

"斯蒂文·伍德，你好，斯蒂文·伍德。"第七个囚犯伸出手严肃地说。

伍德转过身，慢慢朝着大门往回走。他一只手颤抖着打开大门，没有回头看一眼，就走到了街上。

他环顾四周，一只手摸着额头，他突然发现，他此刻是在弗拉基米尔大街上。他穿过马路，打开沉重的大门，顺着楼梯上楼进了赌场。

十三

斯蒂文·伍德沿着铺有地毯的楼梯上了楼,忐忑不安地环顾着四周,朝赌博大厅跑去。

吊灯的灯光照在镜子上,形成一条光带迅速地跟在他的后面飞舞着。

他点上烟抽起来,抑制着颤抖,一动不动地站在窗旁。

正在进行的纸牌游戏参与者都不多。夜晚还没有开始。

伍德在镶木地板上走得平稳轻捷,他快步走过各个房间,然后又停下来,转身脸朝墙站住。

他轻轻搓了搓像蜡纸一样光滑干燥的双手,从侧面衣兜里掏出一枚镶着针尖般锐利的小块宝石的戒指,把它戴在左手的无名指上。

几分钟后,他走到一张圆桌前,桌旁坐着五名身穿黑色大衣的玩家。

坐庄的人嘴里叼着短小的芬兰烟斗,花白的头发垂在前额上。他面孔瘦削,下颏向前伸着;他沉迷在游戏之中,动作无拘无束。

挨着他坐着的那个人,身上燕尾服的衣角已经破烂,就像是烧过的纸一样。他的额头宽大,头发所剩无几,红色的眼睑没有睫毛,鼻子塌陷,是苏格拉底式的鼻子。他说话非常急促,不连贯,一直都在微笑。

第三个位置上坐着一个卷发的年轻人,他的脑袋很大,眼睛炯炯有神。他粗鲁地哈哈大笑,一只手在对手的头上挥舞着,一根接一根地抽着香烟,把烟灰弹落在桌子的绿色呢面上。

在他旁边,坐着一个表情平静、目光呆滞的人,身子离开桌子向后仰着。他玩牌的时候,不时地闭一闭圆得像鸡蛋似的眼睛。

第五个玩牌的年轻人长着鹰钩鼻,还完全是个孩子。伍德扔了香烟,坐在一个空位上。

他们玩的游戏没有人一直坐庄,玩的是"铁路"。他们玩得很快,动作几乎都是机械的。

长着苏格拉底式鼻子的人微微笑了笑,轮到他坐庄。

他手指短粗的双手从衣兜里拿出来,提议上牌。

"来吧,祝成功。"他乐呵呵地说。

头发淡黄、目光呆滞的人上了牌。

在这一局中间,伍德突然抬起头,看到一张巨大的面孔,死人般的双眼正一动不动地盯着他,他吓得身体猛然离开牌桌,弄得椅子轰然一声大响。

他挥了挥手——面孔消失了。

"该您坐庄!"

伍德把双手放在桌子上,他惊恐地看到,一根剃刀般又细又锋利的绳子缠绕在手指上,紧紧勒住双手不放,把肉都割破了。

他把双手从桌子上拿下来,用膝盖把绳子扯断。

"接牌!"嘴里叼着烟斗的人喊道。

伍德接住纸牌。

他开始洗牌,迅速触摸一下,他就识别出了大牌。

头发淡黄的玩家不无遗憾地看着他,上好了牌。

伍德开始一局游戏。

从他的手扔到桌子上的第一张牌开始,他就仿佛看到,桌子的绿色呢面似乎无边无际,在那上面,法国军队排成了突击纵队。

他看到高山上的炮兵,听到风撞到电话线上,发出嗡嗡的响声。

"八!"

"八!"

"八!"

赌注增加了一倍。

伍德仿佛看见,在道路两旁部署着殖民地部队的三个炮兵连,沿道路缓缓而行的载重汽车、医务车、炮箱、大车与其遭遇。摩托车沿着狭窄的小路从折断的白杨树旁边疾驰而过,巨大的观测气球就像带灰色翅膀的蜘蛛一样,悬挂在绿色的田野上空。

伍德看到,面孔呈褐色的非洲人身穿绿色军大衣,头戴有新月徽的钢盔,正在准备投入战斗。风打在脸上,一轮黑色的残月在青色的云彩间穿行……

需要赶走这些幻象,赶走这个折磨人的梦境。伍德睁开眼睛,先是看到牌桌上他拿牌的双手,然后看到黑色的燕尾服和对手的面孔。

"您好像不舒服?"嘴里叼着芬兰烟斗的玩家问道。

"谢谢您,我很好。"密探回答道。

他道了歉,离开了桌子,喝掉一杯水,然后回来继续玩。

第一局结束了。

伍德重新洗牌,他双手的动作再次充满了信心,而且非常准确。下面的扑克牌叠成了他所需要的组合,就在这一刻,他把牌分成两部分,看似无意,但是他折弯了中间的那张牌。

头发淡黄的对手抓着牌,不由自主地用一只手去抓那张折弯了的牌。伍德眼睛雪亮,礼貌而又认真地接过牌,开始出牌。

拿着第二局的第一张牌,伍德仿佛看见,在似乎无边无际的绿色呢布上,排好队形的法国军队开始冲锋。

他扔到桌子上的牌,变成了写满军事行动的牌,变成了司令牌,上面的红色和蓝色箭矢相互指向对方。这是一场大游戏,他也参与其中……还有成千上万个密探……他们隐瞒身份,悄悄行动,乔装打扮,默默无闻,无人知晓……秘密情报保存在密室里,传往各处,用密写法传递,熟稔于心。探悉未知情报,揭开似乎牢牢隐藏的秘密。大游戏导致意外之事发生——没有预料到会遭袭的地方遭受了袭击。

炮击声连带着闪电和低沉的呼啸划破浓密的空气。火焰升腾,信号弹爆炸。士兵们衣衫破烂,浑身沾满泥浆,面庞消瘦,他们龇着牙,脚下绊着尸体发动冲锋。

军官脱口大喊:"第四张牌去拿武器!第六张牌去拿武器!第十四张牌去拿武器!"

"八!"

"八!"

"八!"

"八!"

战场又变成了纸牌游戏的绿色场地,还是那个声音压低嗓音用耳语再次说道:

"请原谅我,但是您不舒服。您是不是最好暂时停止游戏?"

"我向您保证,我很好。"伍德反复说道。

他又看见了对手们的黑色燕尾服、动作和面孔。

"真是令人绝望,"那个光头的人用手摸了摸后脑勺说道,"他把我掏空了。谁还有钱?你有吗,老兄?"

嘴里叼着芬兰烟斗的人大笑起来,那声音就像他被卡住了脖子似的。

"一分都没有!"

"先加利很有钱!"光头的人不停地搔着后脑勺说,"先加利有一对好父母!先加利会接着玩的。"

"我几乎什么都没剩了,维克多。"卷发的年轻人严肃地说。

伍德默不作声地看着他们,一张张地翻看着纸牌。

"格鲁德岑运气很好!"光头的男人再次喊道,"格鲁德岑赢了很多钱!格鲁德岑要玩吗?"

"我还有两瓶啤酒。"浅黄色头发的玩家笑着说。

"我说的不是小孩子,"光头的人看了一眼鹰钩鼻的年轻人说,"小孩子该睡觉了。"

这个时候一个新来的玩家一瘸一拐地走到桌前。

他微微鞠躬问候,挪开椅子坐在玩家中间。

伍德抬起头,他哆嗦了一下。

在他正对面,迎面对着他,帕纳耶夫教授一只手拄着脑袋,若有所思地转动着手里的烟盒坐在那里。

"啊哈,没胳膊的猴子!啊哈,就是他,帕纳夫先生!"

"你要玩牌吗?"伍德脸色苍白而又彬彬有礼地鞠躬问道。

"是的,请您准许。"

"请您下注。"

"您坐庄。"

伍德小心地把扑克牌放在自己面前,摸索着纸牌:最上面直接就是一张不能计点的牌,这张牌下面是一张八。

他偷换了牌,把牌打开。

"八!"

"九,"帕纳耶夫说,"您输了。对不起,我没来得及打开我的牌,是您提醒了我。"

他毫不客气地急忙把钱塞进裤兜里离开了桌子。过了一会儿他回来了,继续玩游戏。

伍德擦了擦满是汗水的额头,把颤抖的双手交叉着放在胸前。

轮到帕纳耶夫坐庄。他把左手放在桌子上,右手异常灵活地出牌。

"请问,您的赌本是多少?"伍德问道。

"一千五百卢布,愿意为您效劳。"帕纳耶夫回答说。

"发牌吧。"

坐在桌旁的五个玩家同时看向伍德,这让他难以作弊。帕纳耶夫朝他扔出两张牌。

伍德强迫自己保持冷静,他的动作有些迟疑,左手伸出得比右手稍快。在晚了十分之一秒从上衣衣襟里掏出的右手里,已经有了一张用来替换的牌。两张牌合成了一张,三点严严实实地遮住了方块 J,于是……

"九。"伍德说。

"九，愿意为您效劳。"帕纳耶夫说。

有一瞬间，伍德眼前闪过一个中国人低垂的脑袋。

"情况不太妙。"中国人嘟着嘴，声音悦耳地说。

"您愿不愿意，"伍德低低地俯身在桌子上，用指甲在满是汗水的手心里画着圆圈说道，"您愿不愿意和我玩三局赌注十万的什托斯①，赌注不能减少？"

帕纳耶夫眼睑发红，他抬起眼睛，漠然地看着伍德。

"愿意。抱歉，我现在马上结束这一局。"

他继续不慌不忙地玩着，仔细观察每一张牌。

伍德对一切都不予理睬，直视前方走到一旁，在不远处停下来等帕纳耶夫。

帕纳耶夫结束这局后站起身来。他们走到旁边，找了一张空桌。人们立即把他们围住，等着看这场豪赌。

帕纳耶夫用礼貌的手势示意伍德当庄家，伍德弯起的双手便猛然抓起纸牌。

"我们开始吧！"

"您请吧。"帕纳耶夫平静地说。他坐下来，靠在椅背上，左手打了一个响指。

"梅花皇后在左！"

伍德开始发牌。每张牌都还没碰到桌子，从他手里便已经飞快地发出另外一张。牌发完一半的时候，他偷换了牌。他的一只手颤

---

① 什托斯，旧时的一种纸牌赌博。

抖起来，轻轻捏住一张牌，向前面发出的则是另外一张牌，于是梅花王后在空气中摇晃了几下，平稳轻盈地落在了左边。

作弊的伍德欠起身，惊恐地看着自己的正前方。亮得耀眼的光芒在他眼前闪过，立刻又熄灭了。

"方块爱司在右。"帕纳耶夫平静地说：

伍德又开始发牌。大厅里观看的人们分列在两侧，整个大厅极其安静。圆灯笼下空荡的桌面上，两只手疯狂地发着牌。

"左右，左右，左右。"

伍德偷换了牌，一张爱司迅速从他手里飞落在了左面。

"您的牌输了。"伍德说。他深吸一口气挺直了腰。

"您弄错了，"帕纳耶夫回答说，"请您继续游戏。左侧的是红桃爱司，而我说的是方块爱司。"

淡白色烟雾在伍德的眼前飘浮起来。帕纳耶夫的脑袋垂在桌子上，接着开始滚动，然后向上跳了起来。

"还来第三局吗？"那个脑袋说道，"我怎么也想不起来，在哪里有幸见过您。我的牌是黑桃三，在左面！"

伍德洗着牌，而纸牌就像烧红了似的，灼烧着他的双手。他开始发牌，悄悄地往牌里加着做着记号的纸牌。根据洗这些带标记纸牌的方法，在每一张这样的牌落到桌上之前，他都把它们记住了。

就在黑桃三应该落在左边的时候，他把手放在了牌上，不易觉察地把戒指靠在牌上，粘住了这张牌。

黑桃三被粘在伍德放进纸牌当中做了标记的黑桃三上面，落到了左侧。

"啊,帕纳夫先生,你这个没胳膊的猴子!"

一个身材不高、脸上布满皱纹的中国人突然出现在大厅的尽头。他走到伍德跟前,把一只手放在他的肩头。

"情况不太妙,"中国人再次说道,"这是什么事儿啊?真该死!"

帕纳耶夫俯身在桌子上,把粘在一起的两张牌分开。

"您作弊,"他又靠到椅子背上说,用熬得泛红的眼睛看着密探,"先生们,黑桃三上意外地粘上了另一张黑桃三,要不然他就会赢的,当然,牌是做了记号的,你们仔细看看。"

伍德摇摇晃晃地向前伸出了一只手。

"岂有此理,"他浑浊的眼睛斜视着咬牙切齿地说,"赶走这个中国人!全都结束了!够了!见鬼去吧!"

他跌倒在桌子旁边,双手压在身下,在燕尾服后面的衣兜里摸索着。

1923 年

钦差大臣

上天保佑，可别让我发疯，
不，拐杖与乞袋远比这轻松。
不，我宁可劳作和挨饿。
并不是因为我更看重
我的理性，也不是因为
同理性分手并不快乐。

亚·谢·普希金

一

"……就是这样，我跟您说，决定审查，下令……"

"是要严查吗？"

"严查，我跟您说，下令审查财务报表。我因自己职责所在去见公司总经理，我说了自己的名字，而他，我跟您说，马上就在当场……"

"承认挪用公款？"

"承认他挪用了巨额公款……'劳驾,'我对他说,'请您别着急……'"

"您的意思是说,还没有审查……"

"'您的意思是说,'我对他说,'还没有审查你们的财务报表。劳驾把出纳账簿拿到这里来,让你们的会计都到这里来……'"

"那么您挪用的额度……"

"'那么,'我对他说,'您的挪用额度将根据相应的计算结果得出。'可是他……"

丘丘金抬起一只脚,拽下袜子,他没有站稳,一下子跌坐在板凳上。一撮头发垂在他的额头上,胡子乱蓬蓬的。他聚精会神地听着。

一个身材魁梧、脸色通红的公民留着与丘丘金一模一样的胡子,在讲挪用公款的事情;一个干瘦的朋友附和着他,一边说着话,一边高兴地挠着干瘪的长满汗毛的肚子。

"'至于出纳账簿,'他对我说,'您可以放心……'"

"我这儿的会计个个都是好样的……"

"'我这儿的,'他对我说,'会计个个都是好样的,要是我吩咐他们,连马克思的《资本论》他们都能用现金账簿做出来。'得了吧,这个时候我两手一摊……"

"既然如此……"

"'既然如此,'我对他说,……"

一个赤身裸体、身材高大的人从丘丘金身边走过,吃力地挪动着生铁一般沉重粗壮的双腿;一个胖乎乎的男孩跟在他身后,关切地摇晃着脑袋。丘丘金惊慌地躲到一旁,非常遗憾不能再接着听有趣的谈话了,于是朝厕所走过去。

他挂上门钩后坐了下来,拿起一大张报纸,想要看看,但是突然眨巴起眼睛来,心里发慌,双手无力地开始在墙壁上摸索:在澡堂的厕所里也不能平安无事。

透过钥匙孔可以看到,一顶大学生制帽晃来晃去,帽圈上有一个红十字,还有一把淡黄色胡子乱蓬蓬的,一个人在焦躁地高声抗议、反击;看起来,是戴制帽的人坚持己见,而留胡子的人在高声抗议。

闹腾的声音两三分钟后停了下来,但是为以防万一,丘丘金在厕所里坐了至少一刻钟。

在蒙着一层水雾的门内,木盆哗啦啦响个不停,肥皂泡沫的海洋撞击着木制的堤岸。

不过,丘丘金没有马上走到这个门跟前——刚刚发生的一件不愉快的事情拦住了他的路。

这件不愉快的事情是这样的,一个消瘦的外国人坐在一张小桌旁,若有所思地在一个空瓶子周围转动着一个空玻璃杯。

一个赤身裸体的澡堂服务员站在他面前,气呼呼地挑起粗重浓密的眉毛。

"你干吗把水全都喝光了?"澡堂服务员声色俱厉地问道。

"为什么我不能把水喝光?"外国人懒洋洋地回答说。澡堂服务员皱起眉头,疑惑不解地看了看他,然后用手碰了碰水瓶。水瓶子已经空了。

"难道这是为了你，才把水放在这里的吗？"

"水吗，当然是到哪儿都要喝的。"外国人不情愿地回答道。

丘丘金挤到了前面。

"这是怎么了，是水喝光了吗？"他不确定地问道。

"您不明白，公民，"澡堂服务员严厉地说，"要知道他没有买票。直接从外面进来的，现在把所有的水都喝光了，就立马要走了！"

"怎么，澡堂子，就不能喝水吗？不管在哪儿人都要喝水，人不管走到哪儿都要喝水。"外国人一边找帽子一边说，"我打这儿路过，看见澡堂子，就进来喝水了。"

丘丘金困惑地揉了揉眼睛，看了一眼外国人。外国人无缘无故地舔舔嘴唇，朝着出口走去。

"请您说说，刚刚谁被拖走了？"丘丘金怯生生地问澡堂服务员。

二

浴室里面已经没有几个人了。在最里面，在脏兮兮的澡盆之间，一个身材高大笨重的人在手忙脚乱地洗澡，而胖乎乎的男孩关切地看着他，愁容满面地不时轻轻搔几下后背。一团团热腾腾的蒸汽撞到墙上，隐隐约约能看见一个人衰老凹陷的肚子，一会儿在这儿，一会儿在那儿，一会儿不见了，一会儿又再次出现。

丘丘金心怀疑虑地迈开脚步从开裂的地板上走过去，他走到一堆木盆跟前，用一个手指钩起离他最近的木盆，立刻朝窗户走过去，边走边仔细看着木盆上发绿的霉斑。

"清洁！"他心中不快地想，"卫生！我真不明白，为什么省卫生局袖手旁观。应该用铁扫帚把这些坏蛋赶走！刻不容缓！赶走！"

在走向水龙头的时候，他无意间撞到了一个公民；这个人发出断断续续仿佛打嗝的声音。

热水从上面浇到丘丘金身上，没想到，他变得浑身发绿，水顺着他的身体往下流，流进地板的缝隙之中。他又盛满一盆水，但是没来得及把水倒在自己身上：有人用一只手轻轻地碰了碰他的胳膊，紧接着响起一个严厉的声音，这声音有点像节拍器，每说一个词都会停顿一下：

"公民，即便关于这一点没有相应的细则，尽管如此，根据通行的规则，我还是认为您必须向我表达适当的歉意。"

丘丘金丢掉了木盆，木盆咣当一声掉到地上，在一个人双腿下面滚动起来，那双腿在肥皂泡沫中若隐若现。

他转过身不由得喊了一声——在他面前站着的是……然而，他大概自己也说不清楚，是谁站在他前面。

三

这是一个神色自得、浑身毛发的公民，身体非常结实，从头到脚长满了卷曲的毛发。他的整个身形显得非常圆润，有点像粗壮的长满汗毛的食指，他站着的姿势也像一根手指，身体微微前倾，触碰到丘丘金一只湿漉漉的胳膊，满脸嫌恶的样子。

"对不起……我没听清楚。"丘丘金结结巴巴地说道。

"我认为您必须道歉,"那个公民很乐意再说一遍,还刻意提高了声音,"根据通行的规则,应该为无耻的行为道歉。"

"特别无耻的是卫生状况,"丘丘金说,"没有人关注此事,必须要重视。"

"公民,您经过我身边的时候,用您的木盆撞到了我。您想必知道,有务必遵守的法令,规定一些……"

"当然,众所周知。"丘丘金小声嘟囔道,用一只脚小心翼翼地碰了碰这个浑身毛发的公民。

"威胁公共安全的事件以及根据刑法相关条款应受惩罚的事件。"浑身毛发的人认真说完,放下木盆,开始用肥皂慢慢搓洗澡巾。他的每一个动作都表现出十足的优越感。

丘丘金偷偷地环顾四周;几乎整个浴室里的人都在搓背,一点儿都没有注意到这个浑身毛发的公民。这非常难以理解,甚至非常危险,让丘丘金无法忍受。

他小心翼翼地放下木盆,绕过满是肥皂泡的水洼,朝浑身毛发的公民挥手致意。

"岂有此理!"他喊道,"热水没了!"

浑身毛发的人正在往腋下擦肥皂,他垂下一只手。

"什么岂有此理?"

"我说,岂有此理,您什么都不穿,竟然让您进澡堂。"

浑身毛发的人非常生气,他没有冲洗身子,而是浑身肥皂泡沫,垂头丧气地走到丘丘金跟前。

"的确，澡堂里绝大多数公民都享有选举权。即便如此，那又能怎么样？"

"你大概是把澡堂老板打跑了吧？"丘丘金高声喊道，然后放肆地哈哈大笑。

浑身毛发的人脸涨得通红，但是他克制着自己。

"您无疑是在开玩笑，"他慢条斯理而又郑重其事地说道，"最近我被委以国家重任。我建议您，至少去了解了解最近出台的婚姻法。"

丘丘金突然害怕起来：正是这种十足的平静让他感到震惊。他退后一步，摇了摇头，一绺头发垂到额头上，胡子歪歪斜斜的。

"是的，我不否认，"他小声说道，"我只是觉得，可以这么说，觉得很奇怪……毕竟，如果我没有弄错的话，就您本身而言，并非完全享有公民权……您毕竟还是，可以这么说，依赖于……"

"我们全都依赖于环境，"浑身毛发的人特别尊重自己，他说，"但是，这并没有剥夺我应有的权利，这是每个年满十六岁的苏联公民都应享有的权利。"

"我不否认。我不否认您拥有权利。我只是觉得，我们之间发生了不愉快的事情。您作为知名人物，可以这么说，是与众不同的，您不会生气……我离群索居，很可能犯错。此外，我知道，可以这么说，就行动地点来看，您出身于……"

"我出身于荷兰，"浑身毛发的人慢条斯理地回答道，"不过，我自出生以来就是世界主义者。"

丘丘金突然感到异常高兴。

"这……太棒了,"他说,试图去拍对方的肩膀,"您瞧我也……也是……可以这么说,也来自荷兰。我的名字叫德米特里,父称是伊万诺维奇,姓丘丘金……"

他擦了擦一只湿乎乎的手,朝着这个新结识的人挥了挥。但是浑身毛发的人对这个手势的反应极其冷漠。

"不,对不起,"他十分不友好地看着伸过来的那只手说,"握手……"

"怎么了?"

"取消了,"浑身毛发的人声音大得像用喇叭喊似的,"最近下达命令彻底永远取消了。"

丘丘金很生气,缩回手去,开始使劲清洗胸前的肥皂。过了一会儿,他把手放到腋窝下面。

"我忘记了,"他不情愿地承认说,"不过,我不仅仅是要握手,我主要是想知道,请原谅我的说法,想知道您常用的称呼。"

"这方面也没有细则。另外,"浑身毛发的人庄重地说,"您无疑知道常用的称呼。"

"怎么?"丘丘金低声问道,"所以,这就是说,您无论平常……还是在公文中都用这个常用的……"

"注意,公民,"浑身毛发的人走到旁边,把一盆水倒在自己身上,鼻子发出呼哧呼哧的声音,"我工作时使用相应的笔名。"

丘丘金喘息着倒在板凳上。

"那么在劳动手册中,"他大声说,"劳驾,公民,不能欺骗劳动的知识分子,在劳动手册里您的称呼是什么呢?"

"劳动手册里我的称呼是什么,对您来说无所谓吧?"浑身毛发的人冷冰冰地说。

"这相当重要,"丘丘金绝望地说,"劳驾,公民,这正是我不能允许的!证件上署这样的称呼……"

他瞥了一眼扬扬自得的公民,张开了嘴,而这个浑身毛发的人把头向后一仰,眯起眼睛,面带微笑。

"证件?"浑身毛发的人最后说,他略微压低声音,但是声音里充满了激情,"您是否知道,公民,证件是什么?证件就是身份证,而这个证件上附有身份的,公民!

"证件是……"丘丘金茫然地说道。

"证件是有的,"浑身毛发的人满意地说,"一般而言是有的,它是一定要有的。可是证件里面不一定有身份。您的证件里就不一定有您的身份,公民!"

"下流胚,不负责任的说法。"丘丘金小声嘟囔。

"啊哈,不负责任!您以为,您的存在只不过如此而已,未经许可您就可以出生并且存活?绝对不是!您的存在是有证件证明的,公民!至于我,我是……"

他挺直身子,满脸通红,伸出一只腿,高傲地瞥了一眼丘丘金。

"我是许多委员会的成员,也是被委以某些国家事务的人。"

丘丘金蹲了下去,把脑袋缩到双肩里,他的交谈者则威严地微微动了动嘴唇,摆出一副傲慢的样子,走到旁边去了。

"哼,你等着,荷兰人,"丘丘金心里想着站起身来,轻轻地啐了一口,"我要让你丢脸,荷兰人!我知道怎么对付你,荷兰人!"

他脚步轻快地从满是肥皂泡沫的光滑地板上走过去，来到水龙头跟前，在浑身毛发的人的身后装了满满一盆凉水。

浑身毛发的人傲慢地拱起整个身子，在脑袋上搓着肥皂；他不时地轻轻呼哧几声，不时地吐几下口水。

丘丘金藏起木盆——冷水在身后发出哗啦啦的响声，他走过去又走回来，扭动着屁股，一副无忧无虑的样子。

"公民，虽然关于这一点并没有……"他小声嘀咕着，胆战心惊地一下子把木盆翻倒在浑身毛发的人身上。

他马上惊诧得简直目瞪口呆，举起双手轻轻拍了一下，两腿瘫软跌坐下去；但是与受害公民的不幸处境相比，所有这些完全不值一提。

冷水突然浇下来，对受害者产生了无与伦比的作用：他立刻浑身缩成一团，傲慢的神情尽失，浑身僵硬，冻得发青，甚至看起来整个人都缩小了。

他不知所措地挥动着两只胳膊，可怜巴巴地看着丘丘金，嘴里嘀咕着什么。

"根据法律追究……"丘丘金听得很清楚。

"啊哈！"他愤怒地嘶吼道，"国家事务？委员会？现在您就安静地坐着吧，公民！小心点！冷静冷静吧！

四

在下面的长凳上，一些工匠和雇工发出呼哧呼哧的声音，一团团蒸汽飘浮在他们的上方,在这里,在蒸浴床上,在一团团蒸汽下面,丘丘金感觉舒服多了。

"下流胚,公民!"他又哼了一声。

但是浑身毛发的人消失在蒸汽里,没有回应。一个瘦子留着神父的发型,朝丘丘金摇了摇浓密的长头发,愤愤不平地表示赞同。

"都爬满人了,的确,"他严肃地说道,"位子不够他们用的,那边还有一个蒸浴床。"

"下流胚,我说,下流胚!"

"在普列斯纳河①?"长发男子非常惊讶,"怎么是在普列斯纳河?鬼知道普列斯纳河的人们都在干什么!普列斯纳河那儿亵渎神明!"

"下流胚!"丘丘金愤怒地喊道,他铆足力气用手掌拍了一下胸膛。

长发男子脸色变得十分阴郁,他坐起来,两条玩具般的长腿耷拉着。

"确切地说,怎么会是下流胚呢?"他不紧不慢地问道,颧骨上的两块肌肉有点儿发青。"你怎么敢用这样的字眼称呼神职人员呢?真是蛮横无理,公民!"

"神职人员?"丘丘金同情地反问道,"那好,你过得怎么样,神父?"

---

① 上文中的"下流胚"的俄语读音与"在普列斯纳河"有相近的音节,后者没有听清而造成了误解。

长发男子不屑地哼了一声，转过身去。

"多说无益，神父，"丘丘金愉悦地说，"我很抱歉，老实说，我很抱歉；有什么办法呢，具有国家意义问题，无论如何没有别的办法。"

一团团浓重的蒸汽朝他扑过来，他挥动双手扇开蒸汽，转过身仰卧着，虽然在湿漉漉的木板上直打滑，他还是盘上腿坐起来。

冰凉的水珠从天花板上滴落到他身上。一个身材高大笨重的人爬到蒸浴床上，木板在他腿下变弯了；那个胖乎乎的男孩仍然跟在他身后，愁容满面地不时轻轻搔几下后背。

"快递给我，亚历山大·费洛罗维奇！"身材高大的人喊道。

一个梳着平头的干瘦的澡堂服务员走到蒸浴床后面的偏僻角落里，开始在那里忙活，哗啦啦地把水从身边撩开。

"克伦斯基[①]，"丘丘金提心吊胆地想，"终究升到了那么高的职位！进了苏维埃任职。"

"今天他是澡堂服务员，"他朝身材高大的人喊道（身材高大的人疲惫地躺在台阶上），"可是，也许就在明天，天晓得，他就会成为各个委员会的成员，接下来，你瞧着吧，他还会想要当部长的！不，无论您怎么想，可是我绝不会接受这些人进入苏维埃机关任职。"

身材高大的人茫然地看了看他，虚弱无力地吧嗒着嘴唇。

[①] 亚历山大·弗多洛维奇·克伦斯基（1881—1970），俄罗斯社会革命党人，1917年俄国二月革命以后，任李沃夫临时政府司法和军事部长，李沃夫垮台后出任总理，十月革命中布尔什维克推翻了他的政府。

丘丘金觉得非常恶心。

五

这种恶心始于他十分明显地感觉到自己怀孕了。他的胸口突然微微感到一阵恶心，舌头绷紧，在垂落到肚子上的一只手下面，他明显感到胃里在翻腾。

"哼，这是什么勾当啊，我究竟在哪里染上这个毛病的？"丘丘金心里不安地想。

"亲爱的，我怀孕了，"他大声说，就在这短暂的一刻，他看见自己旁边有个身材高大的女人，她长着一张亲切的俄罗斯人的面孔。"不，我不想做手术，"他急切地低声说，在这个女人面前一副战战兢兢的样子，"请允许我向您报告，长官，可以这么说，您要有继承人了。"

"为什么是继承人，"女人皱着眉头说，"你要给我生个女儿，你一定要给我生个女儿，丘丘金！"

"长得可真漂亮，哎呀，真是太漂亮了，"丘丘金突然醒悟过来，"这个人好像是我的妻子？真的是我的妻子吗？她叫什么名字呢？我不记得了，不，我想不起来了。"

就在此时，他在横梁上看到一个动作麻利的人正在用一只手在两腿之间搓着肥皂，另一只手在写着什么，还不停地眨着眼睛，轻声笑一笑，然后再眨眼睛。

丘丘金跳到长凳上，接着经过一些扫帚、人的身体、木盆，朝那个人蹦跳着跑过去。

"请允许我跟您打听……"

那个人放下钢笔,开始令人生厌地快速地在澡巾上擦起肥皂来。

"名字,看在上帝的分上,请告诉我名字吧,年轻人!"

"不是我所在部门的事儿,"这个人严肃地低声说,"不是我所在部门的事儿。请您询问公民身份登记处。至于我,而我……"

他跳起来,身上往下滴着肥皂沫儿,像苍蝇似的在天花板上跑起来。

"至于我,而我……是登记死人的。"

"好吧,当然,全都死掉了,"丘丘金浑身大汗淋漓地想,"三面被包围,名字不详,共和国处于危险之中!"

他一只手猛然抓住胸口,摔倒在蒸浴床上;热水溅到他身上,他惊恐地尖叫了一声,睁开眼睛后看到:胖乎乎的男孩在体贴地给身材高大的人擦着肥皂,身材高大的人哼哼着,含含糊糊地说着什么;在他身后,长头发的人正在细心地漂洗自己浓密的长头发。

丘丘金深吸一口气,伸出了干热的舌头。

"不,等等,"他心里想着躲开了一个人,"没有这种事儿,没有,我没有怀孕,没关系。既没有女人,也没有办事员——这是因为煤气中毒,我才会恶心的。"

"我煤气中毒了,在蒸浴床上煤气中毒了!"他含糊不清地嘟囔道,两只手捂着胸口、喉咙,顺着台阶滑到了地上。

六

他透过眯缝着的眼睛看到，澡堂里赤身裸体的人们在他面前时隐时现。一个陌生人肩膀很宽，身材敦实，无疑是个足球运动员，这个人迅速地将他拖进更衣间，扔在湿漉漉的长凳上。

有人双腿穿着雪青色长衬裤在丘丘金面前焦虑不安地走来走去。

他轻轻地挑了挑眉毛，想要说话，想让人把两腿拿开，让他们不要在他眼前喋喋不休，他想说，他连这种颜色都无法忍受，但是他的上下嘴唇软弱无力地紧挨在一起，所以他一句话都没有说出口。

足球运动员站在他上方，他弓着腰，喘着粗气，仿佛因为不能再次抓住丘丘金将他拖到更远的地方去而感到遗憾。

雪青色的双腿终于令他厌烦，他闭上眼睛，沉入黑暗的深渊；不过，他立即就从这个深渊返了回来：有两个声音在他上方响起。

"您不明白，公民，"他听到一个遥远而低沉的声音，"这与煤气中毒毫无关系，公民，难道您不明白……"

"公民乌加尔①。"丘丘金模模糊糊地想。

"难道您不明白，"澡堂服务员蛮横对他说，"这是癫痫病。这样的公民直接从外面进来，从蒸浴床上下来以后，马上又到外面去了。"

"他撒谎，说这是癫痫病，"足球运动员喘着粗气说，"我一个兄

---

① "乌加尔"是俄语 yrap 音译，yrap 的意思是"煤气中毒"。此处，丘丘金把听到的"煤气中毒"一词，想象成了人的名字。

弟有癫痫病，这种病我了解得分毫不差。不过，应该把人送回家去。患病的人没有意识，应该送回家去！他的衣服放在哪里了？我洗完澡了，我可以送他回家！"

"煤气中毒，煤气中毒，"澡堂服务员一边郁闷地小声嘟囔，一边在某个人的衣服里面翻找着，"在我们的澡堂里，公民，这是根本没有过的事儿，因为我们的炉子是铸造的，没有垫圈，拉宾生产的家用炉子才会出现煤气中毒，而这是癫痫病，不是煤气中毒，问题根本不在于煤气中毒，不然整个澡堂里的人都会煤气中毒的，这不是炉子的事儿，是蒸汽，根本不是煤气中毒。"

他终于把衣服从抽屉里拿了出来，把它放到丘丘金旁边。

"穿上！"足球运动员命令道。

丘丘金清楚地知道，这是别人的衣服——裤子不是他的，上衣也不是；比方说，这件上衣是灰色的，扣眼上还有一个独特的标志。

"啊哈，空军机队，化工公司。"他在心里猜测，努力扬起下巴。

足球运动员费力地给他穿上这件别人的上衣，手伸进他侧面的口袋，取出一个证件。

"格奥尔基·帕夫洛维奇·加拉耶夫。"他念完名字，恭恭敬敬地站在那里一动不动。

整个更衣间的人都恭恭敬敬地站着一动不动，这个名字（丘丘金是第一次听到）从一个角落传到一个角落；他仿佛感觉到，连双腿穿着雪青色衬裤的人在说这个名字的时候表情也非常特殊。

"什么加拉耶夫，搞混了，真是胡说八道！"他想要说话，但是足球运动员显然很激动，走到他跟前，扶起他，屏住呼吸，将他拖到出口处。

粉红色、白色、淡紫色最后一次闪过,消失不见了。

七

这一次他没有马上恢复意识。当他清醒过来的时候,忧伤的小提琴声在他上方飘过。

他试图眨眨眼皮——他的眼皮紧紧贴在一起;他微微扬扬眉毛——他的前额上紧紧绑着一条坚硬冰冷的带子。

小提琴声消失了,片刻之后变成了女人的声音;一些话语传到丘丘金耳边,模模糊糊的听不清。

"这是在举行教堂葬礼,把我当成死人了!"他心里想,感到非常害怕。"铜币就在眼前,事情结束了!也许,实际上……也许,我是死了才躺在这里的?我死在了澡堂里,而现在把我拖到这里来举行葬礼?"

他拼命地眨动着眼皮,把一个铜币挪到旁边:粉红色的天花板高高地飘浮在他的上方,一个小电灯闪闪烁烁,就像风中的路灯一样左右晃动。

"是我头晕,"丘丘金努力地想,"灯挂在原地,是我头晕。"

他动了动手指,突然感到非常委屈,眼睛里甚至盈满了泪水:

"上帝啊,在给我举行教堂葬礼,把我弄到了什么地步,这帮狗崽子!好啊,你们就举行葬礼吧,咱们走着瞧,到底是谁给谁举行葬礼!"

他斜起眼睛,挪开第二个铜币,看见了一个女人。不,根本没有人打算给他举行教堂葬礼,那个女人看着窗外,胳膊肘支着窗台,左右摇晃着身子;她在唱歌,歌声像小提琴一样,偶尔用尺子搔挠几下后背。

丘丘金伸出一只手,悄悄地摘下铜币,突然觉得有些幸灾乐祸。"你在看守我?"他心里想着,眯起已经可以随意眨动的眼睛看着那个女人,"好吧,好吧,那你就看着吧,看着吧,公民!瞧你心里在想:我在看守一个死人,可是我现在就站起来去喝茶!"

女人此时一副兴高采烈的样子,她跳了起来,不知朝什么人亲切地挥舞着尺子。

"到这儿来,到这儿来,"丘丘金听她说道,"要是找死人,您就到这儿来吧。"

门开了,一个脸刮得非常光滑的公民穿着毛呢大衣走进房间,他摘掉帽子。

"请进。"女人亲切地低声说。

穿毛呢大衣的人摇晃了一下,快步奔到丘丘金跟前,然后张开双臂,把脸和胸膛贴在他的身上。

"难道是棺材匠?"丘丘金心中不满地想,他吸了吸鼻子:访客身上散发着酒味儿,"可是他的态度有点令人担心!难道他是在量尺寸?"

"您是在量尺寸吗?"女人不无惋惜地求证,说完便把上衣底边撩起来擦眼睛。

"永别了,乔治,"穿毛呢大衣的人大声说,接着他抽泣了一声;

女人惊恐地闪到一旁,"永别了,亲爱的,不,我无论如何都不会忘记你。"

"哎呀,我的天哪,"丘丘金绞尽脑汁地想,"他把我当成别人了。难道他认错人了吗?难道死的人是我吗?难道我的名字是乔治吗?"

他心里想象着填写履历表:"名字:德米特里。父称:伊万诺维奇。姓:丘丘金。"

"可见,我并没有死,是另外一位公民死了,而我至多不过是被任命为副手而已。"

"我知道你怎么死的,"穿毛呢大衣的人大声说道,用双手触摸着丘丘金的脸,"不,你不是死于煤气中毒,也不是死于中风,是阿韦尔巴赫把你弄死的。就是他,我担保是他!"

"看来,这个阿韦尔巴赫是个坏蛋。"丘丘金心里满是敌意地想。

"但是这事儿还没完,"穿毛呢大衣的人继续说道,"你死了,这是事实,可是我还活着,我会给这个瞎了眼的人点厉害看看。他会告饶的,他会低声下气地告饶,乔治!"

"对不起,您是什么人?我被安排在这里看守……对不起,先生,别大呼小叫的,他是个死人,他说不了话的。"女人不安地低声说道。

"你死了,这是事实,"穿毛呢大衣的人自顾自反复地说道,但是声音里已经带着些许满意,"我确实不能让你死而复生。但是请你记住,你的死不会改变任何事情,一切都会保持不变,乔治!"

"棺材匠来了。"女人高兴地说道。

穿毛呢大衣的人吃了一惊，他张大了嘴巴，突然震耳欲聋地打了个响嚏。

丘丘金哆嗦了一下。

"这个人……可是其他人在哪儿呢？"穿毛呢大衣的人擦拭着嘴唇问，"这里一个人都没有。为什么不管……这个人，为什么都不哭呢？"

新来的访客耸起双肩，挥舞着猴子般的两只手，走进了房间。

"瞧瞧你是什么人，"丘丘金愤恨地想着，阴险地眯起了眼睛，"社会地位是小市民，职业是棺材匠？1926年之前你都干了什么？"

棺材匠点了点头，然后蹦蹦跳跳地朝死者走过去。

"那么，让我们现在来看看，"他用保证的口吻低声说着，在上衣口袋里摸索了一阵儿，"马上我们就会弄明白，到底是怎么回事。需要做什么尺寸的棺材，是大棺材还是小棺材！"

他把一个圆形的镀镍小盒子在手里转动了一下，然后哗啦啦地从里面拉出来一个钢制的米尺。

"好吧，人都走了，所以我也要走了，"穿毛呢大衣的人平静地说道，然后摇摇晃晃地走到门口，"我在这里大概也没什么可干的。"

棺材匠一边赞许地小声嘟哝，一边量着尺寸（米尺在他的手里哗啦直响，就像一条集市上的蛇），他摇了摇丘丘金的肚子，毫无目的地屈起他的两条腿。女人好奇地看着他。他咂了一下舌头，摸了摸丘丘金的裤子，转过身背对着那个女人，双手马上伸进上衣的侧面口袋里。丘丘金恼怒地皱起眉头，一下子抓住衣服口袋坐了起来。

"请问，有什么理由……"

铜币在地板上滚动起来,女人仰面扑倒在地,尖声叫喊着朝门口爬去,立刻将铜板藏在裙子下面。

"你躺着吧,躺着吧,你明白这一点……"棺材匠惊慌失措地低声说。

"请问,公民!为什么要躺着?如果我不想躺着呢?把我看守起来,给我举行教堂葬礼,为我哭泣。有什么理由为我哭泣,公民?"

"如果你是个死人,那么你就要躺着,要躺着。"棺材匠愤然劝说道。

"对不起,有人勒索我!"丘丘金大声说,"有人勒索死人!有什么理由勒索一个死人,公民?我要怎么理解这种厚颜无耻的行为?"

"啊哈,确实如此,这确实厚颜无耻!"棺材匠愤愤不平地说,"迫使一个人离职,给他订了体面的棺材,拉着他穿过整个城市,结果客户还活着,像老母鸡似的。没错,这就是理由……如果您是个死人……"

丘丘金突然吃了一惊,竟然不知所措。他跳起来,抓住了棺材匠的纽扣,有与他和解之意。

"准确地说,还活着是什么意思?……不能这么说,不能,不能说还活着,"他说,"这只不过是个误会……"

"请问,怎么不是还活着呢,"棺材匠大声说,"根本就是还活着,岂有此理!活着呢!真是愚昧无知,就是还活着呢!"

"对……对不起。"丘丘金小声嘟哝道。

棺材匠嫌恶地用食指戳了一下他的肩膀。

"我可不会管你是不是稽查员,这事儿我不会就这样丢下不管,简直就是欺骗！"他威胁地大声说，然后蹦蹦跳跳地从房间里跑了出去。

丘丘金跟在他身后走几步就站住了。

他是第一次进入这个房间——几面墙上都装了橡木墙裙，柔和的粉红色天花板让他赏心悦目。

"嗯，稽查员！这稽查员究竟是个什么职务？是劳动稽查员，还是风纪稽查员？风纪稽查员非常令人敬重。要知道这个稽查员不是我，稽查员显然在浴室里死掉了，我被当成他给强行拉到这里来了……不，事情不是那么回事儿。不应该把这事儿弄错！"

他努力回忆，试图想起在澡堂里他身上发生的事情，但是萦绕在脑际的却只有一些白桦树叶，还有一个浑身毛发的公民正弓着身子，在腋窝下擦着肥皂，在树叶之间若隐若现。

他的目光漫无目的地望着那几面墙，偶然看到了一个黑色按钮，按钮周围铜质的题字闪闪发光。他眯起眼睛，用食指转动了几圈。"是需要按下去吗？"

他用手指摸了摸按钮光滑的表面，按钮被悄然推开了。丘丘金跳到一旁，不安地瞥了瞥门口。

走廊里立刻传来脚步声——走过来四个人或者三个人，脚步声清晰稳健。丘丘金抬起低垂着的下巴，把头缩进双肩里，走到了窗前。一撮头发垂在额头上，胡须蓬乱……

一个身着便服的矮壮男子跨过门槛，在他身后，警察上衣的红色翻领晃动着出现在丘丘金眼前。

"您是加拉耶夫吗？"身着便服的人问道。

"不……不是……我不是加拉耶夫,"丘丘金扭头看着他回答道,"不,我不是加拉耶夫,我姓丘……丘丘金!加拉耶夫大概已经死了。"

身着便服的人向前走了两步,拉过丘丘金的上衣,从侧面口袋里掏出一大堆证件。

"怎么不是加拉耶夫,"他声音沉闷地说道,"您笑什么,公民!加拉耶夫就是加拉耶夫!我要逮捕您,正如常言所说,是以法律的名义。"

"对不起,不能逮捕我,"丘丘金绝望地说,"我已经死了,现在人们正在为我哭泣,为我举行教堂葬礼,这是实话。我额头上还有一块抹布,您看看,人死了,就是死人的样子。我在浴池里煤气中毒而死,因为搞错了才把我拉到这里来的!"

"好的,我们会到现场调查清楚,"身着便服的人表示赞同,"但是现在您不要拖延时间,公民,请您穿上外套。嗯,逮捕就是逮捕。正如常言所说,这与我没有任何关系。我就是个当差的。"

八

"有人害我……就是这么回事儿。有人一直在害我。"

在半透明玻璃窗上的许多善意的图画之间,有一个嘲弄的手势明晃晃地凸显出来。丘丘金对此毫不在意,他用袖子把它抹去,立刻画上了一个新的。

"这是阴谋,该死的!然而害我的人是谁呢?"

他皱着眉头看了看自己的手,把大拇指弯起来。

"首先,害我的可能是那个外国人。'水吗,当然,不管在哪儿人都要喝水,人不管走到哪儿都要喝水。'他可能害我、窥探我、向某个部门报告。当然,他可能害我,但是未必办得到!不,不是他!此事需要权力、勇气……其次……"

丘丘金猛然夹住食指,但是又马上放开,让它半弯半曲了一会儿。他突然间想到:

"原来害我的人是他啊!是那个世界主义者,委员会的成员!是他,就是他,再没有别人了。是他朝我放了煤气,然后把我从蒸浴床上推了下去!他在澡堂的更衣间里硬是给我穿上一件别人的上衣,他偷偷换了……"

丘丘金用拳头捶了一下自己的额头,然后哭了起来。

"他偷偷换了证件……"

他哭了一小会儿,然后擦了擦眼睛,开始在房间里走来走去。

"要知道他不久以前就暗示过我,这个狗崽子,可是我竟然没猜到。'证件一般而言是有的……'我明白了,现在我全都明白了。'里面不一定有身份,您的证件里就不一定有您的身份,公民。'显而易见,没有人看长相,大家想着的都是查看证件。可是证件不是那个了!这是别人的证件!是谁的证件呢?"

嘲弄的手势在玻璃窗上非常显眼,天花板上有人走来走去,病床上有一个枕头,颜色发灰,孤零零地放着。

丘丘金略做思量,猛然跑到门口,抬起一只脚使劲儿踢过去,然后向后退了退。

从一个小窗口伸进来一只鼻子和两只眼睛。

"请往这里送点东西……请送来规章制度。"丘丘金用命令的口吻说。

"什么方面的规章制度?"

"例如关于自杀者的,或者关于被指控……"他略做停顿,咽了一口唾沫,吧嗒吧嗒嘴,"被指控患有精神疾病的。"

没有人回答,只传来一阵嘀嘀咕咕的说话声,那个鼻子同情地看着丘丘金。从小窗口扔进来一张报纸,而不是规章制度。

报纸上大部分是两组作家和记者之间的文学讨论,并且第一组向第二组证明,这个第二组的所作所为不恰当,没有解决婚姻问题,对很多问题都没有把握。相反,第一组的所作所为非常恰当,因此它遭受欺辱,但是它不应该受到欺辱,而应得到国家补贴的扶持。

里面还报道说,葡萄牙总统霍梅茨辞职,狂犬病越来越严重,天气恶劣。

丘丘金看完了所有的报道,但是并不认为这些事情有重大意义,他对经济管理机关、渔业联合公司感兴趣,但是他很快将报纸扔到一边,连经济管理机关似乎也对他做了一些卑鄙的事情。

过了一会儿,他又拿起报纸看起来,凝神看着小号字体印刷的内容,可是他忽然惊呆了,双手搂着脑袋,跌坐在椅子上……

在小号字体印刷的"发生了什么事?"专栏里报道说,今天早上一名精神失常的公民逃离库兹明精神病患者隔离室,钻进隔离室旁边的托尔斯泰澡堂,病人进了更衣间,然而……

下面的报纸被撕破了,皱巴巴的。但是丘丘金也没有接着往下读。

他抽噎着摇摇晃晃地从椅子上站起身,再一次把看守叫过来。

"我全都明白,"他声音虚弱地对看守说,"他们搞错了,把另外一个人带走了。审问我吧,我想作证。"

九

侦查员原来是个小伙子,年纪不超过二十岁,脸圆圆的,面色红润,脸颊上有一层淡黄色的汗毛。他表情严肃地接待了丘丘金,一句话也没说,只是将一个打开的烟盒推到他跟前,朝椅子点了点头。

"在这里逮捕了我,您知道,"丘丘金小声说着,摇摇晃晃地坐到椅子上,"但是这没有关系,我有证据,有证件。"

"接着说。"小伙子气呼呼地说。

"不,我没有罪,我没有打算做任何事情,一切都是偶然发生的。"

丘丘金一只手颤抖着拿起一根香烟,可是立刻又把它放回去了。

"我跟这事儿一点关系都没有……我当时在厕所里,我不在的时候就把他带走了。"

"接着说!"

"至于上衣,是有人硬把它穿到我身上的……澡堂服务员会证明的,弄错了,慌乱之中弄混了!"

小伙子从一堆文件中抽出一本天蓝色的小册子,翻看了一下,隔着桌子把它递给丘丘金。

铅字像一群群黑色的小鸟、小昆虫似的纷纷出现在他的眼前,每一页的每一行都印有同样的词——"残害""残害"。"五年严密监禁。"丘丘金在最后看到了这句话。

"得了吧,我哪里残害人了,"他双唇颤抖着挤出几句话,"被残害的人是我。我从蒸浴床上摔下来,还给我举行了教堂葬礼。"

"是的!是的!是您!是给您举行了教堂葬礼!"小伙子懊恼地扫了一眼,挠了挠鼻子下面的淡黄色汗毛。"我们全都知道,请您不要试图迷惑我们。您就直说吧,您这是在迷惑我们,您会感觉更糟糕的。"

"煤气,恶心!请您审问澡堂服务员吧,浴室服务员会证明我当时是没有知觉的……"

"您知道,没有知觉未必能做这样的事情,未必能把人放进棺材。"

"把谁放进棺材里了?得了吧,是我被放进棺材里了,"丘丘金大声说道,"棺材匠拿审判吓唬我,但是我跟您说实话,我从来都没向他订购过任何东西。"

小伙子皱着眉头噘起下嘴唇,把香烟熄灭。

"您承认自己有罪吗?"

"不,我不承认,我不在的时候他就……我那个时候不在,我在厕所里了。"

"您是否承认您残害了公民丘丘金、德米特里·伊万诺维奇,以前的会计?"

丘丘金愣住了,他不由得慢慢张开嘴巴,瞪大了双眼。

"残害丘丘金?"

"是丘丘金。"

"残害了会计?"

"是会计。"

丘丘金闭上嘴,朝侦查员眨了眨眼,极不礼貌地哈哈大笑起来。

"那么请问,我给这个会计师带来了什么样的身体伤害?"他幸灾乐祸地问道,"也许,我弄伤了他的鼻子,或者伤到了他的肋骨?"

侦查员突然脸红了,尴尬到了极点,不知为什么,他挪了挪原本摆放得好好的墨水瓶,抠了抠脸颊上的那个粉红色的粉刺。

"您被指控,"他突然脱口说道,"您强烈的嫉妒心发作,把公民丘丘金弄疯了!"

丘丘金惊呆了。

"弄疯了?怎么弄疯的?难道,"他含含糊糊地说道,"难道他是被别人弄疯的?他没有被弄疯,他是不会让人弄疯的!难道他会让别人弄疯?他可是健康的!"

侦查员小心翼翼地看着他:他此时心烦意乱,惊恐万状,眼睛眯起,目光游移不定,一缕头发垂在额头上。

"需要医学、医学、医学……需要医学检查。"侦查员若有所思地在一张纸上写道。

"我一点儿都不明白,"他大声说道,"给您笔和纸,请您书面陈述吧，但是请记住，我们什么都知道。不要试图迷惑我们，您应该这样。"

十

以下签名人是公民……名字：德米特里；父称：伊万诺维奇；姓：丘丘金，不是别人，正是丘丘金；以前是会计师，单身，很遗憾，没有孩子，现告知如下。

第一点：

一年前，在五月份，我突然被人从渔业联合公司裁员，毫无理由地转到精神病人收容所。

精神病人收容所毫无理由地成为伪精神病人收容所。伪精神病人收容所坐落在格拉克霍夫兄弟大街上，毗邻列夫·托尔斯泰澡堂。

我在心理和身体上都完全健康，我立即向中央管理机关汇报了这个令人悲痛的情况，然而我收到的却是与马匹相关的完全无足轻重的公函，而且写的不是我的地址，我是在厕所里找到的。这令人气愤的事实侵犯了任何享有选举权的公民的权利，促使我采取巧妙的手段，使用计谋恢复被敌人窃取的自由。

基于上述理由，二十六号早上，我成功避开监视，钻进托尔斯泰家庭澡堂，澡堂就在伪精神病人收容所隔壁。我生来就干净健壮，看见许多市民在水里，而且满身肥皂，我下定决心自己也洗个澡，心里暗想，这样就可以把上面提到的收容所的灰尘从自己的双腿上抖落干净。于是我就脱了衣服。我把公家发的制服放在板凳上，然后我就去厕所方便。

就在我只顾着方便的时候,我是不在更衣间的,出现在更衣间里的是医院学生塔拉索夫和两名公职人员。

医学院学生大发脾气。他把一个我不认识的公民夹在腋下,把我的制服强硬地穿在他身上(可以推测出,我是透过锁孔看到的),然后在两个公职人员的帮助下把他从更衣间撵到了大街上。

我可以提供证人——我根本就没有参与此事。

恰恰相反,我从厕所出来以后,问过澡堂服务员,是谁被拖走了?澡堂服务员明明白白地告诉我了。于是我对他说,狂犬病有蔓延之势,因此精神病人确实不能在公共澡堂洗浴。我完全有理由认为,我不认识的那位公民被医学院学生硬拉进了一场亏本交易,他不是别人,正是稽查钦差格奥尔基·帕夫洛夫·加拉耶夫。

第二点:

后来发生的一切都应该归咎于令人完全失去意识的煤气。比如说,由于煤气,我遇到了一个浑身毛发的人,这是个道德败坏的人,而且,他还向我保证,说他拥有生存的一切权利。

根据共和国公民的义务,我有责任预先告知,这个浑身毛发的人涉及国家性质的犯罪。即便如此,他还是完全公开出现;这使我确信,督查钦差加拉耶夫未必会施行暴力和残害他人。不过是卑鄙下流之人独自从主人手里逃跑了。

为以防万一,我将其特征告知如下:中等身材,蛮横无理,秃顶,说话理直气壮,年龄大约三十五岁至四十岁,至于出生地,如他所说,他是世界主义者;从外表来看,是一个负责任的员工(财产状况或社会地位？社会地位），他在 1926 年之前做过什么呢？

首先应该归咎于煤气的，是在蒸浴床上发生的与一个女人有关的可怕之事，我原本应该向她报告我似乎怀孕一事；其次是澡堂服务员，他与著名政治阴谋家克伦斯基的相貌出奇地相似。

煤气中毒以后，我从蒸浴床上掉了下来。一个健壮的男子把我带到更衣间。在这里，在更衣间里，硬是给我穿上了别人的衣服，其中有一件灰色上衣，上面带着化工公司的标志，后来才知道这是稽查钦差加拉耶夫的衣服，而他被医学院学生硬拉进了伪精神病人收容所。

与此相反，我被冠以已故的加拉耶夫之名带到宾馆的房间里，在那里，一个我不认识的公民为我哭泣，他的样子像是从事自由职业的。

我对棺材匠没有任何意见，然而他却打算把我埋葬；一个女人看守着我。很明显，作为会计丘丘金，我根本无法与会计丘丘金切断联系，而我与稽查钦差毫无共同之处。

因此，基于上述理由可知，我此时精神正常，神志完全清醒，特建议相关人士：

第一，为伪精神病人收容所留下公民加拉耶夫，从而补充定额；

第二，不要打扰我这个在下面签字的人，我是奉公守法、有明确政治观点和社会立场的人。

签署证词人

名字：德米特里

父称：伊万诺维奇

姓：丘丘……

十一

然而，他没来得及签完姓名。门忽然吱嘎响着打开了，闪向了旁边；一个矮胖的女人迈过门槛，她没有看任何人，就坐到椅子上。镶花边的手帕从膝盖上掉了下去，她捡起来，把手帕贴在脸上，放声痛哭起来。丘丘金坐下，放下了笔，侦查员惊恐地看着那个女人，皱起了眉头。

"请您签完吧，签完吧，我们马上就会弄清楚，到底是怎么回事儿。"他对丘丘金说。

丘丘金心不在焉地看了看自己的证词，把它放进衣袋里，朝那个女人走过去。

"社会地位是医生的女儿，"他心里忽然想道，"中等教育程度，眉毛漂亮，是茨冈人的眉毛。"

"对不起，我无法忍受，我受不了女人哭。"他朝着旁边小声说，还小心翼翼地碰了碰那个女人的肩膀。

女人的肩膀颤抖着。

丘丘金理了理胡子，把头发抚平。

"公民……"

"我们像大海上的轮船一样分道扬镳了。乔治，"那个女人用手帕捂着脸说，"我发誓说过，我永远不会再回到你身边。即便你慷慨地赠给我很多钱，我也不会来找你。但这次是我们的孩子让我来找你的。"

丘丘金毫无意义地打了个嗝，莫名其妙地摊开双手。

"这个女人也是，上帝保佑！她也没有证件就承认了！可这是什么，是我的脸吗？他们在澡堂里把我的脸偷偷换掉了？澡堂服务员洗掉了我原来的那张脸，理发师给我贴上了一张新脸！"

他急忙摸了摸脸，环顾一下四周，没有找到镜子，便朝窗玻璃跑过去。

窗玻璃上映照出来的人有些消瘦，衣衫不整，但毕竟是他，是丘丘金，谢天谢地，不是别人，正是丘丘金，名字：德米特里，父称：伊万诺维奇，姓：丘丘……

"请问，请问，"他转过身来说，开始从侧面接近那个女人，"说实话，您根据什么认为我是您的丈夫？"

女人立刻把手帕从眼睛上拿下来，紧闭嘴唇。

"哼，浑蛋！"她咬牙切齿地嘟哝了一句，说完就抽噎着痛哭起来。"我恨您，恨您！您想想，您是如何对待任何时候都一直爱您的女人的。"

"尽管如此，哪些外貌特征能够证明我是您的丈夫呢，"丘丘金绝望地问道，"要知道您的丈夫是可能有一些特征的。我毫不怀疑，可以说，我的特征与您丈夫的特征有很大的不同。请您仔细看看，公民，请您相信，这对我而言有……"

侦查员不耐烦地抓起电话听筒，然后开始写公函。墨水马上就弄脏了他的手指。"在我看来，"他写道，"首先应该让公民加拉耶夫接受体检，主要是从精神科方面……"

"十年了……你离开我们十年了，乔治，"女人抽噎着说，"我一直忍耐着,我一直没有给你写信,我的生活像壁炉一样熄灭了,乔治!"

"像壁炉,像壁炉,"丘丘金喃喃自言自语,"十年,不过,那么一切都清楚了。十年里这样的事情是不可能忘记的。"

他从侧面看着她:她眉毛粗重浓密,嘴唇红润,她长得相当美。

"公民,我该怎么办,如果……"

"别再说了,"女人严厉地反驳道,"你知道的,你知道你做过什么,乔治。你自己过着惬意的生活,我却在养育你的孩子。这些孩子是谁的?也许你会说,这些孩子不是你的,乔治?"

"孩子,孩子,"丘丘金懊恼地说,"对这些孩子我能做什么呢。就我而言,我随时准备……"

女人脸涨得通红,她紧咬着嘴唇。

"我有关系,乔治。如果是这样的话,我会保释你的。"她低声说道,她突然变得那么靓丽耀眼,简直令丘丘金头晕目眩。

"真美啊……啊,她长得可真美!"他勉强回过神来,迈开坚定的步伐朝侦查员走过去。

走到侦查员近前,他从衣服口袋里掏出自己的证词,马上把它撕碎扔在桌子上。

"您有什么话说?"他高兴地问道,用袖子把碎纸片拂了下去。"啊,是的,加拉耶夫。好吧,加拉耶夫,格奥尔基·巴甫洛维奇,稽查钦差。就是我。"

他双手支在桌子上,朝侦查员俯过身去:一只粉红色的、小孩子似的耳朵从浓黑的头发下面伸出来。他靠近那只耳朵,低声说道:

"至于脸吗，脸是没有什么重要意义的。主要是看证件。而证件吗，这就是证件。您用不着看脸，请您看看证件吧。"

十二

第二天，一种非常奇怪的感觉让他从睡梦中醒来：一个丰满的女人裸露着健美的前胸亲吻着他。他微微欠身，伸出一只手；那个女人掩上肥大的家居服的衣襟，轻声尖叫着朝门口跑去。

"她已经不习惯亲近男人了，还害羞呢，"丘丘金心里想着，伸了个懒腰，"那还用说吗，毕竟已经十年了。她怕是都忘记了，该怎么做、做什么，完全陌生了。"

他把双脚放在地毯上，揉了揉眼睛，立刻清醒过来；极其重要的是，不能忘记：以前的会计前一天逃离了疯人院，在澡堂里死于煤气中毒；取代他活着的是首席稽查钦差，这是一个显要的人物，肩负国家事务和家务事（孩子）。丘丘金站了起来，环顾四周：面前是一个起居室，光线柔和，里面有地毯、沙发、靠垫、家庭照片，角落里亮着一盏小灯，屋子里散发着樟脑丸的味道。

"嗯，神灯，大麻，鸦片，法令已经禁止，"他低声嘟囔。

精美的高级丝光针织棉衬裤挂在椅子背上，那里还放着叠得整整齐齐的袜子、吊袜带。

这让他赞叹不已。

"我结婚了，结婚了，完全是另外一码事。"他心里想着穿上了衬裤。

但是他没来得及穿上袜子和吊袜带。

一个肥胖的老头儿走进房间,瞥了一眼丘丘金,从他身边走了过去,好像丘丘金根本不在这里似的。他坐到床上,伸开双腿,嗅着空气,靠在架子上,闭上了眼睛。

"他这是要睡觉了。"丘丘金胆怯地想。

"嗯,恭喜,这个……"老人气喘吁吁地说,"恭喜回到了这个……回到了这个栖身之地。怎么,兄弟,这十年里你花天酒地,无论如何都认不出来了。"

丘丘金非常生气,不满地耸了耸肩。

"我还真不知道,我们当中谁更沉迷酒色……爸爸,"他闷声闷气地揣度着说,"我也听说了一些关于您的事情。"

老人脸涨得通红,但是他克制住自己,只是嗅了嗅空气的味道。几根灰白色的鼻毛从他的鼻孔里钻出来,接着又缩了回去。

"报纸上这是写的什么,"他和蔼可亲地说道,"霍梅茨,这个,似乎已经辞职了;你呢,格奥尔基·帕甫洛维奇,在这个……各个领域都懂。你说说,到底是怎么回事儿。为什么突然就辞职了?

"嗯,是的,霍梅茨确实已经辞职,他不想干了,"丘丘金漫不经心地说,"他似乎是荷兰总统。按照惯例,总统们偶尔也会辞职。这都是英国人乱说。无非就是殖民地和殖民地。政府允许的情况下,我们对殖民地应该毫不理会。"

老人沉默了一会儿,打了个寒战。

"你是个浑蛋,"他最后若有所思地说,"你陷得太深了,连亲戚都认不出来了。我,这个,怎么会是你爸爸?"

丘丘金惊慌地眨了眨眼睛，吧嗒了一下嘴唇。

"这是因为我近视，"他急忙解释道，"我想说……"

老人抬起胖乎乎的脸看着他，挪了挪拐杖。

"想说什么？……"

"关于殖民地，"丘丘金胆怯地含含糊糊地说，绝望之中开始穿袜子；吊袜带从他手里掉了下去，啪嗒一声响；他连看都不敢看他的访客。但是老人却仔细打量着丘丘金，打量着他的胡子、双腿、衬裤和脸上的表情。

"这事儿有些不对劲儿，"老人最终拿定主意说，"这事儿出了差错。"

丘丘金扣上吊袜带，穿上裤子；他感觉自己穿着裤子更加魁梧，精力更加充沛。

"没有出差错，"他果断地反驳道，"爸爸，我没有立刻认出您纯粹是偶然。"

老人把拐杖放到一旁，用两只拳头做出望远镜的形状。

"不幸的是，这个，我忘记了那张脸的样子，"他大声推断道，"我忘了，真是该死。"

"格奥尔基·巴甫洛维奇，我是你的爸爸吗？"老人严厉地问道。

"嗯，当然，岳父通常也称为爸爸，"丘丘金不假思索地轻声含糊地说道。

老人抖动了一下肩膀，从鼻孔里伸出几根鼻毛，先是身体一阵颤抖，然后哈哈大笑起来。

"哈哈，呵呵，哈哈，"他声音嘶哑地说，"你可真是爱开玩笑：

竟然捉弄老年人……简直就是个演员啊，是个演员，爱捉弄人，你是莫恰洛夫，还是卡恰洛夫。"

"呵呜，呵呜……"丘丘金着急地喊道。

老人拍了拍他的肚子，往旁边一倒，有些喘不过气来。

"嗯，蒙混过去了，好险。"丘丘金友好地碰了碰老人的肚子。

"当然，我是在开玩笑，"他平静下来说，接着挥了挥手，"难道您真的以为，我第一眼没有认出来您吗？"

老人把鼻毛隐藏起来，不再笑了。他微微欠身，忧心忡忡地撩起礼服的下摆，臀部的方格图案露了出来，接着马上就遮住了。他嘴里嘀咕着："是这里吧，我是把它放在这个地方了吧，"他从后面的衣服口袋里掏出一块手帕、一些破烂，最后是一个密封的信封，上面地址是打字机打出来的。

"玛涅奇卡让我来你的这个……旅店，"他小声嘟哝道，"拿信件，要弄清楚，有没有信件……所以……"

丘丘金撕开了信封，省稽查局建议首席钦差三天内查清盲人总局地方分局的资金状况、财务报表等等、等等。

"盲人总局？可这显然指的是盲人；什么样的报表？……我明白了，说的是盗用公款，要用铁扫帚赶走坏蛋。一定完成任务。"

他急忙穿上外衣，捋平头发，理顺胡子。

"那么你是要喝茶、咖啡，这个，还是吃早餐。"老人关切地问道。

"亲爱的，很遗憾，根本没有时间。您看到了，有一大堆工作，忙得不可开交，我倒是想喝，但是无论如何也不能耽搁。晚上我全都会喝的。告诉玛……"

他还没有说完,门突然响了一声打开了,四个孩子走进房间,一边走一边十分不友好地不时看看丘丘金,在他们身后,丘丘金看到了茨冈人的眉毛、鲜红的嘴巴、健美的胸部,还有其他他熟悉的身体部位。

"乔治,我给你带来了……"

丘丘金心里无助地一阵发紧,他的双腿打了个趔趄。

"啊,这是小……小孩子。"他低声含含糊糊地说。

一个矮墩墩的小男孩鼻孔潮湿而又外翻,他恶狠狠地环顾着四周,走到他跟前,把双手伸进裤袋里。

"喂,你是爸爸吗?"他怀疑地问道。

其他三个小孩异口同声毫不避讳地哈哈大笑起来。

"这怎么是喂?"丘丘金有些不知所措。

"你说什么呢,科利亚,你怎么和父亲说话呢,"那个女人严厉地说道,接着十分欣赏地把一个小得像蘑菇似的女孩拖到丘丘金跟前;两条辫子从她的头上垂下来,脖子上一条红围巾飘来飘去。

"啊嘿嘿,嘿嘿,啊嘿嘿,嘿嘿。"丘丘金扶住她,轻轻地抚摸着女孩的脑袋。

小女孩立刻往手掌吐了一口唾沫,用手掌擦了擦脑袋,朝兄弟们转过身去。

"妈妈带来一个野汉子。"她皱着眉头解释道。

最小的小男孩更像一只小甲虫,几乎是个吃奶的孩子,他站在一旁,抓着母亲的裙子。丘丘金抓住了他,他对此完全无动于衷。

"喂，孩子，"丘丘金小心翼翼地问道，暗暗希望这个孩子根本不会说话，"喂，告诉我，你姓什么？"

"哎，瞧你说的，妈妈在问你姓什么。"小孩严厉地说。

丘丘金哆嗦了一下，身子蜷缩起来，小心翼翼地将孩子放回原来的地方。

"是的，当然……孩子们，很高兴认识你们，"他含含糊糊地低声说道，"但是这不管怎样……完全没有用。不过，还是要再看看，弄清楚……而暂时……"

他优雅地挥了挥手。

"对不起，我该走了。一堆事儿，要稽查。然后，晚上的时候，我全都一起吃掉，喝茶，吃午饭和晚饭。"

十三

迎面走过来一个人，他伸出一只手，用拐杖轻轻地敲打着路面。街道上空空荡荡。丘丘金挥动着公函，朝那个人跑过去。他已经找了大约一个小时，仍然没有找到应该接受检查的机构。那个人没有立刻停下脚步。他停止了敲打，认真听起来。丘丘金又说了一遍要找的机构。

"找盲人总局，是要它完蛋吗？"那个人把头往后一仰，乳白色的白眼珠向外突出。"您为什么找它，您也是盲人？"他一只手指着眼睛问道。

"受命用三天时间审查。"丘丘金斩钉截铁地说。

盲人高兴地大喊了一声，抓住了他的袖子。

"看在上帝的份儿上，请您留意戈利德别尔格，"他低声说道，"戈利德别尔格是秘书，特别无耻下流，他所有的款项都有问题，纵酒无度。他还玩弄女孩子，请您检查他的报表。"

"我明白，这是盗用公款。您说，分局在哪儿？"

"就在带刺的篱笆后面，要让它完蛋，"盲人低声说道，"在对面，在那儿呢，在拐角的地方，有个小门。但是，您别忘了，看在上帝的份儿上，主要盗用公款的人是戈利德别尔格，还有财务主管，您要查查财务主管……"

在小门前，丘丘金理顺额头上的那撮头发，把裤脚放下来，几乎拖到了地面上——他觉得这样更正式，更有政府官员的派头，更严肃。

一个长着大鼻子的公民戴着耷拉下来的夹鼻眼镜坐在桌旁，就像一匹生病的马，来回摆动着脑袋。

"握手礼彻底取消了。"丘丘金告诉他。

"您说的哪里话。"大鼻子公民心不在焉地说，一副绝望的样子开始看丘丘金的公函。

"钦差稽查，总来审查，审查什么，为什么要审查？"他小声地嘟哝。

丘丘金生气了。

"对不起，怎么能问为什么审查呢？相反，审查得还是太少了。说实在的，有必要每天干完活儿之后都进行审查……到处都是盗用公款现象，账目记得非常糟糕……"

他勃然大怒，下命令似的摇了摇头，突然一只手掌往桌子上啪地一拍。

"我要找秘书。这里有个秘书叫戈利德别尔格，让他到这儿来。让我们看看，他的情况如何……"

"我就是戈利德别尔格。"大鼻子沮丧地说。

丘丘金大吃一惊——他感觉到好像要发生新的意外事件，要出现新的混乱。

"您看，委任审查的时候，"他心平气和地解释道，"就下了命令……比方说，如果有欺诈者或盗用公款行为，那么我就负有全部审查责任。作为首席稽查钦差，我必须进行审查。

"您就审吧，您就查吧，您就看吧。"大鼻子公民小声嘀咕。

"劳驾，我跟您说……您不要着急，"丘丘金打断他的话，他自我感觉非常好，"您的意思是说，我们的财务报表还没有审查。劳驾，我跟您说，把出纳账簿拿到这里来，我跟您说，让你们的会计都到这里来，至于……"

"我们还有一个会计，他正在休假。"大鼻子说。

但是丘丘金已经不再理他了。

"至于，"他瞪大眼睛高声说道，"您盗用的公款……"

"什么盗用，您从哪里得知盗用了？……"大鼻子公民焦躁地摘下夹鼻眼镜，擦了擦，又把它戴在鼻子上。

"……将从正确计算中得出。"丘丘金庄严地大声说道，用一根手指指了指桌子上的现金账簿。

借方和贷方、贷方和借方在他眼前晃来晃去，但是每个数字本身似乎都不可信，它们膨胀起来，超出了正常的大小。

"请问，怎么会是收支平衡？"他小声嘟哝道，扔下铅笔，开始重新计算。

"我们这儿只有财务主任是盲人，"大鼻子公民说，"而我是秘书，不负责收款。"

丘丘金愣住了，有些不知所措。

"请问，怎么会是盲人呢？"他问，"他要是盲人，他怎么数钱呢？"

"是盲人，真正的盲人，"大鼻子公民肯定地说，"没有办法，他是管委会盲人的代表。"

"请问，那么主席呢，"丘丘金轻声问道，"主席怎么样，他也是盲人吗？"

"主席也是盲人。"

丘丘金紧紧抱住脑袋，惊恐地跌坐在椅子上。

"成员呢？"

"成员也都是盲人。所有人都是盲人，只有我一人看得见。"

"召集委员会！"丘丘金喘着粗气声音嘶哑地说道，"让医务人员到这里来！我要见医务人员，不能就这样算了。"

大鼻子公民很惊讶，弄掉了夹鼻眼镜，耸了耸肩膀。

"召集委员会？什么委员会，什么目的？"

"召集委员会，召集委员会，"丘丘金大喊，"召集管委和医务人员！作为首席钦差，我主持会议。马上，立刻，各就各位！"

三个盲人突然从墙后面走了出来，一个人不知何故两只手拿着一把小提琴，另一个人不停地眨巴着眼睛，他们忐忑不安地转动着自己发白的眼珠，慢腾腾地走过来见钦差大臣。

"各位公民，各位管委会成员！"丘丘金热情洋溢地挥动了一下双手，"各位享有绝大多数选举权的男女公民们！现在出现了误会。有人恶意耍弄了你们。该停止了。"

"说实话，查尔斯·达尔文……"不停眨眼的盲人嘴唇颤抖着说。

"在没有适当机构的情况下，你们无法进行管理。你们觉得自己是管委会成员吗？大错特错！我将把你们的医务人员送交审判。你们是哪个委员部的？"

"社保部。"手拿小提琴的盲人说道。

"啊哈，社保部，这可真是糟糕。我知道社保部，我审查过社保部的精神病院。简直糟糕透顶：病人穿过澡堂跑掉了，一个接一个地穿过澡堂跑了，没有任何保护。"

"说实话，查尔斯·达尔文……"不停眨眼的盲人又惊慌失措地说道。

大鼻子公民突然用手指招呼人过来，丘丘金身后的门打开了。

"这就是我们的医务人员。"大鼻子公民难过地对丘丘金说。

丘丘金转过身来——他一阵眩晕，眼前直冒金星，身体摇晃了一下。一张熟悉的面孔缓缓出现在他面前，一个穿学生制服上衣的人肩膀挺直地穿过整个房间走来。

"我在哪里见过这个学生？"他心里想着，突然觉得自己好像没穿衣服，完全赤身裸体，瞧这是胸毛，肚子在颤动、呼吸……"我见过,还是没见过,我见过,还是没见过,我见过吗?"

"我叫塔拉索夫。"学生清清楚楚地说道。

"嗯,完蛋了,这是塔拉索夫,"丘丘金在心里对自己喊道,"现在,此时此刻,猜得到我被当成了另外一个人,他朝我走过来了,他和我面熟。"

"啊嘿嘿嘿,啊嘿嘿嘿,"丘丘金愉快地笑着,碰了碰学生的袖子,"这就是医务人员啊,非常高兴,很高兴认识你,我们在这个场……我们在这个场所……"

学生期待地看着他,他的眼睛眯起又睁开,不停地眨来眨去。

"他认出我了,"丘丘金心里想着,感到浑身发冷,"他猜到了,猜到了,鬼东西。"

"太不像话了,真是一团混乱,"他急忙对盲人们说道。

现在三个盲人全都不时地眨着眼睛。

"糟糕,糟糕,真是太糟糕了。我需要与全体人员单独交谈……要单独秘密交谈……"

盲人们却全都留在了屋内,所有人异口同声地说起话来,音乐家拉起小提琴吱吱作响,而达尔文主义者责骂着秘书。

"我是加拉耶夫,加拉耶夫。"丘丘金痛苦地说出了这个名字。"你们……你们……你们没有异议吧?"

那个学生大笑起来。

"没有,我没有异议,您请说吧。"

"您什么都知道,我看得出,您全都知道。"丘丘金绝望地低声说道。

"在我看来，管委会成员的健康状况不在职责范围之内……"学生开始说起来。

丘丘金打断他的话，猛然抓住他的一只手。

"给您三倍的薪水，"他含糊不清地说，"还有供暖、照明、国有公寓、女人，你想要的一切都给您，只要您保持沉默，一句话都别说，请您守口如瓶。"

"您似乎搞错了，不是地址错了，您知道，您被当成另外一个人了。"这位学生满腹牢骚地说道。

"他是在暗示我，是在装样子，"丘丘金心里想，不禁汗流浃背，"我知道把谁当成了另外一个人，让我们走着瞧，我们就先观望着吧。"

"我见过您，"他立刻脱口说道，"还是没见过您，我没见过您，我听说……我听说，您以前在隔离室服侍过精神病人……"

"没有，我没有服侍过，我在那里监督病人……"

"啊哈，这个吗，哈哈哈，就非常有趣了。您说什么，您说你们那儿隔离室里的病人……病人跑了？保卫得不好，还是吃得不好，所以都跑了？"

"跑了？嗯，不是的，还没有人能跑得掉。倒是有人想逃跑，但都没跑成，把他们送回去了。"

"送回去了？那就是送回去了！可以说，定额得以补充，是的，是的，是的。"

学生在衣服口袋里摸索了一阵儿，拿出了钱包，递给丘丘金一张剪报。

"这里恰好有关于此事的报道,您看看吧,是我把他送回来的。他钻进了澡堂,真是一件有趣的事儿。"

丘丘金眼睛一动不动地盯着那泛白的小号铅字——这正是他不久前没来得及看完的那则简讯。

"病人进了更衣间,"他声音嘶哑地小声说,"但是几分钟以后被医学院学生塔拉索夫拦住了,在工作人员的帮助下送回了隔离病房。"

"啊哈,送回去了,"他扬扬得意地把简讯扔到桌子上,"但是谁被送回去了,这是怎么回事?是送回去了!这是没错。保安增加了两倍。得了吧,这简直令人毛骨悚然,精神病人闲逛,公然在城里闲逛。"

"偷偷溜出去的人并不多,您还没看完。"学生说。

"好奇的是,病人在这件事中表现得非常机智,他原来是以前的会计丘丘金。进澡堂的时候,他脱得赤身裸体,因为考虑到这个样子很难找到他……"丘丘金汗流满面,整个人呆住了,"……在洗澡的公民中寻找,幸好医学院学生塔拉索夫小心谨慎,才没有发生致命的错误。"

简报旋转着在空中飞舞,最后落在了地板上。丘丘金简直要窒息了。

"这才是错误,搞错了,"他低声说,"带走的是另外一个人。我会证明,是另外一个人,我不会就这样算了的。"

"难道您疯了?"学生问道。

"我有证件,我会证明的!"

门开了,三个盲人站在门口;他从他们中间冲过去,哭喊着、尖叫着飞快地跑下了楼梯。

十四

一只一条腿的小鸟落在他的额头上,一副要死掉的样子,他把小鸟赶了下去,可是它又飞回到他的额头上,还是那副垂死的样子,两只热烘烘的衬衫袖子勒得肩膀酸痛,每个角落里都有一个从事自由职业的艾索尔人朝他伸过来几只黑色的刷子,刷子的形状像太阳。

他奔跑起来,心情颓丧,口中喃喃有词,呓语连篇。

一条街道笔直地通到了河边,他从桥上跑过去,接着就看到了几个澡堂。远处的招牌在澡堂上方晃动,就像在地平线上晃动一样。

而在那里,在澡堂后面……

他耸耸肩头,拉了拉帽子,穿上外套。

他风驰电掣般朝熟悉的大门飞奔而来,到了门口勉强来得及缩回双手。门在长长的门梁上猛地抖动了一下,他悄悄地走到门卫跟前,用上衣、一侧肩头和阴影作为防护,把脸藏了起来。

"我要找一个病人!"他终于大声说道,然后马上屏住呼吸,镇静下来,"名字:德米特里,父称:伊万诺维奇,姓:丘丘金。我要现在立刻见他。"

门卫皱起眉头,睡眼蒙眬地摇头。

"现在不接待,您来晚了。您什么时候睡醒的,公民?"

"我要找负责人,找院长。"丘丘金执意说道。

一个头发灰白、干瘦的小老头儿突然出现在他面前，老头的塑料领子从脖子上耷拉下来，喉头在落满头皮屑的衣服翻领中间上下滑动着。

"我是首席稽查钦差加拉耶夫，"丘丘金解释说，"我现在马上要长期出差，来和叔叔、堂兄告别，有个叫丘丘金的，就在你们这儿，请您不要拒绝，我不指望以后能再见面了。"

"啊——塔——塔——塔——塔——塔，"老人同情地喃喃道，"应该的——的——的——的——的。是的！他很安静，很安静，塔——塔——塔。"

"他非常安静，阁下。"丘丘金清楚地说道。

小老头儿惊讶地扬起眉毛，向前伸出一只耳朵。

"啊——塔——塔——塔——塔，"他含糊不清地小声说着，渐渐冷静下来，"您去十四号房间吧。丘丘金，当然，我是记得的。应该的——的——的……"

一条走廊出现在丘丘金面前，走廊与涅瓦大街不同，头顶上有灯光闪烁，工作人员皱起眉头，心中恼怒，顺着一道道门，凸起的白色金属板上的数字迎面而来。

"难道您这里可以吸烟，公民？"工作人员问。他摸索着找钥匙，用一根手指摸了摸钥匙孔。

"不，不允许我吸烟，我不抽烟。"

丘丘金转过身去，将头埋在上衣里，突然抿起瘫软的嘴唇，后背朝前进了房间。

进去以后，他就这样一直站着，心中惊恐，浑身发冷，直到他听到远处的笑声。这笑声让他觉得很熟悉。

"啊——嘿嘿——嘿嘿——嘿嘿，是的，是的，嘿嘿——嘿嘿——嘿嘿。"他终于分辨出来，于是立刻转过身去。

在床上，一个人穿着条纹衬裤躺着嘿嘿地笑，他有些消瘦，衣衫不整，头发蓬乱，但这就是他丘丘金，不是别人，正是丘丘金，名字：德米特里，父称：伊万诺维奇，姓：丘丘……

穿着外裤的丘丘金实在是忍不下去了，他大声吼叫，冲进一个角落蹲了下去，他闭紧双眼，咬着咸咸的、松焦油般黏糊糊的舌头……

穿着衬裤的丘丘金不再嘿嘿笑，他叹了口气，从床上下来，悲伤地哼哼着，走到角落里。

"米季……"

穿外裤的丘丘金在颤抖，在哭泣。

"米季啊，米季，"穿衬裤的丘丘金又说道，"你别担心，米季，不用担心，能有什么事儿……嗯，没什么事儿，真的没事儿，都无所谓的。你别在意，米季，别哭，我们还要继续战斗。"

"所以，就是说，什么事儿都没发生？"丘丘金含着眼泪小声说，"并没有什么加拉耶夫，我也没有换过证件，没有遇到过浑身毛发的人？"

"没有，哪能有呢，"穿衬裤的丘丘金他叹了口气回答，"什么事儿都没有，什么事儿都没有发生。你不要耍小聪明了，米季。什么事儿都没有发生。"

"那么，就是说，我一直坐在这里没有离开过，就是这样吗，仅仅是这样吗?"

"是的,没有,就这么坐着了。"穿衬裤的丘丘金悲伤地摇了摇头。"你溜出去了,溜出去了,米季。你溜进了澡堂,甚至脱了衣服……只是在那里就全都结束了,就是在那里你被当场抓到的!"

"请问,怎么被抓住了呢?"丘丘金一跃而起,从角落了跑了出来,挥舞着两只手臂。"对不起,我自己亲眼看到的,是搞错了,抓住的是另外一个人。"

"想要抓你,就能抓住你,"穿衬裤的丘丘金叹了口气,直起身来,"能抓住,但是没有抓,谁知道你搞出了什么事儿,编出了什么事儿……"

"请问,我蹲过监狱,结了婚,还有了孩子,怎么,孩子难道也没有吗?"

"你这是揪着不放了,兄弟,问什么有过还是没有过的!"

穿衬裤的丘丘金挥了挥手,放轻脚步走了回去,躺到床上。他的胡子向上竖起,额头上的一撮头发歪到了旁边。

穿外裤的丘丘金平静下来,倚靠在窗边,但是仍在抽泣。

"有过还是没有过,"他模模糊糊地听到不甚清晰的喃喃低语,"会想出来这种事儿,会吃大亏的,那个时候……然后就会不断地诉苦。妻子,孩子。你哪里会有孩子?你是个病人,你,米季,不能生孩子。你是从厕所逃走的,确实如此,此事我不反对。你注意到是什么时候逃走的吗?很久以前就逃走了,大家全都已经忘记了,可是他却怎么都无法平静下来。好吧,失败了,好吧,拖回来了。所以在这里不要哭,在这里要抓住时机,米季!"

天已经黑了。丘丘金走过来走过去，不时地往床上瞥一眼：条纹衬裤与医院被子上的条纹连接在一起，枕头上还传出含糊糊的低语声，最后响起了轻轻的鼾声、吱吱咯咯的声音。丘丘金停下来，一只手平静地将蓬乱的头发梳理好，把上衣拉平整，整理好领带。他走到门口，胆怯地动了动门把手，又叹了口气，门没有打开。

鼾声飘向高处，萦绕在灰色毯子的上方，随着呼吸声，天越来越暗，越来越黑。

丘丘金狡黠地眯着眼睛，解开裤子，把手放在温热、干爽的肚子上，在屋子角落里躬起身体，敲了敲门。

"三面都已被包围，"他小声嘀咕道，瞪着眼睛看着打开门的工作人员。"名字不详，共和国处于危险之中。在最为需要的时刻，我来求助大人：允许我使用厕所。"

他颠三倒四地说着话，不断地摇着头，挤进了厕所黑乎乎的门，悄悄地挂上门钩。四面高墙在他面前凑成了一个狭窄的盒子，闪闪发光的抽水马桶立在几面墙之间，闹腾着发出指令，态度坚决。

他急忙打开一扇小窗，伸出头去笑了起来：美丽的傍晚的天空出现在他的上方，星星眨着女性般聪慧的眼睛。他缩起肩膀，挺直身子，先是向前伸出一只手，然后又伸出另一只手；粗粗的排水管紧贴在他身上，轻轻摇晃着，平稳地把他送到了下面。

他紧紧贴着墙壁走进阴影里，穿过夜晚空荡荡的庭院。在他看来，一切都安排得非常完美、客气而又庄重。

厨房的门在合页上晃动着，他推开门……他站住了，伸长脖子，仔细听着、嗅着：他好像闻到了肥皂、蒸汽、发霉的桦树那令人有些窒闷的气味;他快步从楼梯下面走过去——看到一个石膏女子雕像做出把水倒入石膏水池的样子,雕像后面露出一个方形的收银窗口。

他又打开一扇门,挤进了澡堂的更衣间。

一个赤身裸体、身材高大的人从他身边走过,吃力地挪动着生铁一般沉重粗壮的双腿,一个胖乎乎的男孩跟在他身后,关切地摇晃着脑袋。

他小心翼翼地坐到沙发上,脱下上衣,褪下裤子。在蒙着一层水雾的门内木盆哗啦啦响个不停,肥皂泡沫的海洋撞击着木制的堤岸。

一个身材魁梧、脸色通红的公民坐在他对面,讲着铺张滥用、挪用公款的事情;一个干瘦的朋友附和着他,一边说着话,一边高兴地挠着干瘪多毛的肚子。

"就是这样,我跟你们说,决定审查,下令……要严查……严查,我跟你们说,下令审查财务报表。我因自己职责所在……"

1924 年

蓝色的太阳

寒热灼烧着U上校的面颊、身体，他的双眼灼热，着火一般，像是遇难时点燃的信号，就好像两盏信号灯——他一刻都不能安眠。

他形容憔悴，直挺挺地躺在床上，就像一根琴弦似的。他的双手黯淡无光，由于生病而痉挛不止，青筋暴起，枕在头下。两只手臂仿佛僵死了，它们自行其是，已经不受他的控制。

他生病已经五天了，师团留下他向北进发。窗外是他出生的城市，如今经过战斗已经攻下，不时传来小商贩金属般清脆而响亮的叫卖声。小商贩喊着："嘿——啊——嚯！"接着就听见小瓦盆丁当作响的声音。

嘿——啊——嚯！万物皆有始，万事亦有终。嘿——啊——嚯！他来到人世，童年倏忽而过，年轻时打仗杀人，老了杀人打仗，而现在，他终是快要死了。

蓝色丝带上，绣着一个笑容轻松、神色愉悦浅薄的男孩，这意味着死亡——因为他知道，这些丝带不是蓝色的，而是黄色的。蓝色是天空的颜色，如果晴朗的天气里在傍晚死去，蓝色也可能是死亡的颜色。

生命就要这样终结——黄色看起来是蓝色，而蓝色看起来是黄色，他灼热的脑袋里乱糟糟的一团，在这五天里，从昏暗的黎明到灰白的黄昏，忧虑一直折磨着他，此时依然左右着他，如同牙痛，如同记忆中的第一次失败，挥之不去。

忧虑也好，担心也罢，都是为了他——为了这个在面前已经坐了半小时的年轻人，他的头微微前倾，嘴唇抽搐发抖。他坐在那里，一动不动地看着窗外，一只手掩着破烂的衣襟，他身子单薄，面色憔悴，双眼疲惫。

十五年前在樊城广场上，绞死过一个名叫王比扬的人，他被认定为帝国间谍，起义被镇压了，而最大的操心事就是一个小男孩，是这个朋友的儿子，他成为U上校第六次失败的纪念。

朋友的儿子比自己的儿子更重要，儿子需要母亲，但是上校没有时间成家。小男孩没有母亲，孤孤单单地成长，现在已经长大了——此刻就坐在他面前，那么陌生，十八岁的脸庞，却非常憔悴，因吸鸦片而疲惫的双眼一动不动地看着窗外。

上校用一只胳膊肘支撑着欠起身，叫他的名字，而他很不情愿地应了一声。

"这可真糟糕，"他低声说，"您病了，可是我有很多重要的事要忙，没有时间来看望您。"

"看到您，我总是很高兴，"上校不忙不慌地回答道，"欢迎您来，也请原谅我让您放下了重要的事情。可是我病了，我这个年纪，任何疾病都很容易导致死亡，这就是为什么我决定再和您谈谈。"

年轻人名叫权志,他缩了缩脖子,两个眼球凑近鼻梁,他厌倦地看了看上校,叹了一口气。

"我在听我亲爱的兄长说话。"他强作礼貌地说。

"就要开始谈鸦片和女人,说他年轻时如何,说父亲在樊城被绞死的事,说我应该……真令人厌烦。"从他的脸上,上校看出了他心里所想。

"我不会和你谈你父亲、我的朋友和兄弟王比扬,不谈他因为什么在樊城被绞死,也不谈您沾染上了令身体逐渐衰弱的许多恶习,对您脆弱的年龄来说极其危险。"他大声地说,"有什么办法呢,也许我自己忙于我们国家的事务,没有事先及时提醒您,这是我的错。但是,我想建议您去参军……当然,命令规定不接收吸鸦片的人进入军队,不过,我要是提出请求,王比扬的儿子可以例外。您同意吗?"

权志的目光越过他看着灰蒙蒙的窗外,看着高悬在城市上空像敌人军服一样灰蒙蒙的天空,窗外小贩还在唱着歌,敲着小瓦盆。

"许多刻不容缓的事情亟待解决,"他终于回应说,"加之身体有些不适,所以我现在不能立刻答复您的建议。可能的话,以后,过不了多长时间,我提到的情况有所好转,能有几天空闲时间,我会想办法,仔细考虑我亲爱的兄长所说的话。"

上校坐了起来,胳膊肘撑在枕头上。

"让这些空话、这种官场的客套话见鬼去吧,"他咬牙切齿地说,"您是在和一个军人谈话,而这个军人没有多少时间了。他担心,他恐怕等不到您最后的答复就会死掉了……"

权志突然愤怒地（"他像他父亲，"上校忽然想到）走到上校跟前，动作急遽地把手甩到身后。

"是的，我在听上校先生说话。"他粗鲁地嘟囔道。

U上校看着他，看着他阴沉的嘴角和眼睛大为吃惊：又一代人了，正看着自己，尖刻而令人费解，他额头低垂，面色阴沉，眉头紧皱，疲惫不堪。

"我不了解他，"上校不禁绝望地想，"他离开我已经四年多了，从我手里悄悄溜走了，我要是送他去参军，可能哪天他就投靠敌人去了。"

这就意味着，没有别的出路了……

别的出路是没有的，一切都提前仔细斟酌过了。在六百年的官场上，没有一个秀才，也没有一个举人，经受过这样的考验。但是在对权志说这十个或十五个提前斟酌好的词语之前，需要告别……他没有妻子，没有孩子，他的朋友们要么在战斗中牺牲了，要么在战斗中胜利后离开他去了遥远的北方；因此，需要告别这个房间，而不是行军帐篷，需要告别窗外喧闹的街道，告别他出生的这个城市。

他用胳膊肘支撑着微微欠身，看了一眼窗外：在建有锯齿状垛墙的城墙内，一栋栋小房子屋顶尖尖，四角翘起，仿若空中的楼梯，低矮的河对岸是明亮的田野，不慌不忙地奔向远方，塔内响起祈祷的木鱼声，隐约可辨——被寒热灼伤的心跳得非常厉害。

一个老人又高又瘦，胡须稀少，在阴暗处吱吱呀呀地拉着胡琴。

一个小姑娘梳着黑亮的刘海，描着弯弯的眉毛，冷静地垂手而立，歌唱着爱情、命运和春风。招贴画上黑色的汉字，就像输棋前的黑色象棋棋子，沿着密闭的白墙奔来奔去。一个半裸的理发师站在招贴画下面，不时地摇晃着扁担，挑着的箱子里装着他谋生的工具。上校低声说了句问候的话，发自内心的话是说给拉胡琴的老人的，是说给理发师的，也是说给房子的梯子形屋顶的，他慢慢地靠在枕头上。

"听我说，权志，"他不紧不慢地说道，"我要忏悔，我想安心地死去。万物皆有始，万事亦有终。当终结之日到来，你会清楚地看到，人的命运比人更强大，不能欺瞒它。我应该说……"

但是，他没有力气说完应该说的话……心脏跳得声音比塔里祈祷的钟声还大。滚烫、发烧的脑子里乱糟糟的一团……他克制住自己。

"有一个问题……"他继续说着，用尽力气控制着不听使唤的双唇，"如果我把最近十年发生的事情告诉我朋友的儿子，他会做什么……"

权志的面颊凹陷，脸上都是烟味，突然靠近了他，这张脸看起来像极了一副面具，两只眼睛是两个空洞，嘴巴是个圆窟窿，挤眉弄眼使嘴巴歪斜。好像有人用手拿着这个面具，放在了 U 上校抽搐着的死人般的身体上方。

"胡说，没什么，就是发烧，"他低声喃喃自语道，接着故作清醒地问道，"那么，意思是，我说过……"

"您问我，"权志低沉地重复道，"如果我知道了最近十年发生的事情，我会做什么。"

"U上校，第七师参谋长，是个间谍，向敌方出卖师部情报。"上校淡淡地微笑着说完，聚精会神地看着权志的脸。可是，那双浑浊的眼睛仍然那样冷静、那样无精打采地观望着，光滑、干净、衰老的额头没有一丝皱纹。

"这就是王比扬的儿子。"上校轻蔑地想，"他十八岁了……那么，就是说，我们后继无人了，一场空，革命没有成功，没有人接替我们，国家就要灭亡了。"

王比扬的儿子转过身去，默默地把双手放在背后。他似乎是在思考，也似乎是在回忆。

"要是我对这个人所说的话，有人对我说了……"U上校一时找不到合适的话语，"他就会被打死、被杀死。可是我活着，十秒，十五秒，二十秒……一分钟……"

权志向后退了一步，面无表情地摸了摸裤腰带，仔细翻寻了一会儿上衣口袋。什么也没找到，他扣好外衣，鞠了一躬。

"很抱歉，上校，"他像先前一样礼貌地轻声说，"一些重要情况让我不得不暂时离开。我会在一刻钟后回来，那时……"

他没有说完，或者心里暗自说完，突然直起身来，高耸着双肩，快速离开了。

U上校闭上了眼睛。

"一场空，他满身都是烟味，他慌了神，他是个懦夫，他的双手在颤抖。"

不，这是他，是U上校因寒热而发烧的双手在颤抖。他叹了口气,把毯子裹得更紧了些。

他觉得仿佛又回到了童年。他蹲在那里,俯身读着一本厚重的书。

"一条白蛇从昆仑山上下来,老虎陷入沉思,女孩摘着花……"他读着书,又像是听到别人用孩子般响亮的声音在读书。

黑色的象棋棋子在排队,不断变换队形,无止无休,没完没了,在它们的战斗队伍上空,慢慢升起一轮蓝色的太阳,就像人的青春那样令人愉悦。

"万岁,万万岁!"他高兴地喊道。

权志一刻钟后回来了。他在门口停下来,把一只手放到衣襟里面。他的双肩仍然向上耸起,嘴唇紧闭。他默默地迈动脚步,走到上校身边俯下身子。U上校已经睡着了。

权志默默地走到一旁,蹲在他的床前。

白昼消失在谷田后面,在锯齿状的城墙内,船上点亮了灯火,穿着紧身上衣和白色裤子的妓女已经化完了妆,准备好在自己住处的竹栅内接客,城郊的秃顶老太太已经在打麻将,买办已经在渡口叫嚷起来,值夜的印度人不时地敲打几下梆子,已经巡查了自己的岗位,权志仍然蹲在上校的床边,头靠在交叉的双臂上。他默默不语,又像是在轻声哼唱,半睁半闭的眼睛一动不动——就像阴天里的日晷。

上校在睡梦中动了一下,被子从他身上滑落,他无助地用一只手摸索着自己的周围。权志站起来,细心地整理好被子。他把被子左右两边掖好,脱下外衣,把上校的双腿盖起来,然后又蹲了下去。

上校醒来的时候,已经是深夜了。蜡烛在他头顶上方燃烧着——在微弱的烛光里,一张黑乎乎的、暗夜里几乎看不清的面孔俯在他的床旁边。

"这是真的吗?"权志冷冷地问道

U上校艰难地继续交谈。是的,对这个人,对朋友的儿子,对这个瘾君子和逃兵,他说了……

"是的。"他清楚地答道。

权志稍稍弯下身,呆滞的双眼向上看去,他慢慢地把一只手放进衣襟里。一把刀子出现在他的手中,接着就像飞鸟收起了无力的翅膀,猛然向下冲去。上校迅速扑到一边,两只手撑在地上,被子绷得紧紧的,被刀子钉在床上。

他欠身坐起来。这是一把剃须刀,是街头理发师给顾客刮胡子用的。"这把刀不会是他随身携带的。"上校心想。

权志面色如烟雾般苍白,站在他旁边,而脑袋像老太太似的摇摇晃晃。

U上校抓住他的手,强迫他坐到自己的床上。

"请你冷静下来。"他简短地说,"我撒谎了,我从来都不是间谍。这么说,是在考验你。万岁,你经受住了考验!明天你就去参军。如果我身体有所好转,我随后就会跟着你去。"

他沉默了一会儿,接着像朋友一样拍了拍权志的肩膀。

"你做得很对,孩子,"他愉悦地尖声说,"但是,权志,你为什么没有立刻杀了我?"

男孩喘过气来,看向另一边,穿上了外套。

"我身上没带刀,"他淡然地解释说,"我不得不从理发师那里买下他的剃须刀。在这上面花光了我最后一笔钱,如果您想让我去参军,上校先生,非常遗憾,我只能从您那里借钱了。"

1927 年

素描画像

> 你们喧闹着从我身边走过，
>
> 就像一根树枝缀满花朵和绿叶。
>
> 尤·奥列沙①

会飞的皮袄

常言说："不要相信任何流言。"这也的的确确是流言，几乎没有人相信。凌晨，一个当班的消防员正在瞭望塔上打着盹，可是突然间他醒转过来，因为瞭望塔上空飞过一件皮袄。不仅如此，他还肯定地说，皮袄做了一个殷麦曼翻转②动作——所谓的一种高级飞行特技，就在此时，从皮袄里掉下来一只小动物，不知是小熊还是

---

① 尤·奥列沙（1899—1960），苏联俄罗斯作家、诗人、剧作家，主要作品有《嫉妒》《三个胖子》《乞丐》等。卡维林在此引用的语句即出自长篇小说《嫉妒》。
② 殷麦曼翻转，又称"半筋斗滚转"，一种高级飞行特技动作，以一战时期的德国著名王牌飞行员马克斯·殷麦曼命名。这个动作实际上就是将保持水平飞行的战机拉起，在完成半个筋斗达到倒立飞行时不继续向下俯冲，而是将机身翻转 180 度恢复为水平飞行姿势。

小羊羔，它扑通一声掉到雪堆里，接着抖掉身上的雪，沿着涅斯科尔街慌里慌张地跑走了。事实上这可能吗？

应该说，在涅姆欣市人们对于奇闻怪事早已习以为常了。就算是皮袄又能怎样。说它从上空飞过去了又能怎样，虽然按理说皮袄是不应该会飞的。说从皮袄里掉下来一只小熊又能怎样——在这种情况下它能到哪儿去呢？不过是消防员凌晨时打起了盹，又因为他大约四十年前当过飞行员，所以他就仿佛看见了殷麦曼翻转动作，退一万步讲，就算皮袄真是从瞭望塔上空飞过去的，它也未必能在完成殷麦曼翻转动作之后，重新恢复水平飞行姿势。

不管怎样，不过两三天的时间，人们就忘了这件事，更何况，美容学校校长玛丽娅·帕甫洛芙娜·扎博特金娜——真是难以想象！——在生下女儿塔尼娅十四年后，又生了一个男孩，给他起名叫斯拉瓦。不消说，这也没什么特别的。但是，扎博特金一家深受众人喜爱，这就是为什么几乎每家都在讨论一个有趣的问题：他们一家四口在两居室的公寓里将来怎么生活？当然啦，要是换了别的建筑师身处尼古拉·安德烈耶维奇的职位，早就会耍手段在郊区给自己盖上一栋房子，或者把某个比较完美的住房合作社门市部据为己有。然而，第一，他不仅是涅姆欣市，也是全州道德最高尚的人之一；第二，有一套公寓正可以把现在的这个换掉。

不过，这根本不是公寓，而是一幢独栋的房子，有好几个厢房，不知是大主教还是州长本人以前在这里住过。现如今，占用这栋房子的是费佳斯卡两姐妹——这个姓氏让人以为她们出身于罗马尼亚。

费克拉·尼基季什娜负责操持家务，而卓娅·尼基季什娜从早到晚摆纸牌占卦。两个人都是狂热的咖啡爱好者，但并不是随便哪一种都喜欢，而是喜欢纯正的土耳其咖啡，煮这种咖啡要用带长把手的上窄下宽的铜锅，从火上拿下来之前，还要先对着它念穆斯林的咒语。

扎博特金一家正是打算用这栋房子换掉自己舒适的两居室公寓。这件事在两天之内就做完了：尼古拉·安德烈耶维奇分到了一个类似于五角形豪华客厅的房间，他很快就把它变成了建筑师工作室。塔尼娅分到的是所谓的衣帽间——里面卫生球和咖啡的气味奇妙地混杂在一起。大厅的窗户是意大利式的，朝向涅姆欣卡河，用来做餐厅，而较大的房间则像一个灯笼，现在变成了儿童房。看样子，原本就是想把它设计得像带有彩色玻璃的灯笼，因此，在阳光灿烂的日子里，飘荡在空气中的黄色、紫色、红色和蓝色似乎彼此之间暗地里较着劲儿：每种颜色都想照亮婴儿的摇篮。简而言之，大家都很满意，尤其是玛丽娅·帕甫洛芙娜，所有的四个房间里都少不了她的身影。

至于阁楼……几乎一直到屋顶，堆满了各种各样的破烂东西，费佳斯卡姐妹很乐意摆脱这些东西，现在终于摆脱掉了，她们恳求好心肠的扎博特金一家随意理它们：要么按她们老式的说法"付之一炬"，要么卖给一个收旧货的鞑靼人，其实这个人早就去世了，只不过她们以为他还活着而已。

莫名其妙的小事

生活中总会遇到一些莫名其妙的小事，对这些事情完全不必在意。塔尼娅觉得，夜里有人用柔软小巧的手掌抚摸过她的额头。那又怎样呢？这可能是她的错觉，或者不过是她梦中所见而已。

有人喝光了玛丽娅·帕甫洛芙娜倒在小碟子里为邱帕准备的牛奶——邱帕是扎博特金家那只天真而又儒雅的猫的名字，如若事情并非如此，它绝不会扯谎，也不会发牢骚。可是，不得不说的是，它却发了牢骚——至少可以这样理解它那气恼的呼噜声。更何况，这种事情已经不是一次两次发生了。

然而有一天凌晨，斯拉维克①大声地吧嗒着嘴——他吸吮自己的脚后跟——吵醒了玛丽娅·帕甫洛芙娜的时候，她清楚地听到了轻柔而低缓的长笛声，就是长笛声，而不是小提琴声，倘若贪睡的塔尼娅想在早上六点起来拉小提琴，倒有可能是小提琴声。

这简直太奇怪了，只不过玛丽娅·帕甫洛芙娜没有时间多想。该给斯拉维克喂奶了——他自己的脚后跟当然不能代替早餐！好吧，长笛就长笛吧！还好，只要不是大鼓或者大提琴就行！

后来，尼古拉·安德烈耶维奇的一张图纸上出现了一幅莫名其妙的图画，画的像是一只温顺的小狗，用两只后爪站立着。此时，扎博特金一家才思量起这些事情，然而他们一点都没有焦灼不安。玛丽娅·帕甫洛芙娜想起来，不仅有人享用了邱帕的牛奶，她存放

---

① 斯拉维克是斯拉瓦的爱称。

起来要晾干做面包干的剩面包,也不止一次丢过。斯拉维克喜欢的奶嘴是在房子旁边的花园里不见的,不知是谁发现了它,把它放进装着开水的杯子里,而杯子就放在他床旁边的小桌上。

当然,谁都没有把这些偶然发生的事情放在心上。尼古拉·安德烈耶维奇开玩笑说,显然是家神住进了他们家,对此只能感到高兴才是,因为按照民间迷信的说法,这个无形的住户不仅不会对人造成伤害,而且对可能会发生的不幸,还会尽力预先警示他们。然而,毕竟,毕竟……

显见之事不可确信

诡异的人即为幽灵,在古代称之为幻象。或许,确实有这样的幽灵栖居在扎博特金家阁楼里的某个地方?而且毫无疑问,这是一个温和、要求不多的幽灵,它只是每天夜里吹长笛、与邱帕一起分享牛奶而已。

"真想知道,费佳斯卡姐妹有没有发现这些怪事儿?"有一天吃饭时大家讨论家神、树精、美人鱼和其他精灵鬼怪的问题,玛丽娅·帕甫洛芙娜这样说道。

于是,第二天她决定去拜访费佳斯卡姐妹。

"没有发现。"她们断然否认,接着还令人信服地补充说,她们不可能发现这些事儿,因为她们既不养猫,也不晒面包干,更不会画建筑图纸。

简而言之,要不是塔尼娅的老朋友佩季卡·沃罗比约夫对此事感兴趣的话,那么这个所谓的问题就会一直悬而不决。

已经很久没有人称佩季卡·沃罗比约夫为狮心麻雀①了,现在他也不必从三米的高台上跳进涅姆辛卡河,以此证明自己十分勇敢。

地理老师彼得·斯捷潘诺维奇·涅洛马欣恰好曾经是一位人类、禽类、野兽和益虫的国际救援高手,他认为佩季卡·沃罗比约夫是一个非常有才华的学生。他们两个人都不会错过任何一期"显见之事不可确信"的节目,他们之间的区别在于,佩季卡觉得所有不可确信之事都是显见之事,而彼得·斯捷潘诺维奇的看法却恰恰相反。

值得一提的是,这一显著的差异也影响到了他们对待扎博特金家那些怪事的态度。

彼得·斯捷潘诺维奇认为,所有这些事情实际上并没有发生,都只不过是玛丽娅·帕甫洛芙娜、塔尼娅以及小猫邱帕的错觉而已。

"早就已经证明,"他说,"树精、女妖、美人鱼和家神无非是民众想象的产物。"

佩季卡没有争辩。然而,傍晚时分他却穿得怪模怪样地来到扎博特金家。他身上的长裤和衬衫、背心和短裤都是里朝外反穿着,右脚的鞋子穿在左脚上,左脚的鞋子穿在右脚上,而鸭舌帽戴在后

---

① 在俄语中,"沃罗比约夫"这个姓来源于"麻雀"一词,因此在本篇小说中佩季卡·沃罗比约夫被戏称为"狮心麻雀",意指他如同狮子般勇敢。

脑勺上，帽舌不是朝向前面，而是朝向后面。

看到他以后，塔尼娅笑得前仰后合，但是他却瞪大眼睛，把一根手指紧贴在嘴唇上，示意她不要出声。

"你读过莱蒙托夫的《恶魔》吗?"他压低声音问道，"一篇又长又乏味的东西，但是我终于把它读完了。需要指出的是，作者也认为不可确信之事都是显见之事。有一个作家——我忘记了他的姓名，我在他的作品中读到过，要是想看到女妖，就得让她大吃一惊。比如说，把衣服反穿，说一些类似于'圣洁的锁头钥匙锁不上，神香封不上，现在、未来、永生永世都这样'的话。别废话了，我们赶快到阁楼上去吧!"

"为什么到阁楼上去?"

"那你觉得，幽灵应该住在哪儿?"

阁楼里没有电灯，于是塔尼娅打开了手电筒。

"关掉!"佩季卡声色俱厉地说，"从逻辑学的角度来看，这是见不得光的事情，而见不得光的事情，就应该在黑暗中进行。"

不过，这是一个月光明亮的夜晚，阁楼上因而也并非漆黑一片，月光穿透看不见的缝隙悄悄地照进来。糟糕的是，塔尼娅笑得喘不过气来，然而等待奇迹——不然怎么称呼可能会发生的事情呢，在佩季卡看来，需要像他所说的那样，应该保持"镇定从容"，也就是要波澜不惊。

然而，过了大约两分钟，虽然塔尼娅也并非胆小鬼，但是她突然意识到，她一点都不觉得好笑，甚至好像还觉得很可怕。

阁楼里弥漫着灰尘的味道，一个角落里胡乱堆放着几个沉重的破筐，另一个角落里放着几把已经露出弹簧的圈椅，而她站在交织的月光里，她的双手和双脚仿佛被光带绑上了似的。

佩季卡大声咳嗽了几声——或许，是为了证明他一点儿都不害怕。

"圣洁的锁头钥匙锁不上，神香封不上，现在、未来、永生永世都开放。"他高声说道。

起初弹簧发出咯吱咯吱的响声，就好像有人从圈椅上跳了下来，此后随之而来的寂静中，传来微弱的呼吸声。有事情发生了，显而易见，发生了奇异的事情。可以想象得出，有一双看不见的手，正在用昏暗的光线、能看得见的尘埃、似乎变得浓稠的空气，塑造着模糊不清的身形，尽管这似乎是不可能的。

"我打开手电筒，可以吗？"塔尼娅声音颤抖地问道。

佩季卡没来得及回答。

"当然，打开吧！"一个清晰而年轻的声音回应说。

此时，借助手电筒的光线，可以看见一个奇怪的家伙，有点像小孩子们画的图画。腿倒是正常的腿——穿着破烂的牛仔裤，胳膊也是正常的胳膊，虽然上面长满了汗毛，宽阔的肩膀上披着方格翻领衬衫，但是脑袋……脑袋像极了面罩向前凸起的头盔，一双眼睛非常之大，目光温和，面孔凹陷，就像压扁了的圆环。

"你是谁？"佩季卡声音低沉地问，"是家神吗？"

"我也是人，像你一样。"一个平和的声音答道。

"对不起，"塔尼娅礼貌地反问道，"如果您是人，为什么您长得这么与众不同呢？"

"这么说，我和妈妈夜里有时听到的长笛声就是你演奏的吗？"

"我在阁楼上找到一个旧的陶笛，上面只有六个音孔，而不是九个。据说，帕格尼尼用一根琴弦演奏过复杂的曲目。你们看，我也是这样。我用陶笛代替长笛来吹奏，上面不是九个音孔，总共才只有六个。"

佩季卡当然不知道帕格尼尼是什么人，但是塔尼娅非常清楚，这是个著名的小提琴家、作曲家。

"我有些担心，会打扰玛丽娅·帕甫洛芙娜，"尤拉礼貌地补充说，"斯拉维克让她睡不好觉，还要再加上有我和我的陶笛。"

"不会打扰的，妈妈没有听到，而我甚至很喜欢听。我仿佛觉得，是在梦里听到了长笛的声音。"

"好吧！正如常言所说，让我们回到正事上来，"佩季卡说，"或许，你还是告诉我们，你到底是什么人，怎么来到涅姆欣的，尤其是怎么进的这个房子？顺便说一下，我召唤你出来的咒语，不仅仅是对家神才管用的。"

"也许是吧。但是对我而言，起作用的不是你的咒语。我只不过是寂寞得要命，所以见到你们的时候，我非常高兴。当然，也该说清楚，我怎么会出现在这里。但是从哪儿讲起呢？或许，从继母讲起？"尤拉若有所思地说。

他苍白的脸庞就像是在月亮的幽暗之处剪切下来的，阴沉而忧郁。

"快点，就从继母开始讲吧，"佩季卡表示同意，"你觉得她是个什么人？是个巫婆吗？"

的确，兄弟，可真够你受的

"也许你们不相信我，但是就在大约两周以前，我和你们几乎一点区别都没有。我两岁的时候，我的母亲去世了，父亲娶了一个年轻漂亮的女人，但是很可惜，她脾气暴躁，还长着一双大脚。我提到她的脚，你们别奇怪。她一辈子都在试图隐瞒她适合穿四十一码鞋子的事实，总是给自己买小两码的鞋子。你们试想一下，尤其是夏天，烈日炎炎的时候，穿着这样一双鞋子！怒火在她的脚掌上沸腾起来，然后逐渐上升，就像温度计里面的水银似的。总之，早上我的继母还会露出笑容，特别是她卖弄风情的时候，可是到了傍晚，她简直已经满腔怒火了。她总是恶语相向，咬牙切齿，迅速衰老，她简直总是想方设法折磨人。真的是太折磨了人。"

"怎么折磨人的？"塔尼娅和佩佳几乎同时问道。

"非常简单！折磨的是我的父亲，他是一个非常温厚善良的人。在他的病历上甚至写着：'遇妻不淑。婚姻生活甚为不幸。'当然，父亲去世以后，继母马上就想要折磨我。事实上，她还很年轻，是个招人喜欢的女人，可是却有一个小孩子在她身边碍手碍脚，况且他不仅知道，她总是穿小两码的鞋子，还知道，她满世界找能把她的大脚变成一双精致优雅的小脚的外科医生。当然，每位医生都跟她说：'不，女士！能帮您的只有魔术师。'于是——你们想象一下——她就开始寻找魔术师。而且找到了！"

"找到了？"塔尼娅惊奇地问。

"你说谎!"佩季卡同时说道。

"真的,与其说他是魔术师,不如说他是个骗子。也就是说,以前他在未解之谜研究所干过,但是被赶了出来,而且坚决禁止他施行法术。他在赫列布尼科夫的啤酒馆里表演过纸牌魔术,暗地里给秃头的人治疗,还让每个人都发誓,永远不会和别人说秃头是怎么长出头发的。我的继母就是从啤酒馆里把他骗到手的。"

尤拉沉重地叹了一口气,看得出,这段往事让他心里很不好过。

"你累了吗?"塔尼娅柔声问道,"我们可以下次再见面的。"

"你们着急走吗?"

"我没有!"佩季卡说。

"我也一样,"塔尼娅说,"但是已经十一点多了,我怕妈妈会担心,不知我去哪儿了。我倒有个办法:我去告诉她,我要睡觉了……"

"的确,兄弟,可真够你受的。"她跑出去以后,佩季卡忧郁地说。

他们沉默了一会儿。

"喂,你大概饿了吧?"佩季卡突然跳了起来说,"你想让我从家里给你拿来点吃的东西吗?"

"不用了,谢谢。顺便说一句,我要是你,就趁着塔尼娅还没回来,把衣服换一下。"

"哦,好的!"

于是佩季卡赶快把衬衫、裤子翻了过来穿上,把鞋子重新穿好。只是鸭舌帽仍然不雅地戴在后脑勺上,帽舌不是朝向前面,而是朝向后面——其实，他不仅是在打算召唤家神的时候，才这样戴帽子。

塔尼娅回来了。

"全都安排好了。妈妈在哄斯拉维克睡觉。我和她道了晚安。另外，我们晚餐吃的是烤通心粉。我热了一些拿来了。你大概饿了吧？"

"谢谢。我一会儿吃。现在不想吃。"

"会凉掉的。"

"不要紧。"

"好啦，你讲吧！"佩季卡不耐烦地说，"就是说，你归根结底不是人类吗？"

尤拉叹了口气。

"我是希利万特人①。许多人都在虚构一些并不存在的国度，而我则在思考那些居住在大地上并知道它非常美丽的人们，"他说，"每种树木都有自己的声音，桦树簌簌响，椴树林沙沙响，针叶林声音潺潺，橡树寂然平静，而做桅杆用的松树，为了能见识遥远的国度，已经做好了牺牲自己的准备。希利万特人懂得树木的语言，因为他们非常像树木。他们从来不说谎，不吵架，不希望任何人遭受不幸。他们坚定而挺直地站立在这个大地上，只有风吹来时才会弯下腰，而这风也非常美好，因为它会转动磨坊风车的翼片，几千年来还一直帮助人们发现新的国度。在希利万特人当中，有许多诗人、

---

① 希利万特在俄语中本意是森林植物，也用来指那些栽种树木并热爱自然的人。在本篇小说中，卡维林用以称呼虚构的主人公。

画家、音乐家，在他们的奏鸣曲和小夜曲中，敏锐的听觉可以辨别出鸟儿的啼鸣和叶子的吟唱。他们比普通人聪明得多，在感觉的敏锐程度上仅仅逊色于树木。顺便说一句，关于这一点有一位诗人认真思考过。他写道：

> 我知道，不是我们，而是树木
> 在温柔的大地上享有
> 崇高而完美的生活，我们是星辰的姐妹，
> 我们漂泊在异乡，可它们却扎根在祖国。

"希利万特人同样属于地球。对于他们来说，地球不是一个扁平的球体，单调无聊地在宇宙空间里转动，而是一个充满温情的星球，在这里无论植物、动物还是人类无时无刻不体会着存在的快乐。我经常画希利万特人，我觉得，他们终究应该不同于常人。所以有一次……但是，在我解释发生的事情之前，我应该继续谈谈我的继母。补充说一下，她叫涅奥妮拉，不知为什么，她以这个名字为傲。她不知在哪里认识了卢卡尼卡——他叫卢卡·卢基奇，但是城里所有人都叫他卢卡尼卡。继母给他打扮一番，让他搬到了离我们不远的地方住了下来，只用一周的时间，他就完全变了个样。顺便告诉你们，他在赌具厂上班——我们这里有全世界最大的扑克牌厂，继母好像给他安排了一个仓库主任的职位。于是就开始了！"

"什么开始了？"

"一个月后，卢卡·卢基奇已经负责管理扑克牌车间了，两个月

后就当上了副厂长,然后也不知怎么混进总部成了办公室主任,而现在要求所有人称呼他为'市长'。他开始每天都到我们家里来,顺便说一句,就好像他和我交上朋友了似的,可是我一看到他那发紫的鼻子就打心眼里厌恶。"

"发紫的鼻子?"

"鼻子像李子似的发紫,肿眼泡,有点儿秃顶,他总说没有闲着的时候,自己却穿着带丝绸翻领的大衣和漆皮鞋,戴着高筒帽,无所事事地闲逛。"

"戴高筒帽?"

塔尼娅这是第一次没有相信尤拉的话,佩季卡则直截了当地说:"你在说谎!"

"希利万特人是不会说谎的,"尤拉郑重其事地反驳说,"这样一来,他……我原以为,他反对继母折磨我。但是现在我心里明白,他们串通一气,他祖护我都是装出来的。"

"但是究竟她怎样折磨你的呢?"

尤拉非常懊恼地挥了一下手。

"怎样折磨?再简单不过了!每天晚上,我刚一睡着,她就使劲用脚踢门,或者把收音机调到最大声。在全城散布谣言,说我偷偷把冰箱吃空,顺便说一下,她自己在冰箱上安装了一个电铃,只要一打开冰箱门,整个屋子就会传来刺耳的声音。她摔坏了我的滑雪板,不允许我去冰场,不让我读书,把我的藏书非常便宜地卖掉了。生活就是这样,我想要溜走也就毫不奇怪了。但是这件事连想都不要想。"

"为什么?"

尤拉好半天没有说话。在他布满黑眼圈的一双善良的大眼睛里,流露出悲喜交加的神色。

"嗯,这件事改天再说吧,"他说,"我刚才说到哪儿了?啊,对了!一天晚上,卢卡·卢基奇来找我,他没穿大衣,而是穿着一件破旧的皮袄,虽然当时是暖和的秋天的天气。'喂,你怎么样,可怜的家伙?'他问我,'你无聊吗?饿了吗?我给你带来一个小礼物。'于是他把一串新鲜的小甜面包、几个葱头和'维奥拉'牌芬兰奶酪丢到我的桌子上。'你要坚持住!给我一段时间,我要和涅奥妮拉结婚了,我会和你一起制伏她。你这是在画什么?'不幸的是,我恰好正在画希利万特人。"

"是这个吗?"

塔尼娅把尼古拉·安德烈耶维奇恼怒地在自己一张图纸上发现的那幅素描画像给尤拉看。

"是的。尼古拉·安德烈耶维奇非常生气吧?"

"非常生气。在他擦除画像之前,我模仿着画了一幅。你看!像吗?"

"请代我向他道歉。我再也不会画了。"

"继续说吧。"佩季卡催促道。

"不幸的是,我就开始给卢卡·卢基奇讲希利万特人。而他……当然,现在我已经很清楚了,就在这一天,继母和他商量好要摆脱我,不然,他也不会穿着一件皮袄出现在我面前。所以他突然问我……但是我完全忘记告诉你们了,他喜欢胡闹,爱耍弄别人,喜欢突如其来地让人大吃一惊、窘迫难堪、不知所措。他反正无所谓，怎样摆脱我都行，现在突然遇到一个可以耍弄我的机会。而这恰恰符合他的本性！'你想成为这样的希利万特人吗？'他看了一眼我的画问，'当然啦，要足不出户，不然的话你就会被人戳脊梁骨，还会跑来一群人围住你。'喂，你们会怎么回答这个问题，伙伴们？"

"当然想，是的！"佩季卡喊起来，"从不撒谎——这很有趣！懂得树木说的话！不和任何人争吵、不打架，就在昨天彼得·斯捷潘诺维奇还大肆训斥我，因为我把瓦力卡·斯特里古诺夫狠狠揍了一顿！"

"我也这样回答的：'是的。'于是我立刻感觉到……我不知道该怎么跟你们说。我好像失去了意识，与此同时，在我身上发生的事情，我还能清楚地感觉得到，心里明明白白的。我看到他使劲地揉了揉那像烂李子一样发紫的鼻子，而这就足以……"

尤拉沉默起来，也许是因为想要平复一下激动的情绪。

"而这就足以让我变成希利万特人了。"

塔尼娅轻轻地惊叹了一声，而佩季卡开始发出呼哧呼哧的声音——每当他看到或者听到什么有趣的事情，他都会发出呼哧呼哧的声音。

"继母不知从哪里突然出现了，仿佛记得我那时心里又在想，'他们想要摆脱我'，因为卢卡给我穿皮袄的时候，继母也帮他了。我好像一直在问：'为什么，为什么？'可是卢卡微微地笑笑说："这个，老弟，不是什么滑翔机！你站在哪里，就能从哪里起飞！三个纽扣是三种速度。你扣上第一个纽扣，就会起飞。扣上第二个纽扣，就会正常飞行,时速六十公里。扣上第三个纽扣……嗯,我建议你不要扣上第三个纽扣。他突然用力敲打了一下我的额头,大概是为了让我恢复意识。'好吧,上帝保佑!一路顺风。'

"他亲自扣上了最下面的纽扣,我也渐渐恢复了知觉,开始缓缓向上升起。随后,我感觉到自己飞行在云朵的上方,透过洁白透明的云朵,我看到了田野、森林和条条小路,这些小路像在地图上那样,时而交会,时而散开,此时此刻,我真想唱歌、读诗、翻筋斗。起风了,云朵开始赶超我,但是我扣上了第二个纽扣,使足力气猛然向前冲去,害得我差点从皮袄里飞了出去。说实在的,我甚至忘记了自己已经变成希利万特人,我能想起来,只是因为我扣上扣子的时候,发现我的两只手毛茸茸的。这个时刻,我才第一次后悔没有把西里万特人画成另一番模样。但是谁会想到,你突然会变成自己画中的模样呢?"

尤拉讲完了自己的故事,此时夜晚已经快过去了。不过,我们已经知道,他是如何在涅姆欣市内瞭望塔上方飞过、从皮袄中掉落下来沿着涅斯科尔街跑起来的。当他藏到阁楼里的时候,费佳斯卡姐妹睡得正香,而三两天后,房子转归扎博特金一家所有,于是出现了我们已经讲过的那些奇怪现象。值得一提的是,和尤拉告别的时候(为了尽快再一次见面),讲求实际的佩季卡问道:

"皮袄哪儿去了?"

他得到了一个简短的回答:

"我不知道。"

但是,塔尼娅想要知道的是截然不同、更为复杂的问题。

"对不起，尤拉，"她说，"但是我很想知道：你作为一个真正的希利万特人，难道开始听得懂树木的语言了吗？你不希望任何人遭受不幸吗？你觉得地球是个充满温情的星球吗？"

大家沉默起来，沉默了很长时间，钟表店招牌上的时钟刚刚报过六点，像往常接近六点半钟那样，声音嘶哑地呜呜响起来。

"是的，"尤拉终于说道，"但是有一个原因，让我对这个变化深感懊悔。我对你有一个请求，塔尼娅。把你的画送给我吧。我会在背面写几个字。你不会看这几个字的，对吧？你把画装进信封封上，按地址邮寄出去：赫列布尼科夫，无名诗人街23号。伊琳娜·西尼岑娜收。你收到回信以后，把它带给我，好吗？"

"你可以放心，这我一定会做到的。"塔尼娅回答道。

只需注意的是，在谈话中尤拉提及过缀满花朵和树叶的树枝。塔尼娅与佩季卡问他树枝到底是什么，他难为情地避不作答。在告别时，塔尼娅很想问他继母的大脚有没有变成纤细匀称的小脚。但是她没拿定主意，在严肃的谈话后询问这类琐事，多少有些不太合适。

费佳斯卡姐妹

事实上，尤拉的经历比他讲述的要复杂得多。但是，在重新回到这一话题（也就是借助会飞的皮袄从涅姆欣市来到赫列布尼科夫，即飞行整整八百公里）之前，详细分析以下事实的后果还是很有好处的：在扎博特金家的阁楼上，出现了需要操心和关注的生物，不过全世界的动物学家都对它一无所知。

当然，无论佩季卡还是塔尼娅，都知道必须要谨慎小心。在涅姆欣这个以名胜古迹为荣的城市里，人们对独一无二的希利万特人不仅会十分关心，而且还一定会请求变成希利万特人。因此，夜间阁楼上的对话只告诉了两个人——玛丽娅·帕甫洛芙娜和地理老师彼得·斯捷潘诺维奇。

玛丽亚·巴甫洛夫娜开始实际行动起来。尽管尤拉担保希利万特人吃得很少，玛丽亚·巴甫洛夫娜还是为他安排了定时的一日三餐，因此现在小猫丘帕完全可以放心自己的牛奶了，存放起来的面包也会晾成扎博特金一家非常喜爱的面包干。

然而彼得·斯捷潘诺维奇……不过，还是应该先说几句有关他的事情。他乐于救援的不仅仅是人类，还有野兽和益虫。他能轻而易举地解开蜘蛛网，解救漫不经心落入其中的蝴蝶。附近森林里的动物都非常了解他。小驼鹿的腿无缘无故经常受伤，彼得就用绷带给它们包扎伤口，甚至有时候给它们打石膏。救人的事儿就更不用说了！涅姆欣河看似平静和缓，实则相当凶险：每年夏天一定会有那么两三次，会有人溺水身亡。无论白天还是夜晚，人们这时候就赶紧去找彼得·斯捷潘诺维奇。

不过，总的来说，他是一个很怪异的人。无论家庭作业还是课堂作业，他会像对待在黑板上的作答那样，都只给打两分，这让人百思不得其解，也许是认为没有必要打三分。他不像别的老师那样衣兜里总是带着小算盘，也没有好好计算计算，一直以来只打两分，会不会影响学校的平均成绩。

简而言之，要不是他拥有国际救援高手的荣誉，只给打两分，而不是三分和四分，也不是五分，不见得能让他就这么算了。

当佩季卡将尤拉·拉林变成希利万特人这件事悄悄告诉他的时候，他并没有感到惊讶，也没有浪费时间去追问，不过以他的阅历看来，这件事还是非同寻常的。作为一个实干家，他首先感兴趣的是魔术师的身份——他是什么人，来自哪里，这样说吧，是否有可能欺骗自己。他向未解之谜研究所询问魔术师的事情，很快就得到了答复："未在编。"在后来的信函中，他弄清楚了解雇魔术师的原因："赌徒和酒鬼。非常危险。偷魔杖被告发。因无资格任职被开除。"

彼得·斯捷潘诺维奇是一个讲原则的人，他立刻就明白了，这个骗子履历中的短处就在于偷了魔杖。毋庸置疑的是，他借助一个魔杖把尤拉变成了画中的人物，在给尤拉披上破旧的皮袄以后，借助另一个魔杖让他飞了起来。

简而言之，有必要前往赫列布尼科，就地决定应该怎么办。顺便说一句，彼得·斯捷潘诺维奇每年都带着自己的学生去一些地方，今年夏天打算游览几个古老的城市。赫列布尼科建于十四世纪，它非常适合这一概念。

然而，暂时在涅姆欣市应该获得一些可能对他有用的信息。首先，塔尼娅悄悄告诉他说，尤拉请求她寄信给一个叫伊琳娜·西尼岑娜的人，而且焦急地等着回信。其次，卓娅·尼基季什娜·费佳斯卡——两姊妹中整天摆纸牌的那个——与伊琳娜的一个近亲，也就是扑克牌厂的总切裁工伊万·格奥尔吉耶维奇·西尼岑，即她的父亲，非常熟悉。值得一提的是，彼得·斯捷潘诺维奇不得不听完伊万·格奥尔吉耶维奇与卓娅·尼基季什娜之间漫长的故事。伊万·格奥尔吉耶维奇四十年前在彼得戈夫市的游园会上爱上了卓娅·尼基季什娜，后来像她所说的那样，终生放弃了"美满的婚姻"，希望她能嫁给他。他每年在她生日的时候都会送她一副纸牌。除此之外，她还拿出不久前伊万·格奥尔吉耶维奇的来信，这信让她心中十分忐忑不安，因为她的老朋友在信中悲伤地写道："伊琳娜不唱歌了。"

"问题在于，"她解释说，"他的女儿伊罗奇卡[①]是个特别爱唱歌的人。无论她做什么，收拾屋子也好，洗碗也好，编织东西也好，准备功课也好，都一定会唱着歌。她唱得好听，总会有一些人聚在窗下听她唱歌！现在她却不唱了。"

"为什么？这一点伊万没在信中和您说吗？"

"没有。但是这封信结尾是一句谚语：'没有心爱的人，世界不再可爱。'您想一想，我们都四十年没见了。"卓娅·尼基季什娜叹了口气说，"他结了婚，失去了妻子，女儿也到了待嫁之年，但他还是忘不了我，无法忘了我。"

当然，彼得·斯捷潘诺维奇并不想让她相信，这个谚语暗示的不是伊万·格奥尔吉耶维奇多年的爱恋，而是让"待嫁之年的女儿"沉默的神秘理由，要知道整个城市都喜欢听她的歌声。

---

① 伊罗奇卡是伊琳娜的爱称，下文提到的伊拉，则是伊琳娜的小名。

在温情的大地上

这是一个没有月光的夜晚,尤拉从消防梯上走下来,而消防梯在他身后静悄悄的。铁梯一点儿声音都没有。他经常从阁楼的窗户望向涅姆欣卡河对岸的白桦林,有时候,在树叶沙沙的响声当中,会有另外一些响亮的声音传到他的耳边。当他跑过从河的一岸通到另一岸的小桥,清楚地听到河水在身后对他喃喃低语:"小心点,尤拉!这里你不熟悉。很容易迷路。"但是,在森林里是不可能迷路的,那里的每一棵树木都在给他指路。

的确,他在黑暗中一条小路都看不清,然而此时他还是挺幸运的!天空突然被一颗坠落的星星照亮,于是他飞快地跑过去,想要把它捡起来。这离他只有几步远。灌木丛突然闪烁起暗红色的光芒,尽管星星就要熄灭了,但是它柔和的光比他口袋里塔尼娅送给他的手电的光要亮得多。他拿起星星,不停地把它从一只手里扔到另一只手里,他很高兴,虽然它在慢慢变凉,但是几乎没有失去光亮。

从闷热的、灰尘可以把人呛死的阁楼里出来,他深深地呼吸,毫无缘由地微笑,而赤着脚让他强烈地感觉到大地的柔软和芳香。

在和风吹拂下,叶子发出杂乱的沙沙声,他渐渐开始听得出一些话语。

"快看!谁来我们这儿做客了!"一棵他近旁的老白桦树说道,"是我们已经等了一千年的人,或者,至少有九百九十九年了……因为你不仅能和我们说话,还能和人类说话。你能不能向他们转达一下,我们忠诚地为他们服务,可是他们却总是对我们如此残忍?"

"好的，一定转达！但是未必有人会听我的话。人们不会相信我能听懂树木的语言。要知道我才刚上九年级。"

滚烫的星星把他手指上的汗毛烧得有些焦了，但是不知为什么，连这他也觉得是幸福的，他怀着幸福的感觉在白桦林里徘徊。

他无意间听到了年轻的橡树和白杨树之间的争论。这还真是有趣啊：暴躁的橡树责备白杨树长得太快，挡住了它享受阳光。年轻的小白桦在微风中打扮着自己，于是他心里想，大概树木在黑暗中也能看得见：小白桦树是期待清晨有人可以看见它，看见它那打扮得光鲜亮丽的叶子。

又听到一阵阵沙沙声、窸窸声、窣窣声。任何事情的发生都不是偶然的。尤拉的脑子里有简单得让他吃惊的想法：在这个馥郁芬芳、急于入睡的小树林里，没有人会希望谁遭受不幸。假如没有萌生过这种想法，他是不会变成希利万特人的。值夜班的蚂蚁辛勤地搭建着布满隧道迷宫的楼房，刺猬在公务谈话后也正忙着回家，猫头鹰不知在祝愿谁度过一个美好的夜晚。

"你恋爱了吗，希利万特人？"年轻的落叶松好嘲笑人，它这样问他，而此时他正用星星照着亮，从它身边走过。

"是的。又幸运又遗憾。"

"为什么说'遗憾'？"

"因为如果我是希利万特人，我注定看不见我心爱的人。"

他跑过涅姆欣市依旧空空荡荡的街道，此时天开始亮了起来。扎博特金一家人还在睡着，他是如何爬上阁楼迅速坐到那把旧椅子上的，没有人听到，也没有人看到，那上面还放着细心的塔尼娅叠起来的毯子。

还要继续当希利万特人吗?但是,那个难忘的夜晚,伊琳诺奇卡穿着轻薄的衣衫在岸边与他见面并且说:"如果爸爸没有睡着,我就从窗户跳出去了。"这算是什么呢?平静的水面上,他们相依偎的倒影算是什么呢?他在陌生的花园里凭侥幸折下一根树枝——树枝摇晃着树叶和花朵发出奇怪的沙沙响声,这又算是什么呢?

人类、禽类、野兽和益虫的救援高手

所有的一切在出发前就都准备好了,此时彼得·斯捷潘诺维奇才终于决定和尤拉见上一面。他对一个实质性问题很感兴趣,然而无论佩季卡、塔尼娅还是卓娅·尼基季什娜,都不能对此做出回答。这就是为什么最后还是见了面,虽然时间比较短,却很有益处,因为彼得·斯捷潘诺维奇的外貌让尤拉感到颇为安心。他个子不高,走路的时候左腿一瘸一拐,胖乎乎的鼻子上长着一个疙瘩,很难想象,每逢节日他的衣服上能挂得下那么多奖章,这全都是因援救人类、禽类、野兽和益虫而获得的。但是,只要他刚一出现在房子里或者机关里,最糊涂的人也会或多或少地变得聪明一些,最绝望的人心中也会充满希望,而周围的一切,则如常言所说,都开始变得让人有信心而又简单。

"请问,"他问尤拉,"你说卢卡·卢基奇只是揉了揉自己的鼻子,这就足以把你变成希利万特人了?"

"是的。"

"也许,也许……"彼得·斯捷潘诺维奇想了想说,"你有没有发现,他的手里拿着一个小木棒,就像是插在花盆里的那种?"

尤拉沉思起来。

"我不记得了,"他最后回答说,"不记得卢卡·卢基奇手里转动着什么东西。要么是一支笔,要么是一条链子——他用一条链子戴着古老的金表,要么是一个牙签,也可能是一个小木棒,这有什么意义吗?"

"但是,要知道你似乎说过,你正是一看到他那发紫的鼻子,就打心眼里厌恶?"

"哦,是的。"

"就在那个晚上,连你们友好地交谈的时候,你也没看他吧?"

"不管怎么说,我都尽量不去看他。"

"明白了。"彼得·斯捷潘诺维奇满意地说道。

在来到赫列布尼科夫之前,涅姆欣市的孩子们参观了哪些古老的城市,没有时间细讲。值得一提的是,这个城市与其他城市不同。它沿海而建,周围都是风磨,这些风磨已经不再磨面粉了,但是为了不让风把谣言和是非传播出去,它们一丝风都不会放过去。生锈的废旧铁锚在每个角落都能碰到。遗憾的是,它们都沉默不语,然而毫无疑问的是,它们当中,每一个都能讲不少有趣的故事。但是,在屋顶上空盘旋的海鸥不住声地闲谈,尽管听不明白它们的语言,也很容易就能猜到,它们对城市的历史并不感兴趣。实际上,这个城市的历史是非常有趣的,因为自古以来城里生活过许多诗人。

在中心广场上矗立着一座纪念像,雕的是一个朝圣者,身穿破旧的斗篷,没有戴帽子,几张纸掉下来,凌乱地散落在他的脚边。这个人就是为城市增光的诗人当中最有才华的诗人,他叫韦利米尔,这是个古老的俄罗斯名字。

不过,彼得·斯捷潘诺维奇没有时间参观城市,他委派佩季卡以九年级班长的身份处理这件事,而自己则前往郊区,那里自古以来就有一个扑克牌厂,其扑克在全世界范围内销售。每栋房子都造出一个纸牌图案:雕刻扑克牌中的 J 的工匠,用 J 的图形装饰自己家的橡树门,他的邻居用的是 Q,而邻居的邻居用的是 A 或者 K。只有一栋房子的装饰图案是整整一副纸牌,任何一个路人都会深信:这栋房子里住着切裁工伊万·格奥尔吉耶夫维奇·西尼岑。

他矮小、瘦削,就像夹核桃用的小木头人儿①,彼得·斯捷潘诺维奇敲门时,显然他刚刚起床,因为他头上还戴着饰有流苏的黄色针织睡帽。与彼得·斯捷潘诺维奇交谈的时候,切裁工伊万·格奥尔吉耶夫维奇·西尼岑想起自己戴的针织睡帽,不由得大笑起来,连忙将它塞进衣兜里。

"我不知道这个骗子因偷窃魔棒而被辞退,"他若有所思地说道,"可是我甚至猜得出他把魔棒藏到了哪里。"

"是哪里?"

"您有没有发现,在城里闻不到大海的味道?这是因为,所有气味全都被他花园的香气淹没了。那里长的花儿,任何一个植物园里

---

① 夹核桃用的人形木制小工具。

都没有。我们这里来了一些世界闻名的植物学家,他们也不明白其中的奥秘。但是,我现在终于明白了:那个骗子把魔棒埋在了土里,它们长大开花,现在其中的每一朵花儿,都被看作是奇迹。"

"可真狡猾。"彼得·斯捷潘诺维奇说道。

"他不仅狡猾,而且还记仇、阴险、邪恶。我在工厂干了四十年,每一只小狗都认识我,也都尊重我,可是我却很怕他。而且,整个城市都很怕他。"

"这是怎么回事?"

"不清楚。您瞧,比如说,我们的城市以诗人、画家、雕刻家而闻名。但是他下令称自己为市长以后,这些人全都走了。为什么呢?这是因为,凡是称呼他卢卡·卢基奇的人,他就会以各种阴险的借口夺走他们手里的工厂。卑鄙的家伙!但是顺便说一句,他玩'日本小箱子'——有这样一种纸牌游戏——玩得很好,他甚至声称,谁要是赢了他一局,就可以不用称呼他为市长,仅仅称呼卢卡·卢基奇就行。"

"那好吧!我们会见识到的!"彼得·斯捷潘诺维奇神秘地说道,"现在,伊万·格奥尔吉耶维奇,如果您不反对的话,请单独和我谈一谈您的女儿?"

伊万·格奥尔吉耶夫维奇叹了一口气。

"是的,当然可以。但是问题在于……"

"我知道她不唱歌了。大概她也瘦了很多吧?她夜里不睡觉吧?"

"简直都认不出来了!"

"我会和她弄清楚,到底是怎么回事儿!我现在悄悄告诉你,尤拉·拉林还活着。"

应该看得出,这句话对老切裁工产生了多么大的影响。他高兴得跳了起来,跳得那么高,任何一个跳高运动员都会嫉妒的。

"还活着!感谢上帝!他是个多么好的孩子!多么好的孩子!他总是上完一天课以后擦班级的地板,我问他'为了什么目的?'的时候,他回答说:不是'为了什么目的',而是有原因的。因为我喜欢。'他还会自己烤蛋糕!"

"蛋糕?"

"是的!为伊琳诺奇卡的生日准备的。装饰的图案是她八年级毕业时还不知道的公式,那时候她数学差点不及格。总的来说,伊琳娜学习不怎么好,可是尤拉在帮她,尽心地帮她。"

"还是让她讲讲有关尤拉的事情吧!"

缀满花朵和绿叶的树枝

应该说,彼得·斯捷潘诺维奇见到伊拉·西尼岑时大为惊异。

大多数美女都非常清楚地知道她们是美女,可是她似乎对此毫无概念。

她是那样纤瘦,要事先和大风说好,别把她摔伤了,就更别说暴风了。她的面庞温柔,一双眼睛仿佛因为长得太大而感到难为情,又长又弯的睫毛极力让自己显得短小,不引起任何人的注意。

彼得·斯捷潘诺维奇谈到起尤拉时,伊拉难过得落下泪水,脸色变得苍白,就好像有人把她藏在烟卷纸下面了似的。

"嗯,他怎么样?我收到了他的来信,只有一句话:'请不要忘记!'和一幅希利万特人的素描画像。您知不知道,他收到我的回信了吗?"

"我想他没收到,临行前我和他聊过。"

"我真不知道,他究竟怎么了!尽管我读到'请不要忘记!'时觉得可笑,可是同时我也哭了,因为所有这一切让人太伤心了。他总是画希利万特人,我们经常谈起,人们应该懂得树木的语言。有一天,我甚至给他看了装着煤的瓦罐,尽量让他相信这不是煤,而是黯淡无光的星星。但是要知道,这在我们看来只不过是游戏而已。"

"我明白。可是,后来有一个坏人干涉了你们的游戏,这个人也很难称之为人。但是我想问你的是……在一次谈话中,尤拉提到过长满花朵和绿叶的树枝。我没有仔细询问,但是我觉得,这个树枝对他来说有特别的意义。"

伊罗奇卡笑了起来,马上也能明白,她喜欢唱歌,她的笑声悦耳动听。

"哎呀,这仅仅是个游戏而已!我们总是想出一些游戏,有一次在沿岸街见面时他问:'你想让我送给你一只暗红色眼睛的猫,还是普希金童话里的一面镜子?因为你想不到,在这个世界上没有人比你更美。'我笑起来说:'你要去我不知道的地方,带回来我不认识的东西。'于是,他立刻顺着沿岸街的街边奔跑起来——这时已经是晚上了,我也担心他会跌进海里。但是他并没有跌倒,几分钟后他回来了。'我飞过了世界上最高的围墙,'他说,'来到一座花园里,要是称这个花园为美丽的花园,它会生气的。这是一座极美的花园,塞米拉米达①的空中花园与之相比,也不过是无聊的城市街心花园而已。我从灌木丛旁边跑过,肩膀碰到了一根树枝,上面的树叶和花朵沙沙作响。瞧,就是它。'"

"我希望你没有丢掉它。"

此时,彼得·斯捷潘诺维奇由于激动脸色变得苍白,仿佛把他塞进了烟卷纸下面似的。

"当然,没有丢掉。因为这是尤拉的礼物。每天清晨我向它问好,晚上向它道晚安。尽管每两三天换一次瓦罐里的水,树枝还是枯萎了——叶子泛黄落了,花朵开败谢了,像人的衰老一样。现在,它变得像一根普通的木棒。"

"不,它变得像非同寻常的小木棒,"彼得·斯捷潘诺维奇坚定地反驳道,"如果谨慎行事,在它的帮助下,我就可以把尤拉找回来。"

您好,卢卡·卢基奇!

乍看起来,不能说彼得·斯捷潘诺维奇做事有头脑,凡事不慌不忙。事实上,他做事的时候正是这样。

他直接从西尼岑家来到总部接待处问道:

---

① 塞米拉米达,公元前9世纪末亚述女王,亚述国的许多次远征以及建造"空中花园"都是她的业绩。塞米拉米达空中花园是世界七大奇观之一。

"卢卡·卢基奇在吗?"

"对不起,对不起,"秘书说道,"冒昧地问一句,是谁允许您称市长为卢卡·卢基奇的?您显然是外地人,您不知道,只有在'日本箱子'的游戏中赢他一局,才可以使用名字和父称称呼他。"

"你就当我已经赢他了。"彼得·斯捷潘诺维奇反驳道,然后推开了办公室的门。

应当承认,尤拉对自己继父的描述是相当准确的:卢卡·卢基奇其貌不扬,非常瘦弱,尽管无时无刻不在摆架子,仿佛是在让自己(还有其他人)相信他是有威望的人物,但是立刻就能看得出,在你们面前的是个卑鄙的无赖。他的鼻子的确像腐烂了的李子,嘴巴很小——他不停地用手帕擦嘴,眼睛狭长,就像蝙蝠的眼睛。然而,在这双眼睛中隐藏着阴险、狡猾和邪恶,它们不时地转动,一刻都不消停,正常人无论什么时候都不会这样。

"您好,卢卡·卢基奇!"

"请您去找秘书!"

"首先请允许我自我介绍一下:彼得·斯捷潘诺维奇·涅洛马欣。"

"请您去找秘书!"

"您听着,我们应该谈一谈,但是称呼您为市长,我不敢苟同。如果方便的话,我们玩一玩'日本箱子'这个游戏。然后再闲聊聊。"

"什么?"

卢卡·卢基奇大笑起来。他从兜里掏出一副纸牌扔到桌子上,纸牌交叠成了扇子的形状。

"不，很抱歉，"彼得·斯捷潘诺维奇反驳道，"我为您提供自己的纸牌。"

电话铃响了，卢卡·卢基奇朝着话筒大喊一声。

"我很忙！"他把秘书找来对彼得·斯捷潘诺维奇说，"接待结束。"

"遵命，市长，"秘书轻声说道。不知为什么他的下颌直发抖。

游戏开始了，第一批牌放到桌子上，它们之间立刻交谈起来。作为老相识，它们很久没有见面了。

"人类是我们的宿命，"黑桃K说道，"而我们是人类的宿命。但是这一次，他们称之为钱的破烂小纸片，似乎没有起到实质性的作用。"

"您说得对。陛下，"方块J说道，"在这个游戏中，钱并不起作用。救援高手为了崇高的目标来到我们的城市。他想拯救一位年轻人，这个年轻人甚至毫不怀疑自己以后会成为一名伟大的诗人。"

"完全正确，"方块Q回应说，"我们应该帮助救援高手赢得比赛。再说了，这个市长很没有品味。我羞于参加赌窝里打牌作弊的赌局。"于是，方块Q留在了彼得·斯捷潘诺维奇的手里，因为要是把它放在桌子上，他就会输的。

市长可能猜到了扑克牌之间的谈话。伊万·格奥尔吉耶维奇的纸牌印制在薄木片上，与古时候的制作方法一样，而老工匠满怀爱意和灵感切割木片，这些情感便融入了纸牌。非常凑巧的是，在

"日本箱子"的游戏中,**机会**决定一切,然而纸牌却在这场游戏中注入了它们的**智慧**,于是**机会**便没有了立足之地,最后彻底溜走了,没有与任何人告别。

卢卡·卢基奇扔掉纸牌——他输了,接着大笑起来。

"真见鬼,您现在想怎么称呼我就怎么称呼吧。您打算救谁?您到底想从我这儿得到什么?"

彼得·斯捷潘诺维奇把牌整齐摆放在一起,把它们装进自己的衣兜里。

"您要知道,尽管说来非常奇怪,我还是打算谈谈您对恶作剧的喜好。如果我没说错,您有气派的汽车——我在大门口看见了。然而,这不是您出行使用的唯一方式,对吧?"

发紫的鼻子瞬间变得通红,甚至开始闪闪发光,把自己与腐烂李子的相似之处隐藏了起来。狭长的小眼睛开始飞快地转动,于是办公室里无缘无故散发出硫黄的味道。

"对,不见得是唯一的方式。可是对您而言,这算什么事儿呢?"

"名誉问题。"

"名誉?"

卢卡·卢基奇大笑起来,听到这低沉恶毒的笑声,彼得·斯捷潘诺维奇心里不由得感到一阵寒意。

"至少以我作为人类、禽类、野兽和益虫救援高手的名誉。"

"请问,您打算解救谁?"

"尤拉·拉林,您用一个会飞的皮袄使他不知去向。"

卢卡·卢基奇那发紫的鼻子变得苍白,狭长的眼睛里闪过一抹狡黠，但是立刻就消失了，目光变得阴险，接着马上又变得极度愤恨。

"我不认识什么尤拉·拉林。"

卢卡·卢基奇按了按铃，于是秘书下颌颤抖着出现在门口。

"把这个公民赶出去，他喝醉了！"

彼得·斯捷潘诺维奇大笑起来。

"最后一个问题：您成功地将尤拉继母的脚变小巧匀称了吗？"

接受挑战

他成功了。不仅如此，涅奥妮拉还打算举办大型化装舞会，好让全城的人都确信她早已告别了粗笨难看的双脚。

在赫列布尼科夫最好的服装店，她给自己定做了镶花边的白色长裙，要是裙子非常短的话，很容易让人联想到婚纱。南方的知名鞋匠为她制作了一双黄金鞋，这会让嫉妒心强的时髦女人发疯而住院，这也正是涅奥妮拉所希望的。

采购的葡萄装了好多箱，西瓜、香瓜、梨陆续用卡车运来。花园里的一条条小路撒满了小贝壳，这些贝壳在脚下破碎时发出悦耳的咔嚓咔嚓声。总之，准备工作在紧张迅速地进行。就在彼得·斯捷潘诺维奇到来的次日清晨，所有人听到广播播报的消息都感到震惊，对赫列布尼科夫市民来说，这消息就像一桶冰水浇了下来，可以说，全城的人都担心不已。

"尊敬的公民们！现在播报一则消息：救援高手彼得·斯捷潘诺

维奇·涅洛马辛带领一队中学生从涅姆欣市前来参观，昨天在'日本箱子'纸牌游戏中他赢了市长一局，因而获得称呼市长为卢卡·卢基奇的权力。这位救援高手确信，卢卡·卢基奇年轻时在未解之谜研究所工作，后因盗窃魔棒而被解职。这令人难以置信，但是据救援高手讲，卢卡·卢基奇将偷来的魔棒埋在土里，用这样的方式一箭双雕：一方面，他隐藏了自己的罪行；另一方面，他栽培了一个花园，让全世界的植物学家困惑不解。此外，更为重要的是：彼得·斯捷潘诺维奇坚决认为，不久前九年级中学生尤拉·拉林在赫列布尼科夫市的神秘失踪，也少不了卢卡·卢基奇的参与，不知他用带魔法的皮袄将尤拉·拉林送到了何处。尊敬公民们，德高望重的市长对此会如何作答，让我们拭目以待！"

卢卡·卢基奇乘坐自己的汽车迅速赶到广播室，他轻松地拄着手杖下了车，此后广播室里发生的事情就不得而知了……但是很显然，正是这个手杖积极参与了谈话，因为卢卡·卢基奇对工作人员大喊时，不仅用它打碎了所有办公桌上的玻璃，还打碎了装饰着整个城市的磨砂玻璃墙。

简而言之，紧跟着第一个令整个城市震惊的消息又出现了第二个消息，在得知这个消息之后，几乎所有机构和学校都停止了工作。

"尊敬的朋友们！现在播报一则消息，德高望重的市长不仅坚决否认某位公民涅洛马欣指控的所有罪责，而且还打算教训这个诽谤者，要求与他决斗，或者换句话说，是进行对决。与司法申诉相比较而言，他更喜欢用这种古老然则高雅的方式维护自己的声誉。来决斗吧，公民涅洛马欣，决斗吧！"

在赫列布尼科夫市很早以前就没有发生过决斗了,城里的年轻人甚至都不知道这个词儿,即使老人们以前知道,但是也忘记了。知道这一维护名誉方式的人都是懂文学的人,他们读过长篇小说《叶甫盖尼·奥涅金》①。但是非常奇怪,所有人都非常清楚,在德高望重的市长和外来的救援高手之间最近就要进行决斗。不仅如此,就在当天,"决斗"这一概念广泛传播,连一个可爱机智的女公民想买进口牛仔裤,竟然也出人意料地对另外一个不太好看、不按顺序排队的女公民说:

"我要和你决斗!"

排队的人们都惊呆了,而可爱机智的女公民则非常顺利地买到了牛仔裤。

第三则消息极为简短:"接受挑战。"

不知打哪儿来了一个决斗主办人萨沙,他虽然年轻,但是精明能干。萨沙提议,决斗应该当众进行:按照他的想法,决斗双方应该身穿普希金时代的衣服在市剧院的舞台上交锋。鉴于舞台上的场面特殊,票价应该上涨,在剧院门口应该有急救马车随时待命。任何一个决斗者死亡,乐队都应演奏送葬曲。

所有这些提议都被否决了,只有一项提议例外:从赫列布尼科夫市博物馆古兵器部取出决斗用的手枪,将其调试就绪。适合的子弹只有两颗,这让主办人很是为难,因为双方应该会决斗到"有结

---

① 《叶甫盖尼·奥涅金》是俄罗斯诗人普希金创作的长篇诗体小说,其中有主人公叶甫盖尼·奥涅金与连斯基决斗并将之打死的情节。

果",也就是说,决斗到他们当中有一个人被杀死,然而两颗子弹只能交换射击一次。但是,精明能干的年轻人在当地的首饰匠那里定做了几个铅制的子弹,这样一来,就解决了这个问题。

看来,市长认为事先获得社会支持有百益而无一害,于是主办人根据他的吩咐,向留在赫列布尼科夫市的最后一位画家定制了漫画宣传画,恰好可以堵上广播室磨砂玻璃墙上的窟窿。在宣传画上,画的是市长和他那像新鲜李子一样的鼻子,而飘浮在他上方的,是画得很小的救援高手,他一只脚扭伤,正在努力躲避朝他飞过来的子弹。

"决斗助手"这一问题很容易就解决了:市长邀请决斗主办人萨沙承担这一光荣职责,后者当然兴高采烈地同意了,而彼得·斯捷潘诺维奇在异乡没有朋友,不得不请求老切裁工帮忙。

"对不起,伊万·格奥尔吉耶维奇,您当然明白,不是我萌生了这个愚蠢的想法,"他说道,"但是又不便于拒绝,没有您帮忙,我无论如何是应付不过去的。"

确实如此,很快就清楚了,没有伊万·格奥尔吉耶维奇的帮助,他无论如何是应付不过去的。更何况,如果没有伊万·格奥尔吉耶维奇,事情的结果会非常糟糕。

对于决斗的时间和地点只能猜测,但是很显然,很多人都猜到了,因为在城市公园的每棵树上都坐着一些男孩和女孩(他们之中当然有涅姆欣市来的参观者)。公园沿着沿岸街而建,因此在海面的帆船上,一些焦急的观看者手里拿着望远镜不停地摇晃。

两伙人都在大声地争执、打赌,声音此起彼伏,但是,当灰色的大汽车穿过公园（这是禁止的）在海滩浴场的停车场停下来时，所有人都安静下来。市长从汽车里出来，他上身穿着白得刺眼的衬衫、闪闪发光的银白色上衣，在领子上的扣眼里佩戴着一枚胸针，下身穿着苏格兰风格的白色裤子，巧妙地隐藏起他双腿的弯曲。他那一双胖得眯缝起来的小眼睛，流露着阴险的光芒，发紫的鼻子咄咄逼人地戳在小嘴上面。在一条金链子上，挂着一副金色的眼镜，从脖子一直垂到胸前。彼得·斯捷潘诺维奇和他的助手在悬铃木的树荫下时不时地抽几口烟，总之，与市长相比，他们看上去仿佛完全置身事外的样子。

然而，到了办正事的时候，助手们走到一起。装着手枪的箱子打开，检查了约定好的距离。两个大理石喷泉飞溅着高高的水柱，正好距离十步远。

需要指出的是，彼得·斯捷潘诺维奇曾是神枪手，不过他还没有用过决斗手枪射击。但是，市长也屡次夸口说，自己可以射中向上抛起的一戈比硬币。

"我们开始吧。"主办人萨沙说道，他非常希望这一场面像奥涅金和连斯基之间的致命决斗。尽管萨沙善于独自主持大型舞台节目，而且此时在用喇叭说话，但是二者之间根本谈不上相似之处。

"首先，根据1892年的决斗法典，我建议双方和解。"

市长坚定地摇起头来，而彼得·斯捷潘诺维奇走到喷泉前，喝够了水，用手帕擦拭了一下嘴角，也随之说道：

"不和解。"

他很平静，不过，拒绝了佩季卡决斗前提议的计划，他还是有些遗憾。那个计划就是，把涅姆欣市来的所有孩子全都用弹弓武装起来，弹弓的打击力并不比决斗手枪差。预想在决斗前就使用弹弓，佩季卡还打算让市长变成"没有战斗力的人"，就像他所说的那样，用两次袭击达到目的。

此时，佩季卡领着这些孩子坐在栗子树上，而栗子树在决斗场地上方伸展着柔软的枝条。

"既然如此，现在请就位！"萨沙用喇叭说道。

根据抽签结果，首先射击的是彼得·斯捷潘诺维奇，当他开始瞄准市长时，所有人都惊呼起来。但是此刻，他心里却在想，人类救援高手惩罚市长有点儿不合适，市长虽然各个方面都不讨人喜欢，却一向被视为有地位的人。于是，尽管他仍然想惩罚市长，却把手挪到旁边，朝空中放了一枪。

所有人都惊呼起来，也都松了一口气。大家全都盯着市长，他可以在意彼得·斯捷潘诺维奇的宽宏大量，也可以不予理会。市长并没有理会，他恶狠狠地紧抿着小嘴，开始努力瞄准自己的对手。

需要指出的是，老切裁工、助手彼得·斯捷潘诺维奇比城里所有人都更了解市长的性格，当年在纸牌厂，市长就是在他的领导下开始崭露头角。他恰好相信，卢卡·卢基奇不会在意对手的高尚行为。因此，在前去决斗的时候，他提前从彼得·斯捷潘诺维奇的箱子里取出了魔棒，为以防万一，把魔棒放在了他上衣的侧兜里。他并不是特别相信奇迹，但是此时此刻，他不得不非常愿意相信会发生奇迹。

市长打了一枪,子弹差点射中彼得·斯捷潘诺维奇的前胸,它转了一个直角弯,飞向左面,坠入草地里。

难以言传这件怪事对市长产生了多么强烈的印象,他狭长的禽类一般的眼睛中,阴险、邪恶、狡猾全都被震惊的神色所取代。其实,所有的人都非常惊讶,大家立刻开始议论起来。一些人确信这是奇迹,另一些人则认为是决斗的手枪太旧了,无法将子弹射出超过十步,这没有什么值得惊讶的。

根据决斗的规定,现在应该由彼得·斯捷潘诺维奇再次射击。他的确开了一枪,但是并没有射向市长,而是射向偶然从旁边飞过的一只乌鸦,不过,乌鸦并不是在十步远的地方,而是离决斗场地整整有三十步之遥。

围观的人们这一次不仅发出惊叹,而且开始鼓掌,掌声震耳欲聋。所有人,当然,除了乌鸦以外,不知为什么全都兴奋起来。响起一阵阵喊叫声:"好!""太棒了!""真精彩!""认输吧,市长!"……

然而,市长看起来并不想认输。这次他瞄准瞄了很长时间,显然希望射中对手的腹部,不得不说,尽管彼得·斯捷潘诺维奇每天都做操、长距离步行和游泳,肚子仍然是他最脆弱的地方。又一颗子弹飞到预定目标跟前,却骤然转了一个直角弯,但是这次没有射向左面,而是射向了右面。子弹转弯坠入大海,响亮地扑通一声落入水中,就好像不是从手枪中射出的,而是从空瓶子里飞出去的。

这个声音似乎应该能够让彼得·斯捷潘诺维奇精神振奋,然而非常奇怪的是,他却突然间大为恼火。他善良的眼睛变得阴郁,肥大的鼻子上的疙瘩由于恼怒而发青,不知为什么,他违背决斗法典,左脚一瘸一拐在原地踏步。他正是板着这样固执、坚定的面孔,给学生们打了他们应得的二分,而并非不应得的三分。

他开了一枪,几乎没有瞄准,可是显然打中了,因为卢卡·卢基奇在原地不停打转,就像风向标一样。不知为什么,他的身体开始变矮,神色变得惊惶不安,两腿绷直,摇摇晃晃地迈开步子。主办人朝着喇叭呼叫"急救车",但是市长却声音嘶哑地说:"不用!"——他一屁股坐进车里,汽车也是一副可怜又有些羞臊的模样。

"回家!"他含糊不清地说道,震惊的围观群众急速闪到一旁,给汽车让路。

几分钟后发生的事情,永远留在了围观群众的记忆里。一件破旧的皮袄出现在城市上空,根本就不像魔毯,但是又多少有那么点儿像,因为它越来越高,并没有跌落到地面上,而是一直在高处盘旋。

根据佩季卡的指挥,涅姆欣市的孩子们立刻用弹弓朝它射击,但是它已经飞远了。显然,上升到一定高度以后,市长扣上了皮袄的第二颗纽扣,因为洞察力最强的围观者发现,它飞到海边以后,朝着飞人之国的方向,向前猛冲过去。

为什么市长拿定主意走这冒险的一步呢?他是否受了重伤并且希望当地的医生很快就能医好他?他是否担心盗窃魔棒的事情会公之于众、骗子的身份在全世界植物学家面前被揭穿?在这场命运多舛的决斗之后,他是否会失去恢复在城里地位的希望?

"这无从知晓"的说法,用在这里是不恰当的。所有的未知最终都会成为已知,毫无疑问,总有一天我们会知道卢卡·卢基奇飞去了哪里,他是否安全着陆,那里是否有医生帮他,最后,他是否能够说服飞人之国的市民称他为市长,而不是卢卡·卢基奇。

告别童年

令人惊异的是,皮袄消失以后,城里的一切很快就发生了变化。

从赫列布尼科夫市溜走的那些艺术家和诗人,立刻开始收拾自己的行囊。他们要回家去,回家去!涅奥妮拉想要举办的舞会取消了,因为她匀称的小脚又变得肥胖,黄金鞋不得不送到寄卖商行,在那里被当作最普通的鞋子卖掉,因为金子看起来是假的。旅行社经理公开感谢以佩季卡为首的涅姆欣市的孩子们,因为他们勇敢地用弹弓射击会飞的皮袄。用魔棒变的花园马上移交给了城市所有,广播里则宣告市长是小偷和冒险家。

伊琳诺奇卡·西尼岑还没有开口大声歌唱,但是已经时不时地低声哼唱,而她的父亲立即制作了新的纸牌,让彼得·斯捷潘诺维奇作为礼物带给费佳斯卡姐妹中的妹妹。

唯一没有发生变化的是魔棒,就是那个不久前还缀满花朵和绿叶的树枝。

当然,尤拉并不知道,他把一个小小的神奇之物送给了伊琳诺奇卡。但是，这份礼物是爱的体现，而他坚信，只有爱情才能拯救他。有趣的是，彼得·斯捷潘诺维奇赞同这一观点。但是为了以防万一，除了破坏决斗规则的枯萎的树枝以外，他请求伊琳诺奇卡歌唱尤拉最喜欢的抒情歌曲，并且把歌曲录制在磁带上。他随身携带了一个小录音机。

返回的旅途没有什么波折，因此只需稍加提及即可。但是在涅姆欣市，彼得·斯捷潘诺维奇却听到令他无论作为救援高手还是普通人都十分悲痛的消息：尤拉不见了。

起初这个消息是佩季卡带来的，他从车站直接去了扎博特金家，自然是想知道塔尼娅是不是十分思念他。几分钟后，他们两个人都出现在彼得·斯捷潘诺维奇面前，而他长途跋涉之后正在洗脸。

"尤拉不见了！"佩季卡一进门就喊道，"他溜掉了！已经找了他三天了。"

塔尼娅是个很理智的人，她解释得更为详尽。

"有一天晚上，我发现尤拉沿着消防梯下来后去了城里，"她说，"还有一天早上，大家都还在睡觉，他飞快地跑上了阁楼。他的脸上洋溢着幸福，这令我很惊讶！总之，我认为，应该到森林里去寻找他。他喜欢和树木交谈，我完全理解他。"

尤拉第二天早上也没有回来，于是决定派出由彼得·斯捷潘诺维奇、塔尼娅、佩季卡组成的搜寻队去找他。加入其中的还有玛丽娅·帕甫洛芙娜，她拿着一个提盒，里面装着豌豆汤、鸡肉饼和作为甜品的一小块巧克力蛋糕。在这三天内，给尤拉准备的一日三餐都没有动过，玛丽娅·巴甫洛夫娜理所当然地认为，这孩子一定饿坏了。

他们并没有很快就找到他。简而言之，在佩季卡看到柳树丛中隐约闪过一个瘦削的身影之前，他们自己也已经感到饥肠辘辘了。尤拉礼貌地打招呼，他笑着说，要是预见到让这么多人担心，就不会溜开了。

"这是我生命中最美好的三天。松鼠用森林里的坚果喂我，熟识的刺猬告诉我，哪些是需要生吃的蘑菇，因为用平底煎锅烹饪就会失去独特的味道。我和我的朋友老白桦树谈论生命的意义，而它告诉我，为什么不应该惧怕死亡。

"'我们是树，也是人，我们临死的时候，会把自己的生命奉献给别人。'它说，'普希金认为大自然是冷漠的，这让我感到很遗憾。'

"但愿在那墓室的入口，

有年轻的生命在嬉戏，

但愿那冷漠的大自然，

闪现出它永恒的美丽。①

"年轻的时候，老白桦爱上了北风，常常直到早晨，它都一直在抚摸老白桦柔顺的叶子。在老白桦的树枝上，躲藏过很多游击队员。老白桦向我证明，树木忠诚地为人类服务，然而人类却常常无情地对待它们，这是令人信服的。"

尤拉一直讲啊讲，他奇异的面孔由于喜悦和激动而涨得越来

---

① 以上诗句出自普希金的诗歌《无论是漫步于喧闹的大街……》。

越红。

"我们相信你,"彼得·斯捷潘诺维奇说,"但是你要知道,除了我们以外,谁也不会相信你。能够进入想象的国度的人少之又少,最终他们回来,愿意给普通人讲这个国度。我并不想说服你,你是幸福的,然而这幸福是短暂的!在寻常的世界里,人们当然不会在森林中流连忘返,和白桦树、松鼠、刺猬畅谈,你也不想让那些深爱你的人难过。而且,现在你不需要变成自己画像中的人物了,因为卢卡·卢基奇穿着会飞的皮袄不知飞到哪里去了,你的继母也希望可以永远摆脱你。"

"简单地说,"佩季卡说,"你不会一生都在森林里游荡,忍饥挨饿,永远穿着方格翻领衬衫和破旧牛仔裤。岂不是变成了一个狼孩!护林员可不了解你的幻想,会把你当成偷猎者——那就全完了。"

"最重要的是,获得幸福的希望,无时无刻不在等着你。"塔尼娅补充说道。

听得入神的玛丽娅·帕甫洛芙娜不慎掉落了食盒。汤全都洒了,肉饼滚动起来,只剩下一小块巧克力蛋糕原地未动,在绿草地上黑幽幽的十分诱人。

当彼得·斯捷潘诺维奇从衣兜里取出魔棒时,尤拉突然跳到了一旁。一双温柔的大眼睛仿佛在说:"是的,是的,是的。"但是,他的面孔凹陷,如同压扁的圆环,仿佛在说:"不要,不要,不要。"当然,眼睛占了上风,要知道,常言说"眼睛是心灵的镜子",这并非没有缘由。在这面"镜子里",信心取代了不坚定的疑惑,而从信心到决定已经近在咫尺。彼得·斯捷潘诺维奇把魔棒拿在手里，他觉得，尤拉可能会因自己的变化而难为情，于是吩咐道：

"转过身去！"

大家顺从地向旁边转过身去，过了一会儿，玛丽娅·帕甫洛芙娜问道："现在可以转身了吗？"就在此时，在希利万特人的位置上，出现一个高高的年轻人，皮肤黝黑，栗色头发卷曲，双腿修长，肩膀宽阔，然而非常奇怪，他不太像寻常之人。

"一切都过去了，"塔尼娅心里想，"两三天以后，他就会和我们没什么差别。"

（但是塔尼娅错了。岁月流逝，尤拉成了伟大的诗人，而诗人，尤其是伟大的诗人，在大多数情况下，是异于常人的。）

"该和童年告别了，"他若有所思地说，"我再也不会生活在臆想的国度里。我再也不画希利万特人了——我不是胆小鬼，但是，这显然太危险了。玛丽娅·帕甫洛芙娜，谢谢您的午餐，虽然只剩下一小块巧克力蛋糕。我会高兴地吃掉它，我的喉咙发痒，因为吃了松鼠喂我的坚果，而我觉得，吃生蘑菇的事儿，大概在我的生命中只有这么一次。今天我就要回赫列布尼科夫。我再也不会住在继母那里，这只是因为我不喜欢她，她也不喜欢我。我要先读完中学，然后在纸牌厂当切裁工。我希望，伊万·格奥尔吉耶夫维奇能安排我住进宿舍。伊琳诺奇卡会重新开始唱歌，全城的人也都会听她歌唱。当然，她有时也会低声吟唱，我们单独在街上沿海岸散步时，她只对我一个人轻声歌唱。而现在，请原谅我无意中让你们如此担忧不安。"

遗憾的是，一切都在天光大亮时结束了，我也该点上句号了，最引人入胜的故事没有句号也是不行的。然而，让它是一个非常小的、勉强可见的句号吧。它不会妨碍我回到这个国度，在这里可以捕捉熄灭的星星和说真话，只说真话，除此之外什么都不说。

1980 年